UM POR UM

UM POR UM

RUTH WARE

UM POR UM

Tradução de Alyda Sauer

Rocco

Título original
ONE BY ONE

Primeira publicação, em 2020, por Harvill Secker, um selo da Vintage.
Vintage faz parte do grupo de empresas da Penguin Random House.

Copyright © Ruth Ware, 2020

Ruth Ware assegurou seu direito de ser identificada como autora desta obra
em concordância com o Copyright, Designs and Patents Act 1988.

Direitos para a língua portuguesa reservados
com exclusividade para o Brasil à
EDITORA ROCCO LTDA.
Rua Evaristo da Veiga, 65 – 11º andar
Passeio Corporate – Torre 1
20031-040 – Rio de Janeiro - RJ
Tel.: (21) 3525-2000 – Fax: (21) 3525-2001
rocco@rocco.com.br|www.rocco.com.br

Printed in Brazil/Impresso no Brasil

Preparação de originais
MÔNICA MARTINS FIGUEIREDO

CIP-BRASIL. CATALOGAÇÃO NA PUBLICAÇÃO
SINDICATO NACIONAL DOS EDITORES DE LIVROS, RJ

W235p

    Ware, Ruth, 1977-
        Um por um / Ruth Ware ; tradução Alyda Sauer. - 1. ed. - Rio de Janeiro :
Rocco, 2023.

        Tradução de: One by one
        ISBN 978-65-5532-377-1
        ISBN 978-65-5595-219-3 (recurso eletrônico)

        1. Ficção inglesa. I. Sauer, Alyda. II. Título.

23-85238   CDD: 823
                              CDU: 82-3(410.1)

Gabriela Faray Ferreira Lopes - Bibliotecária - CRB-7/6643

Esta é uma obra de ficção. Todos os nomes e personagens
são produtos da imaginação da autora, e qualquer semelhança
com pessoas reais, vivas ou não, é mera coincidência.

O texto deste livro obedece às normas do
Acordo Ortográfico da Língua Portuguesa.

*Para Ali, Jilly e Mark, que me
apresentaram à estação de esqui Hidden Valley.*

Da página "sobre nós" do site da empresa Snoop

Oi. Somos snoops, os bisbilhoteiros. Venha nos conhecer, envie mensagens, bisbilhote nosso site... Qualquer coisa. Tudo bem aqui. E com você?

Topher St. Clair-Bridges
Quem é o papi? Bom, se alguém tem o direito de ser é Toph, cofundador da Snoop (ao lado da sua ex-namorada, modelo/artista/poderosa profissional @evalution), porque tudo começou aqui. Quando não está à mesa dele, provavelmente está descendo as pistas de Chamonix, ficando doidão no Berghain, em Berlim, ou apenas curando a ressaca. Encontre-o na Snoop em @xtopher ou localize-o por intermédio do seu assistente pessoal Inigo Ryder, o único cara que manda em Topher.
Ouvindo: Oscar Mulero / "Like a Wolf"

Eva van den Berg
De Amsterdã a Sydney, de Nova York a Londres, a carreira de Eva a fez conhecer o mundo inteiro — agora seu lar é Shoreditch, Londres, onde mora com o marido, o gerente de finanças Arnaud Jankovitch, e a filha deles, Radisson. Em 2014, ela fundou a Snoop com seu então companheiro de vida @xtopher. A ideia dos dois nasceu de um único desejo: o de mantê-los conectados quando havia 5.000 km e um oceano separando-os. Desde então, Topher e Eva terminaram, mas a conexão persiste: Snoop. Faça contato com Eva em @evalution ou por intermédio de sua assistente pessoal Ani Cresswell.
Ouvindo: Nico / "Janitor of Lunacy"

Rik Adeyemi
chefe da grana
Rik é o cara do dinheiro, da contabilidade, dono das chaves — você entendeu. Tem mantido a Snoop viva desde o começo e conhece Toph há mais tempo ainda. O que dizer? Snoop é um empreendimento familiar. Rik mora com a mulher, Veronique, em Highgate, Londres. Você pode bisbilhotá-lo em @rikshaw.
Ouvindo: Willie Bobo / "La Descarga del Bobo"

Elliot Cross
chefe nerd
Música pode ser o coração pulsante da Snoop, mas o código é seu DNA, e Elliot é o maestro dos códigos. Antes de a Snoop ser um ícone rosa-choque no seu celular, era apenas linhas de java na tela de alguém, e esse alguém era Elliot. Melhor amigo de Toph antes de terem barba, ele é mais legal do que qualquer líder de tecnologia tem o direito de ser. Bisbilhote em @ex.
Ouvindo: Kraftwerk / "Autobahn"

Miranda Khan
csarina dos amigos
Miranda ama saltos agulha, roupas elegantes e um *bom* café. Entre momentos de saborear um Guatemala de maceração carbônica e de ver as novidades na Net-a-Porter, ela é o sorriso da Snoop para o mundo. Quer escrever, fazer um pedido, dar uma bronca ou só dizer oi para nós? Miranda é a pessoa certa. Snoop sabe que seguidores e amigos nunca são demais. Torne Miranda um dos seus em @mirandelicious.
Ouvindo: Madonna / "4 Minutes"

Tiger-Blue Esposito
chefe da calma
Epítome das *good vibes*, Tiger mantém o estado zen que é sua marca registrada com ajuda diária de ioga, concentração e, é claro, da transmissão constante da Snoop em seus enormes fones de ouvido. Quando não está na postura da Bhujapidasana ou relaxando com a Anantasana (para os não iniciados, elevando a perna deitada de lado), ela lubrifica as engrenagens da Snoop para ficarmos em forma e darmos nosso recado. Relaxe com ela em @blueskythinking.
Ouvindo: Jai-Jagdeesh / "Aad Guray Nameh"

Carl Foster
homem da lei
A verdade é a seguinte: Carl nos mantém na linha, cuida para que nossas bisbilhotices estejam sempre dentro da lei. Formado na UCL, Carl estagiou na Temple Square Chambers e trabalhou em diversas firmas internacionais, principalmente na indústria do entretenimento. Mora em Croydon. Pode ser bisbilhotado em @carlfoster1972.
Ouvindo: The Rolling Stones / "Sympathy for the Devil'

Tirado do site BBC News
Quinta-feira, 16 de janeiro

QUATRO BRITÂNICOS MORREM EM TRAGÉDIA NUMA ESTAÇÃO DE ESQUI

A exclusiva estação de esqui francesa St. Antoine ficou abalada com a notícia de uma segunda tragédia esta semana, poucos dias depois da avalanche que matou seis pessoas e deixou grande parte da região sem energia elétrica por dias.

Agora surgem relatos de que um remoto chalé de esqui que ficou isolado com a avalanche virou uma "casa de horrores", com quatro ingleses mortos e dois hospitalizados.

O alarme só foi acionado quando sobreviventes desceram a pé quase quatro quilômetros na neve para enviar o pedido de socorro pelo rádio, gerando dúvidas quanto à demora das autoridades francesas para restabelecer o fornecimento de energia e a cobertura de celulares depois da avalanche no domingo.

O chefe de polícia da região Etienne Dupont recusou-se a comentar, disse apenas que "há uma investigação em andamento", mas um porta-voz da embaixada britânica em Paris declarou: "Podemos confirmar que recebemos informação da morte de quatro cidadãos britânicos na região de Savoie nos Alpes franceses e que, nesse estágio, a polícia está cuidando desses incidentes como uma investigação de homicídio. Nós nos solidarizamos com amigos e parentes das vítimas."

As famílias das vítimas foram avisadas.

Oito sobreviventes, supostamente também ingleses, parecem estar colaborando com a investigação da polícia.

Esse ano foi marcado por fortes nevascas, o que não é muito comum. A avalanche de domingo foi a sexta desde o início da temporada de esqui e eleva o total de fatalidades na região para doze.

CINCO DIAS ANTES

LIZ

ID no Snoop: ANON101
Ouvindo: James Blunt / "You're Beautiful"
Snoopers: 0
Assinantes snoop: 0

Continuo com os fones de ouvido no micro-ônibus do aeroporto de Genebra. Ignoro os olhares esperançosos de Topher e Eva se virando para trás para me ver. Isso ajuda. Ajuda a calar as vozes na minha cabeça, as vozes *deles* que me puxam para cá e para lá, me esmurrando com suas lealdades e argumentos por todas as direções.

    Em vez disso, deixo a voz de James Blunt falar mais alto que a deles, dizendo milhões de vezes que eu sou linda. A ironia dessa afirmação me dá vontade de rir, mas não rio. A mentira é meio reconfortante.

    São 13h52. Vejo o céu cinza-escuro e os flocos de neve rodopiando hipnoticamente pela janela. É estranho. A neve é muito branca no solo, mas, enquanto cai, parece cinzenta em contraste com o céu. Poderia ser cinza mesmo.

    Agora estamos começando a subir. A neve fica mais espessa à medida que ganhamos altura e não derrete mais quando bate na janela, ela gruda, escorrega pelo vidro, e os limpadores de para-brisa a espalham para o lado, fazendo com que derreta e espirre na janela dos passageiros. Espero que o ônibus tenha pneus para neve.

    O motorista muda a marcha. Chegamos a mais uma curva muito fechada. Enquanto o ônibus faz a curva no trecho estreito, o veículo tomba de lado e tenho a sensação de que vamos cair, um ataque de vertigem faz meu estômago embrulhar e a cabeça rodar. Fecho os olhos, bloqueio tudo, e me concentro na música.

Então a música para.

E estou sozinha, resta apenas uma voz na minha cabeça e não consigo deixar de ouvi-la. É a minha voz. Ela sussurra a pergunta que venho fazendo desde que o avião decolou na pista do aeroporto de Gatwick.

Por que eu vim? Por quê?

Mas sei a resposta.

Eu vim porque não podia deixar de vir.

ERIN

ID no Snoop: N/A
Ouvindo: N/A
Assinantes snoop: N/A

A neve *continua* caindo, grossos flocos brancos caindo bem devagar e pousando com delicadeza nos picos, nas pistas e nos vales de St. Antoine.
    Nas últimas duas semanas foram três metros, e estão prevendo mais. Danny chamou de nevecalipse. Nevemagedon. Fecharam os teleféricos, depois reabriram e fecharam outra vez. No momento, a maioria dos teleféricos da estação está fechada, mas o pequeno e fiel funicular que leva até a cidadezinha onde vamos ficar continua funcionando. É envidraçado, por isso nem a nevasca mais pesada o prejudica, a neve simplesmente cobre o túnel de vidro, e não os trilhos. O que é bom, porque, nas raras ocasiões em que foi fechado, ficamos totalmente isolados. Não há estrada para St. Antoine 2000, pelo menos não no inverno. Tudo, desde os hóspedes no chalé até cada item de comida para o café da manhã, almoço e jantar precisa subir pelo funicular. A não ser que você tenha dinheiro para pagar um helicóptero (coisa que não é tão incomum neste lugar). Mas os helicópteros não voam em condições metereológicas ruins. Quando vem uma nevasca, eles ficam em segurança, no vale.
    Quando penso demais nisso, tenho uma sensação estranha, uma espécie de claustrofobia que não combina com as vistas amplas do chalé. Não é só a neve, é o peso enorme de lembranças indesejadas que me sufoca. Quando paro para pensar por mais de um ou dois minutos, as imagens me vêm de forma involuntária, se amontoam na minha mente – dedos entorpecidos raspando a neve compacta, o brilho do pôr do sol na pele arroxeada, o cintilar de cílios congelados. Mas, por sorte, tenho muita coisa para fazer hoje. Já passa de uma hora, e ainda estou limpando o antepenúltimo quarto quando ouço o

som trêmulo do gongo lá embaixo. É Danny. Ele grita meu nome e depois outra coisa que não dá para entender.

— O quê? — grito para ele, e ele berra de novo, com a voz mais clara. Devia ter se aproximado da escada.

— Eu disse que a comida está pronta. Sopa de nabo branco trufado. Por isso, desça já esse traseiro preguiçoso.

— Sim, chef — grito de volta, zombando.

Jogo rapidamente o lixo do banheiro no meu saco preto, coloco um saco novo e desço correndo a escada em caracol até a recepção, onde o cheiro delicioso da sopa de Danny me recebeu, acompanhado pelo som de "Venus in Furs" vindo da cozinha.

Sábado é o melhor dia da semana e o pior ao mesmo tempo. O melhor porque é dia de mudança, não há hóspedes e Danny e eu temos o chalé só para nós, liberdade para relaxar na piscina, entrar na hidromassagem lá de fora e tocar a música que gostamos, no volume que preferirmos.

É o pior porque é dia de arrumação, ou seja, nove camas de casal para trocar, nove banheiros para limpar (onze, se contar o do andar de baixo e o outro ao lado da piscina), dezoito armários de esqui para varrer e passar aspirador, sem falar da sala de estar, da sala de jantar, da sala da televisão, da área aconchegante para fumantes lá fora, em que tenho de catar todas as guimbas nojentas que eles sempre espalham, mesmo com lixeiras bem visíveis. Pelo menos Danny cuida da cozinha, apesar de ter seus afazeres também. Todo sábado à noite tem um grande jantar. É preciso fazer bonito para os novos hóspedes, vocês sabem como é.

Agora estamos sentados à grande mesa de jantar, e eu leio a informação que Kate enviou por e-mail esta manhã, enquanto tomo a sopa que Danny fez. É adocicada, tem um leve gosto terroso e há pedacinhos crocantes espalhados em cima, acho que são de nabo branco ralado e assado em azeite trufado.

— Essa sopa está muito boa — comento.

Conheço bem o meu papel aqui. Danny revira os olhos querendo dizer "claro, né". Se há uma coisa que ele não tem, é modéstia. Mas é um ótimo cozinheiro.

— Acha que vão gostar hoje à noite?

Danny quer mais elogios, é claro, mas nem o culpo. Ele é uma diva declarada em relação à sua comida e, como qualquer artista, gosta que o apreciem.

— Tenho certeza de que sim. Está deliciosa, quentinha e... hum... complexa.

Eu me esforço para encontrar a característica exata do sabor que torna aquela sopa tão boa. Danny gosta de elogios específicos.

— É como o outono em um prato. O que mais você está fazendo?

— Aperitivos — Danny enumera os pratos com os dedos —, depois a sopa trufada de entrada. Em seguida, pernil de veado para os carnívoros e ravióli de cogumelo para os vegetarianos. Depois crème brûlée de sobremesa. E depois o queijo.

O crème brûlée do Danny é um arraso, gostoso de morrer. Vi hóspedes brigarem de soco, literalmente, por uma porção a mais.

— Parece perfeito — comento animada.

— Desde que nenhum vegano de merda entre de penetra dessa vez — diz ele, aborrecido.

Continua irritado desde a semana anterior quando um dos hóspedes se revelou não só intolerante a glúten, mas vegano também. Acho que ele ainda não perdoou Kate.

— Kate foi bem clara — falo, concordando. — Um com intolerância à lactose, um a glúten e três vegetarianos. Nenhum vegano. É isso.

— Não — diz Danny, ainda se lamuriando. — Um deles vai fazer uma dieta com baixo teor de carboidratos ou algo parecido. Ou frutívoro. Ou respiratoriano.

— Bem, se houver respiratorianos, você não precisa se preocupar, não é? — comento com bom senso. — Tem todo o ar do mundo aqui em cima.

Aponto para a enorme janela que domina os fundos da sala. Tem vista para os picos e as encostas dos Alpes, um panorama tão espetacular que, mesmo morando aqui agora, ainda paro às vezes e fico embasbacada com sua beleza. Hoje a visibilidade está ruim, as nuvens, baixas, e há neve demais no ar. Mas, em um dia bom, dá quase para ver o lago Léman. Atrás de nós, à direita do chalé, se ergue a Dame Blanche, a montanha que forma o pico mais alto do vale de St. Antoine, ofuscando tudo.

— Leia os nomes — diz Danny com a boca cheia de sopa, o que faz com que seu sotaque saia mais puxado para o de East End, quando na verdade tem o sotaque totalmente do sul de Londres, apesar de ter crescido em Portsmouth. Nunca sei quando ele está no personagem ou não. Danny é artista e, quanto mais o conheço, mais fico fascinada com o misto complexo de identidades que tem dentro dele. O cockney irreverente que apresenta aos hóspedes é apenas uma delas. Nas noites em St. Antoine, já o vi fazer um Guy Ritchie perfeito e logo depois um glorioso RuPaul, tudo isso num intervalo de cinco minutos.

Não que eu possa falar alguma coisa. Eu também entro num personagem. Acho que estamos todos na mesma situação. Esse é um dos prazeres de vir para cá, para um lugar como esse, onde todos estão de passagem. Podemos sempre recomeçar.

— Dessa vez, preciso acertar — diz ele, interrompendo meus pensamentos. Põe uma quantidade mínima de pimenta-do-reino recém-moída na sopa, prova e aprova. — Não posso inventar outra maldita Madeleine. Kate vai me esfolar vivo.

Kate é a representante da região e encarregada da coordenação de todas as reservas e da logística dos seis chalés da empresa. Ela gosta que nós recebamos os clientes pelo nome desde o primeiro dia. Ela diz que esse é o nosso diferencial em relação aos donos das grandes redes. Um toque só nosso. Mas vai ficando mais difícil a cada semana que passa. Semana passada, Danny fez amizade com uma mulher chamada Madeleine, só que, quando os formulários de feedback chegaram, ficou claro que não havia nenhuma Madeleine no grupo. Nem mulher alguma cujo nome começasse com M. Ele ainda não tem ideia de quem batia papo com ele a semana inteira.

Passo o dedo pela lista que Kate tinha enviado à noite.

— Dessa vez é um grupo de uma empresa. Da área de tecnologia, o nome é Snoop. Nove pessoas, um quarto para cada um. Eva van den Berg, cofundadora. Topher St. Clair-Bridges, cofundador. Rik Adeyemi, chefe da grana. Elliot Cross, chefe dos nerds. — Danny ri pelo nariz e a sopa sai junto, mas eu continuo. — Miranda Khan, czarina dos amigos. Inigo Ryder, patrão do Topher. Ani Cresswell, domadora-chefe de Eva. Tiger-Blue Esposito, chefe da calma. Carl Foster, homem da lei.

Quando termino, Danny está chorando de rir e a sopa desceu pelo lugar errado.

— É isso mesmo que diz aí? — ele consegue falar, tossindo. — Chefe da grana? Tiger... sei lá o que mais? Nunca pensei que Kate tivesse senso de humor. Onde está a lista verdadeira?

— Essa é a lista verdadeira — digo, tentando não rir da cara engraçada de Danny, molhada por causa das lágrimas. — Toma um guardanapo.

— O quê? Você está brincando comigo? — Ele engasga, recosta na cadeira e se abana. — Aliás, retiro o que eu disse. Snoop é esse tipo de lugar.

— Você já ouviu falar deles?

Estou surpresa. Danny não costuma ser muito antenado. Recebemos todo tipo de gente aqui, muitas festas particulares, um casamento ou comemoração de bodas de vez em quando, além de um número surpreendente de grupos de empresas também — acho que a conta fica mais palatável quando a empresa paga. Há muitos escritórios de advocacia, corretoras financeiras e empresas da Fortune 500. Essa é a primeira vez que Danny já ouviu falar de uma das empresas e eu não.

— O que eles fazem?

— Snoop? — Agora é a vez de Danny ficar surpreso. — Você estava numa caverna esse tempo todo, Erin?

— Não, é só que eu... nunca ouvi falar deles. É uma empresa de mídia?

Não sei por que chutei isso. Mídia parece o tipo de indústria que teria uma Tiger-Blue Esposito.

— Não, é um aplicativo. — Danny olha para mim, desconfiado. — É sério que você nunca ouviu falar deles? Tipo... Snoop, o aplicativo de música. Te deixa bisbilhotar as pessoas. É mais ou menos isso.

— Não faço a menor ideia do que você está falando.

— Snoop, Erin — diz Danny, mais seco dessa vez, como se continuar repetindo o nome fosse me fazer dar um tapa na testa e dizer: "ah, sim, o Snoop!"

Ele pega o celular e rola a lista de aplicativos até chegar a um que parece dois olhos em um fundo rosa-choque. Ou, talvez, dois tamancos, é difícil ter certeza. Ele toca, a tela fica cor-de-rosa, depois preta com os dizeres em letras fúcsia: "Snoop. Pessoas reais, tempo real, realmente escandaloso."

Dessa vez as duas letra "o" do nome são os rolos de uma fita cassete.

— Você conecta com sua conta no Spotify ou outro streaming — explica Danny, rolando os menus como se listas de celebridades aleatórias esclarecessem tudo —, e o que você ouve se torna público.

— Por que alguém ia querer fazer isso? — pergunto sem entender.

— É tipo uma troca — diz Danny, impaciente. — A questão é que ninguém quer ouvir você, mas, se você participa, ouve as outras pessoas. "Voyeurismo para seus ouvidos", é como Snoop chama isso.

— Então... eu posso ver o que... sei lá... a Beyoncé está ouvindo? Se ela estiver lá.

— É. E a Madonna. E Jay-Z. E Justin Bieber. E quem mais tiver uma conta. Celebridades adoram, é o novo Instagram. É que... você pode se conectar, sabe? Mas sem dar muita informação.

Faço que sim com a cabeça. Consigo entender mais ou menos o que tem de atrativo.

— Então ele mostra basicamente as playlists das pessoas famosas?

— Não são as playlists — diz Danny — porque a questão é que é em tempo real. Você vê o que estão ouvindo agora, nesse instante.

— E se estiverem dormindo?

— Nesse caso, você não vê nada. Eles não aparecem na barra de busca se não estiverem on-line e ouvindo música, e, se você estiver bisbilhotando alguém e essa pessoa parar de ouvir, o feed dela some e você tem a opção de ir para outra pessoa.

— Então se você está bisbilhotando alguém e a pessoa pausa a música para atender o telefone...

Danny meneia a cabeça.

— Sim, simplesmente some.

— Essa é uma ideia terrível.

Ele ri e balança a cabeça.

— Nada disso, você não está entendendo. O objetivo é... — Ele para e tenta formular algo impossível de quantificar com palavras. — O objetivo é conectar. Você está ouvindo a mesma coisa, no mesmo momento que eles... batida por batida. Você sabe que, onde quer que ela esteja no mundo, Lady Gaga está ouvindo exatamente a mesma coisa que você. É como... — Vem a inspiração, e ele se anima. — É como... Sabe quando você sai com alguém pela primeira vez e vocês compartilham fones de ouvido, um na orelha dele, outro na sua?

Faço que sim com a cabeça.

— Então, é assim. Você e Lady Gaga compartilhando fones de ouvido. É muito poderoso. Quando você está deitada na cama e eles desligam, saber que em algum lugar eles devem estar fazendo o mesmo que você, adormecendo, é bem íntimo, sabe? Mas não são *só* celebridades. Se você tem um relacionamento de longa distância, você pode bisbilhotar o seu namorado e ouvir a mesma música ao mesmo tempo que ele. Desde que saiba o ID dele no Snoop, é claro. O meu é restrito.

— Certo... — falo lentamente. — Então... seu feed é público, mas ninguém sabe que é você?

— É, por isso tenho uns dois seguidores, porque não me dou ao trabalho de conectar ninguém da minha lista de contatos. Mas olha só, há snoopees que são muito populares, mas são anônimos. Tem esse cara no Irã, HacT é o nome dele. Está entre os dez maiores snoopees praticamente todo mês. Bem, eu disse Irã, mas não dá pra saber. É só o que diz na bio do Snoop. Para todos os efeitos, ele pode ser da Flórida.

Soa um alerta no celular e ele olha.

— Ah, sim, aqui, está vendo? É alguém que eu sigo, Msaggronistic. É uma garota franco-canadense de Montreal que ouve música punk muito boa. Esse alerta quer dizer que ela está on-line e ouvindo... — Ele rola a notificação. — Slits. Não sei se gosto, mas é isso, pode ser que sim. Eu não sei.

— Certo.

Não sei se entendi direito, mas começou a fazer sentido.

— Enfim — diz Danny, levantando e começando a recolher os pratos de sopa —, foi isso que eu quis dizer, essas empresas novas de tecnologia, startups, dá para imaginar que chamem o responsável pela parte das finanças de chefe que conta a grana ou sei lá o quê. Devem ter achado ousado ou algo assim. Quer café?

Olho para o relógio. São 14h17.

— Não posso. Ainda tenho uns dois quartos para arrumar e depois a piscina.

— Levo para você lá em cima.

Levanto, espreguiço, estalo o pescoço e os ombros. É cansativa, essa faxina. Nunca me dei conta antes de arrumar esse emprego. Subir e descer escada com aspirador, esfregar privadas e ladrilhos. Limpar nove quartos correndo é exercício pesado.

Estou terminando a piscina quando Danny chega com o café. Ele está com sua sunga de sempre, a menor e mais apertada que já vi na vida. É amarelo-banana, e, quando ele se vira para botar o meu café na espreguiçadeira, dá para ver que tem escrito BAD BOI na bunda, em letras vermelhas.

— Nada de espirrar água — aviso ao vê-lo à beira da piscina de braços esticados. — Não vou secar tudo de novo.

Ele não diz nada, só mostra a língua e dá um mergulho perfeito sem espirrar uma gota na parte rasa da piscina. Não é profunda o suficiente para mergulhar, mas ele desliza no fundo e sobe em segurança do outro lado.

— Venha, essa merda de lugar já está limpo. Entre na água.

Eu hesito. Não passei aspirador na sala de jantar, mas acho que ninguém seria capaz de reparar.

Consulto o relógio. Três e quinze. Os hóspedes devem chegar às quatro. Tenho tempo.

— Ah, está bem então.

É o nosso ritual semanal. Um mergulho de dez minutos depois de cumprir todas as tarefas, uma forma de marcar nosso território, lembrar quem realmente manda naquele lugar.

Estou de biquíni por baixo da roupa, então tiro a camiseta suada e a calça jeans manchada e me preparo para mergulhar. Estou quase pulando quando sinto alguém agarrar meu tornozelo e me puxar para a frente. Grito e caio na piscina.

Subo cuspindo água e tirando cabelo dos olhos. Tem água para *tudo* que é lado.

— Seu imbecil de merda! Eu disse para não molhar nada!

— Calma aí. — Danny ri muito e alto, as gotas de água lembram pedras preciosas na pele escura. — Eu vou secar, juro que vou.

— Mato você se não secar.

— Eu vou secar! Disse que vou, não disse? Enquanto você seca seu cabelo.

Ele aponta para o cabelo raspado para lembrar que tem vantagem nesse caso.

Soco o ombro dele, mas não consigo ficar zangada com Danny. Nos quatro minutos seguintes nadamos, lutamos e brigamos como cachorrinhos até ficarmos ensopados e termos de parar para recuperar o fôlego.

Danny sai da água com um sorriso de orelha a orelha e ofegante, e vai até o vestiário para se vestir e receber os hóspedes.

Eu devia segui-lo, sei disso. Ainda há muito o que fazer, trabalho para completar e tarefas para terminar. Mas por um momento, só um momento, eu me deixo flutuar de pernas e braços abertos na água azul-clara. Passo os dedos na cicatriz do meu rosto, na linha proeminente em que a pele é fina e ainda sensível, e olho para o céu cinzento através do telhado de vidro, vendo os flocos de neve caindo, rodopiando.

O céu está *exatamente* da cor dos olhos de Will.

Está quase na hora da chegada dos hóspedes, e posso ouvir Danny começando a secar os vestiários. Eu devia sair daqui, mas não consigo. Não sou capaz de desviar o olhar. Fico ali boiando na água com o cabelo escuro formando um leque em volta, olhando para cima. Lembrando.

LIZ

ID no Snoop: ANON101
Ouvindo: Bisbilhotando EDSHEERAN ☑
Snoopers: 0
Assinantes snoop: 0

Estamos bem no topo das montanhas agora. O micro-ônibus passa pelas cidadezinhas alpinas que parecem cartões-postais, a não ser pelo fato de o céu não estar azul, e sim da cor ameaçadora da ardósia mais escura. A chuva de neve meio derretida que caía no vale se transformou em flocos brancos enormes, e o motorista estava com os limpadores ligados na velocidade máxima para eliminá-los do vidro assim que caíssem. Embaixo de nós, o asfalto preto tinha marcas cinzentas congeladas, e os pneus faziam um barulho estranho ao passar sobre elas. Montes de lama reunidos pelo trator de neve cobriam os dois lados da estrada. É como passar por um túnel. Tenho a sensação estranha de estar imobilizada, olho para o meu celular e clico nos aplicativos para me distrair antes de voltar para o Snoop.

Quando saí da empresa, apaguei o aplicativo. Queria deixar tudo da Snoop para trás e não gostava da ideia de Topher, Eva e os outros me vigiando por lá. Mas acabei baixando de novo algumas semanas depois. Há um motivo para o Snoop ter chegado a cem milhões de usuários: é viciante. Mas, dessa vez, meu perfil está trancado até onde é possível e tenho um endereço de e-mail antigo conectado à conta, de modo que nem Elliot, que tem acesso a todas as informações dos bastidores, pode saber que sou eu. Não que eu esteja paranoica. Duvido que ele fique lá procurando os registros de usuário de Liz Owens de vez em quando. Sou apenas uma pessoa muito discreta. Isso é normal, não é?

Topher vira para trás e fala alguma coisa olhando para mim. Tiro os fones de ouvido.

— Desculpe, o que você disse?

— Perguntei se você quer...

Ele mostra uma garrafa de champanhe aberta, e eu balanço a cabeça.

— Não, obrigada.

— Você que sabe.

Ele dá um gole direto do gargalo, e eu tento não estremecer. Ele engole, seca a boca e fala:

— Espero que o tempo melhore. Do jeito que está, não vamos esquiar muito.

— Então não dá para esquiar quando neva? — pergunto.

Ele ri como se eu fosse burra.

— Bem, até dá, mas não tem muita graça. É como correr na chuva. Você já esquiou?

— Não.

Percebo que estou mordendo a pele no canto da unha e abaixo a mão. Tenho um estalo e me lembro da voz preocupada da minha mãe dizendo *Liz, por favor, não faça isso, você sabe que seu pai não gosta*. Aumento o tom da minha voz para ignorá-la.

— Quer dizer, não exatamente. Fiz uma vez esqui em rampa seca na escola, mas acho que não é a mesma coisa.

— Você vai adorar — diz Topher, com aquela confiança irritante.

Claro que a verdade é que ele não tem como saber se vou adorar esquiar ou não. Mas, por algum motivo, quando faz essas declarações, as pessoas acreditam. Quando ele diz "seu dinheiro estará completamente seguro", ou "é um investimento incrível", ou "você nunca conseguirá esses termos de novo", as pessoas acreditam. Você assina aquele cheque. Você faz aquele depósito. Você põe tudo nas mãos dele.

Por isso ele é quem é, imagino. E a segurança de milhões. Argh.

Não respondo. Mas ele não está esperando resposta. Dá um largo sorriso para mim, bebe outro gole do champanhe e vira-se para o motorista.

— Já estamos chegando, não é?

— *Comment?* — pergunta o motorista em francês.

Topher sorri com paciência exagerada e repete, mais devagar dessa vez:

— Quase. Lá?

— *Presque* — diz o motorista, secamente.

— Quase — traduzo baixinho e me arrependo.

— Não sabia que você fala francês, Liz — diz Eva.

Ela vira para olhar para mim. Sorrindo. Pronuncia as palavras como se estivesse oferecendo estrelas de ouro.

Tem muita coisa que você não sabe sobre mim, Eva, eu penso.

— Obtive um GCSE no ensino médio — resmungo. — Não é uma qualificação muito boa.

— Você é uma caixinha de surpresas — diz Eva com admiração.

Sei que ela está tentando elogiar, mas as palavras soam condescendentes, em um tom de superioridade, levando em conta que o inglês é sua segunda língua depois do holandês e que ela é fluente em alemão e italiano.

Antes de eu responder, o micro-ônibus para, cantando pneu na neve. Olho em volta. Em vez do chalé que estava esperando, vejo uma abertura escura na encosta nevada e uma placa dizendo "Le funiculaire de St. Antoine". Um teleférico de esqui? Já?

Não sou a única confusa. Carl, o advogado atarracado, também parece assustado. O motorista desce do ônibus e começa a tirar as malas do bagageiro.

— Vamos a pé daqui? É isso? — pergunta Carl. — Eu não trouxe a droga dos meus sapatos de neve!

— Nós vamos ficar no St. Antoine 2000 — diz o assistente de Topher.

O nome dele, descobri no avião, é Inigo. Ele é norte-americano, louro e muito bonito. Fala com Carl, mas com o restante de nós também.

— Esse é St. Antoine le Lac, mas há várias cidadezinhas ao redor, algumas só com uns dois chalés. A que vai nos hospedar fica a quase sete mil pés... Quer dizer, dois mil metros — ele se corrige rápido quando Eva ergue uma sobrancelha. — Não tem estrada de acesso, por isso temos de usar esse funicular pelo restante da viagem.

Ele inclina a cabeça para a abertura escura, meus olhos se adaptam à luz, então consigo ver uma roleta lá dentro e um homem uniformizado com ar de tédio jogando no celular dentro de uma pequena cabine.

— Estou com seus tíquetes — Inigo acrescenta, exibindo os papéis.

Ele os distribui quando saltamos do micro-ônibus na neve fofa e ficamos ali parados com as passagens na mão, olhando para cima. Flexiono os dedos nervosamente dentro dos bolsos e sinto, mais do que ouço, as articulações estalando. São 16h07, mas as nuvens estão tão pesadas de neve que o céu está escuro. Cada um de nós pega uma mala, o motorista aguarda no fim da fila, e enfrentamos a desconfortável espera pelo funicular. Está invisível, em algum ponto do túnel lá no alto, mas dá para ouvir o zumbido constante do enorme cabo de aço quando se aproxima.

— Oi, como vai, Liz? — diz uma voz atrás de mim, viro e vejo Rik Adeyemi, o auditor financeiro da Snoop.

Rik carrega uma garrafa de champanhe aberta embaixo do braço. Ele é uma das poucas pessoas que reconheço, além de Eva, Topher e Elliot. Ele sorri de orelha a orelha, bafora uma nuvem branca de vapor no ar gelado e dá um tapinha com firmeza no meu ombro. Que dói. Tento não demonstrar.

— Quanto tempo!

— Estou bem — retribuo.

Minha voz sai seca, formal. Eu me detesto por isso, mas não consigo evitar. Sempre sai assim quando estou nervosa. E Rik sempre me deixou nervosa. Em parte, por sua altura. Não me dou muito bem com homens em geral, especialmente os altos que pairam sobre mim. Mas não é só isso. Rik é tão... elegante... Muito mais do que Topher, apesar de os dois virem do mesmo mundo. Ele, Topher e Elliot se conheceram no colégio interno. Parece que Elliot sempre foi um gênio, até naquela época. É bem diferente da Campsbourne Secondary em Crawley, onde estudei. Sei que sou uma criatura de outro planeta para eles. Esquisita. Sem jeito. *Proletária*.

Cerro os punhos e estalo as articulações. Rik faz uma careta e ri constrangido.

— Não mudou nada — ele diz. — Continua se estalando.

Não respondo. Ele passa o peso do corpo de um pé para outro enquanto arruma o Rolex de prata, distraído, olhando para o trilho na direção do funicular invisível que se aproxima de nós.

— Mas como você está? — ele pergunta, e sinto vontade de revirar os olhos.

Você acabou de perguntar isso, penso. Mas não falo nada. Estou aprendendo que às vezes não faz mal fazer isso. Aliás, é bem divertido ver a reação das pessoas.

Rik olha para mim à espera do meu socialmente correto "tudo bem" e, quando não vem, enfia a mão livre no bolso, evidentemente desconcertado.

Ótimo. Ele que espere.

ERIN

ID no Snoop: LITTLEMY
Ouvindo:
Assinantes snoop: 0

— Littlemy? — pergunta Danny, espiando por cima do meu ombro enquanto eu escrevia meu nome de usuário novo em folha. Ele pronuncia como duas palavras, "litt" e "lemy". — Que merda significa isso?

— Não é Lit Lemmy. Little My. É um dos Mumin.

— Os moo o quê?

— A Família Mumin! É uma série infantil... Olha, deixa pra lá — digo, ao ver a expressão confusa dele. — Qual é o seu?

— Não vou contar para você — diz ele, ofendido. — Você pode me bisbilhotar.

— Ah, então você pode saber o meu, mas eu não posso saber o seu?

— É isso mesmo. O que você vai ouvir?

Clico um perfil qualquer. NEVERMINDTHEHORLIX. É alguém que o aplicativo sugere a partir da minha lista de contatos, e, apesar de não ter certeza de quem é, acho que pode ser uma colega de escola. "Come and Get Your Love", de Redbone, invade o ambiente. Nunca ouvi falar da banda, mas conheço a música.

— Alguém andou assistindo a *Guardiões da Galáxia* — resmunga Danny com uma pitada de deboche, mas seus lábios dançam ao ritmo da música enquanto ele vai até a janela espiar a neve.

Ele fica lá só um segundo, dá meia-volta, pega uma garrafa de champanhe do recipiente térmico na mesa de centro e arranca a rolha com um estalo, que parece um tiro.

— Estão vindo, dá para ver o funicular chegando.

Faço que sim com a cabeça e enfio o celular no bolso. Sem tempo para bater papo agora. É hora da ação.

Dez minutos depois estou em frente à porta aberta do Chalet Perce-Neige, bandeja com taças na mão, observando um pequeno grupo tropeçar e escorregar na descida do funicular até a varanda de entrada do chalé. Nenhum deles está com calçado apropriado e ninguém sabe caminhar na neve, com passos curtos e jogando o peso para a frente, não para trás. Um deles, um homem preto muito bonito, carrega o que parece... Sim, é. Uma garrafa vazia de Krug. Maravilha. Já estão bêbados.

Um louro alto chega perto de mim primeiro, trinta e poucos anos, um daqueles caras que sabe que é bonito.

— Oi. Sou Topher. Fundador da Snoop — ele se apresenta, sorrindo de um jeito que claramente pretende me fazer ver estrelas. O hálito dele cheira a álcool e a voz é de todos os garotos de colégio interno que conheci. Parece familiar, mas não consigo me lembrar. Talvez seja apenas o fato de que, se alguém estivesse fazendo o casting para o papel de presidente de uma startup hypada, ele com certeza seria escolhido.

— Um prazer conhecê-lo — eu digo. — Sou Erin, sua anfitriã no chalé essa semana. Champanhe?

— Bem... já que você insiste...

Ele pega uma taça de champanhe da bandeja e bebe tudo de uma vez. Anoto mentalmente que, na próxima vez que servir as bebidas para esse grupo, usarei prosecco. Eles não vão notar a diferença de jeito nenhum, bebendo assim de um gole só.

— Obrigado. — Ele põe a taça na bandeja e olha em volta. — A propósito, lugar excelente.

— Obrigada, nós gostamos — comento.

Os outros estão chegando atrás dele agora. Uma mulher deslumbrante de linda com a pele bronzeada e cabelo louro-platinado abre caminho na neve.

— Eva van den Berg — diz Topher quando ela se junta a nós —, minha parceira no crime.

— Oi, Eva. É um prazer dar as boas-vindas ao seu grupo no Chalet Perce-Neige. Querem deixar suas malas aqui e entrar para se aquecerem?

— Obrigada, seria ótimo — diz Eva.

Seu sotaque não é muito britânico. Atrás dela, um dos homens escorrega na neve, dispara uma reclamação, baixinho, e Eva diz para ele:

— Cale essa boca, Carl.

Eu me espanto, mas Carl parece achar normal e simplesmente revira os olhos, levanta e segue os colegas até o quentinho do lado de dentro.

No hall de entrada, o fogo crepita na grande lareira de metal esmaltado. Os hóspedes sacodem a neve dos casacos e esfregam as mãos na frente do fogo. Deixo a bandeja com as taças ao alcance deles e repasso a lista de hóspedes e números dos quartos. Olho em volta e procuro associar mentalmente as pessoas aos nomes.

Eva e Topher, já sei. Carl Foster, o cara que escorregou na neve, é um homem branco atarracado em seus quarenta anos, de cabeça raspada e expressão agressiva, mas está bebendo o champanhe alegremente, parecendo não estar pensando muito na grosseria lá fora. A julgar pelo sobrenome, Miranda Khan deve ser a mulher asiática muito elegante que está perto da escada. Usa salto doze e conversa com o cara do champanhe que trocou a garrafa vazia por uma taça cheia no caminho.

— Ah, Rik — ouço quando ela fala jogando charme —, é a sua cara dizer isso.

Rik Adeyemi. Tico mentalmente mais um na minha lista de nomes. Ok, então são cinco. Os quatro hóspedes restantes são mais complicados. Tem uma mulher magra de vinte e poucos anos, de cabelo curto com mechas nas pontas, que segura embaixo do braço um tapetinho de ioga enrolado. Tem um rapaz, também de vinte e poucos, que lembra muito Jude Law quando era jovem. Parece norte-americano, pelo que ouvi do sotaque quando pegou a taça de champanhe. Atrás dele está uma mulher de cabelo louro em camadas cuja cor não pode ser natural. A cor de botão-de-ouro e a textura da penugem de dente-de-leão. Ela usa óculos redondos enormes e examina tudo no hall de entrada. Combinando com o cabelo, a impressão é de um adorável pintinho. Essa deve ser Ani ou Tiger. É a coisa mais diferente de um tigre que eu poderia imaginar, então registro como uma provável Ani.

O nono e último hóspede é um homem alto e esquisito que olha fixo pela janela com as mãos nos bolsos. Aquele distanciamento antipático destoa estranhamente dos outros hóspedes que estão todos conversando amigavelmente, do jeito que fazem as pessoas que trabalham ou convivem há muito tempo.

Não, espere aí. Tem outro hóspede sozinho. Uma mulher, beirando os trinta anos, curvada num canto discreto perto da lareira, como se esperasse que alguém fosse conversar com ela. Está de roupa escura e camuflada nas sombras, por isso eu não a tinha notado antes. Está meio que... As palavras que me vêm à mente são "encolhida de medo" e, apesar de parecerem fortes demais, são as que realmente se encaixam. A inquietação dela contrasta muito com o restante do grupo, que já está rindo e enchendo as taças de novo, desafiando o conselho de se acostumar com a altitude. Mas não é só a linguagem corporal que a distingue... é tudo. Ela é a única cuja roupa está mais para H&M do que Dolce & Gabbana, e, embora não seja a única que usa óculos, os dos outros parecem adereços de um estúdio em Hollywood, enquanto os dela, descartes do sistema de saúde. Ela também me faz lembrar um pássaro, mas não um pintinho fofinho. Não há nada bonito nela. A mulher parece mais uma coruja, uma coruja sendo caçada, em pânico, de olhos arregalados e encurralada.

Resolvo ir até ela oferecer uma taça de champanhe, mas vejo que não tem mais nenhuma na bandeja. Será que botei o número errado?

Olho em volta contando outra vez. Há dez pessoas no hall de entrada, não nove.

— Hum... com licença — falo baixinho para Topher —, uma pessoa do seu grupo vai se hospedar em outro lugar?

Ele olha para mim sem entender.

— Eu só tenho nove hóspedes na lista — explico. — E parece que vocês são dez, não? Não é um problema, podemos acomodar até dezoito pessoas, mas há apenas nove quartos. Por isso...

Não termino a frase.

Topher bate a mão na testa e se vira para Eva.

— Porra! — ele xinga bem baixo, quase não emitindo som. — Esquecemos a Liz.

— O quê? — ela diz, irritada, balançando a cabeça para jogar o cabelo sedoso para trás, desenrolando uma longa echarpe de linho do pescoço. — Não entendi o que você disse.

— Nós esquecemos a Liz — ele diz, mais enfaticamente dessa vez.

O queixo de Eva cai, ela olha para trás, para a jovem perto da lareira, antes de articular "porra" sem som para o sócio.

Topher nos leva até um canto longe dos outros hóspedes e faz sinal para o sósia de Jude Law jovem se aproximar. Quando ele chega mais perto, a semelhança se desfaz, mas a impressão da beleza deslumbrante só se intensifica. Pele cor de oliva, maçãs do rosto acentuadas, eslavas, e os mais extraordinários olhos azul-topázio que vi em toda a minha vida.

— Inigo — sibila Topher, quando o rapaz chega perto. — Inigo, nós esquecemos a Liz.

Por um momento, Inigo olha para Topher sem entender, depois a ficha cai e a cor some do rosto dele.

— Ai, meu Deus.

O sotaque dele é norte-americano, meu palpite seria californiano, mas não sou muito boa localizando norte-americanos. Ele cobre a boca com a mão, horrorizado.

— Topher, eu... eu sou um babaca.

— Não é culpa sua — diz Eva com raiva. — Foi Topher que se esqueceu dela quando fez a lista original de nomes. Mas de todas as pessoas...

— Se você é tão eficiente — Topher rosna com os dentes cerrados —, talvez devesse ter pedido ajuda para Ani, em vez de deixar Inigo sozinho com todo o trabalho pesado, não é?

— Está tudo bem... — interrompo logo.

Aquilo não estava saindo do jeito que devia. O primeiro dia deve ser de descanso e relaxamento, recuperação na banheira de água quente, bebendo *vin chaud* e se deliciando com a comida do Danny. Era para eles esquentarem a cabeça só mais tarde, na hora das apresentações de PowerPoint.

— Sinceramente, podemos providenciar mais mantimentos e bebidas. O único problema é como redistribuir os quartos. Só temos nove quartos de hóspedes, por isso duas pessoas terão de dividir.

— Deixe-me ver a lista — diz Topher, franzindo o cenho.

— Não, *eu* vejo a lista — retruca Eva. — Você já fez merda, Topher.

— Que seja — fala Topher, irritado.

Eva pega a folha de papel e corre o dedo pela lista. Enquanto isso, observo que seu suéter parece ter marcas de queimado, como se ela o usasse para trabalhar com solda, mas algo me diz que saiu da loja assim e, provavelmente, com um preço salgadíssimo.

— Liz pode dividir com Ani — propõe Inigo querendo ajudar, mas Eva balança a cabeça.

— Não, de jeito nenhum. Se Liz compartilhar o quarto com alguém, vai ficar na cara o que aconteceu.

— Que tal o Carl? — resmunga Topher. — Ninguém liga para ele. Poderia dividir com alguém.

— Com quem? — quer saber Eva. — Rik nunca vai querer dividir um quarto, não é? Quanto ao Elliot... — Ela inclina a cabeça para o cara esquisito de costas para os outros.

— É, ok — Topher responde logo. — Estou vendo que isso não vai funcionar.

Os dois olham pensativos para Inigo, que encara a lista, preocupado. Ele sente os olhares e levanta a cabeça.

— Perdi alguma coisa?

— Perdeu — responde Eva, ríspida. — Você vai dividir o quarto com o Carl. Agora vai lá dar a notícia para ele.

Inigo fica atônito.

— Vou precisar trocar os quartos — digo eu, repassando mentalmente a lista dos quartos em que poderia botar uma cama extra. — Liz terá de ir para o quarto que era do Inigo, o menor, tudo bem? E Miranda pode ficar no do Carl, e Carl e Inigo podem dividir o que era da Miranda, um dos poucos com espaço para duas camas.

— *Cadê* a Miranda? — pergunta Topher, olhando em volta.

Eu me viro para a escada. Rik está conversando com o pintinho fofo, definitivamente Ani, deduzi. E Miranda, alta e elegante, desapareceu. Eva suspira.

— Droga, ela já deve ter ido para o quarto. Bom, ela não vai ficar surpresa de precisar mudar, mas vai ter que aceitar. Vamos encontrá-la antes que desfaça as malas.

— Eu vou com você — digo. — Alguém terá de carregar a bagagem.

Sinto uma dor de cabeça chegando atrás dos olhos. De repente, a sensação é de que esse é o começo de uma semana muito longa.

LIZ

ID no Snoop: ANON101
Ouvindo: off-line
Assinantes snoop: 0

Alguma coisa aconteceu na chegada. Não sei o que foi, mas vi Eva, Topher e Inigo amontoados num canto do hall de entrada com a moça do chalé. E ouvi meu nome, tenho certeza disso. Estavam falando de mim. Cochichando sobre mim.

Não consigo parar de pensar no que estavam dizendo, por que ficavam olhando para trás e maquinando.

Ai, meu Deus, detesto isso.

Não. Não é verdade. Eu não detesto tudo isso. Esse lugar, esse chalé incrível, com a piscina, as vistas, as peles de carneiro espalhadas e os sofás de veludo, esse lugar é um sonho se tornando realidade. Acho que nunca tinha posto os pés em um lugar tão luxuoso, pelo menos não desde que saí da Snoop. Se estivesse aqui sozinha, ficaria completamente feliz, aliás, mais do que feliz. Estaria duvidando da realidade.

Eu detesto *eles*.

Finalmente sozinha no meu quarto, me jogo na colcha costurada à mão, deito nos travesseiros de penas de ganso e fecho os olhos.

Devia examinar o quarto, apreciar a gloriosa vista panorâmica das montanhas, experimentar a banheira do spa, ficar maravilhada com a minha sorte de estar aqui. Mas não faço isso. Fico ali deitada de olhos fechados, repassando sem parar aquele momento horroroso, constrangedor, lá embaixo.

Já devia estar acostumada. Acostumada com o fato de me esquecerem, de não me darem valor, de me ignorarem. Foi um ano inteiro disso na Snoop. Um ano de pessoas saindo para beber depois do expediente e não me convidando. Doze meses de "ah, Liz, reserve uma mesa para quatro no Mirabelle?" e sabendo que esses quatro não me incluíam. Um ano inteiro de invisibilidade. E tudo bem para mim, mais do que tudo bem. Fiquei muito à vontade.

Agora, três anos depois de sair de lá, tudo mudou. Estou muito, *muito* visível. E, de alguma forma, a atenção exagerada de Topher e de Eva e seus esforços para me conquistar são piores do que ser ignorada.

São 17h28, horário da França. Tenho uns noventa minutos antes do jantar. Uma hora e meia para tomar banho, trocar de roupa e tentar achar alguma coisa na minha mala que não me deixe parecendo uma bruxa antiquada ao lado da nova assistente de Eva e daquela menina Tiger do marketing.

Nem considero competir com Eva e a outra mulher de salto doze... Qual é mesmo o nome dela? Miranda. Eu não tenho chance contra elas, nem contra o salário delas. Eva foi modelo de passarela, e, mesmo antes da Snoop começar a decolar, sua verba para sapatos era maior do que meu salário inteiro. Eu sempre soube que não estávamos no mesmo nível. Mas seria bom se eu pudesse descer para jantar e parecer que eu também me encaixava ali.

Abro o zíper da minha mala de rodinhas surrada e vasculho as camadas de roupa que enfiei nela hoje de manhã. Finalmente, um vestido que talvez sirva. Visto e vou para a frente do espelho alisando o tecido, vendo a minha imagem. O vestido é preto, justo e comprei porque li na *Elle* um artigo que dizia que toda mulher precisa de um pretinho básico, e esse era o mais barato da matéria.

Mas não sei por que não parece o vestido daquelas fotos. Está amarrotado da mala e, apesar de só ter sido usado duas ou três vezes, o tecido já está com bolotinhas embaixo do braço, com a aparência gasta de bazar beneficente. Nas costas há pelos que parecem de gato, embora eu não tenha gato algum. Talvez tenham saído do meu cachecol.

Sei que uma mulher como a Tiger provavelmente escolheria esse vestido num brechó e o incrementaria com acessórios inusitados como um colete metálico e coturnos e sairia por aí como se fosse um *look* de um milhão de dólares.

Se eu usasse um colete de malha metálica, pinicaria minhas axilas, faria barulho quando eu andasse e desconhecidos dariam risada e perguntariam:

"Indo para uma justa medieval, querida?" E meu suor acabaria fazendo os elos enferrujarem, o colete mancharia todas as minhas roupas, e eu teria mais ódio de mim do que já tenho.

Continuo parada olhando para mim mesma no espelho e alguém bate à porta.

Meu estômago revira. Não posso encará-los. Não consigo olhar para nenhum deles.

— Quem... quem é? — pergunto, minha voz falha.

— É Erin, a *hostess* do chalé — eu a ouço dizer baixinho atrás da porta. — Só vim conferir se precisa de alguma coisa.

Abro a porta. A jovem que nos recebeu mais cedo está lá, parada. Não tive chance de olhar para ela com atenção quando chegamos, mas agora tenho. Ela é bonita, bronzeada, cabelo castanho brilhante, usa uma blusa branca por dentro da calça jeans azul-escura. Parece segura, confiante, tudo que eu não sou.

Só tem uma coisa fora do lugar, o risco fino cor-de-rosa de uma cicatriz comprida no lado direito do rosto que desaparece no cabelo. Alonga-se quando ela sorri para mim e fico... surpresa, acho. Parece o tipo de pessoa que disfarçaria isso com maquiagem. Só que... não.

Sinto vontade de perguntar o que aconteceu, mas não é uma pergunta que se faça assim do nada. Em outra época, eu perguntaria. Agora aprendi do jeito mais difícil que esse tipo de franqueza faz as pessoas te acharem esquisita.

— Oi — diz ela, ainda sorrindo. — Só quero saber se está tudo bem no seu quarto e avisar que vamos servir drinques antes do jantar, às 18h45, e depois terá uma breve apresentação.

— Uma apresentação? — Mexo na bainha do vestido. — Sobre o resort?

— Não, uma apresentação da empresa, eu acho. Não está no seu cronograma?

Vasculho minha mala e tiro o itinerário dobrado e amassado que Inigo enviou por e-mail alguns dias atrás. Desde então, passei praticamente todos os segundos livres examinando esse cronograma para saber como seria essa semana, de modo que sei perfeitamente que não tem nada listado para a primeira noite, mas ainda preciso verificar se não estou ficando doida.

— Não menciona nada — eu digo.

Não consigo disfarçar o tom de acusação na minha voz. A jovem dá de ombros.

— Talvez seja um acréscimo de última hora. Sua colega de trabalho... Ani, certo? Ela acabou de pedir para instalar o projetor na sala.

Quase digo que Ani não é minha colega de trabalho. Nunca trabalhei com ela. Aliás, mal conheço qualquer um deles, tirando os quatro fundadores originais, Rik, Elliot, Eva e Topher.

Mas estou ocupada demais tentando entender o que isso significa.

Ani é assistente da Eva. Então essa apresentação deve ser alguma coisa que Eva inventou. E Eva é a pessoa mais estratégica que conheço. Jamais deixaria alguma coisa fora da agenda acidentalmente. Quer dizer que fez isso de propósito. Está planejando algo.

Mas o quê?

— Você sabe do que se trata? — pergunto. — A apresentação?

— Não, desculpe. Tudo que sei é o horário. Coquetéis às 18h45, apresentação às 19h.

— E... qual é o traje?

Não queria ter perguntado a ela, mas estou começando a ficar desesperada.

A jovem sorri, mas sua expressão é de confusão.

— Como assim? Somos muito informais aqui no Perce-Neige, ninguém se arruma demais para jantar. Vista o que for mais confortável.

— Mas as pessoas sempre dizem isso!

As palavras saem da minha boca sem querer.

— Dizem: "Ah, vai como você quiser." E quando chego tem um *dress code* implícito que parece que todos já sabiam, menos eu. Vou muito arrumada e eles todos estão de calça jeans, então fica parecendo que eu exagerei, ou uso alguma roupa casual e eles estão todos de terno e vestidos de gala. É como se todos tivessem o *dress code* e eu não!

Assim que termino de falar, sinto vontade de retirar tudo que disse. Eu me sinto nua, insuportavelmente exposta. Mas é tarde demais. As palavras não podem ser recolhidas.

Ela sorri de novo. A expressão é generosa, mas vejo piedade nos seus olhos. Sinto o sangue subindo para minha cabeça, deixando meu rosto vermelho e quente.

— É muito descontraído mesmo — ela afirma. — Tenho certeza de que as pessoas nem vão trocar de roupa. Você ficará linda com qualquer coisa.

— Obrigada — respondo, chateada. Mas não é sincero. Ela está mentindo, e nós duas sabemos disso.

ERIN

ID no Snoop: LITTLEMY
Ouvindo: Bisbilhotando XTOPHER ☑
Snoopers: 1
Assinantes snoop: 1

Enquanto os membros do grupo se reúnem no salão, a música que toca na minha cabeça não é o R&B chileno que estava ouvindo antes de eles entrarem (sim, estava bisbilhotando Topher), e sim "Rotterdam", de Beautiful South. Tudo bem, nem todos são louros. Mas certamente são todos lindos. De forma quase absurda. Lá está a assistente de Eva, a bonita Ani com seu rosto em forma de coração e cabelo botão-de-ouro. Inigo, assistente pessoal de Topher, agora com a barba por fazer cor de cobre que deixa suas maçãs do rosto iguais às de um ator de cinema. Até Carl, o advogado, que deve ser o menos atraente de acordo com os padrões de beleza, tem certo magnetismo.

— Gostoso... — sussurra Danny para mim quando passa com uma bandeja de canapés. — Eu pegaria, você não?

— Carl? Ah, não — sussurro de volta e Danny dá risada, uma gargalhada rouca, deliciosa e contagiante.

— Então quem? O cara dos computadores ali?

Ele aponta com a cabeça para Elliot, que está no mesmo lugar que escolheu ao chegar, se empenhando para não olhar diretamente para ninguém. Eu rio e balanço a cabeça, mas não por achar Elliot feio. Tudo bem, ele parece um garoto desajeitado, mas mesmo assim consegue ser atraente de um jeito meio chique tradicional. O corpo dele é daqueles que parecem ter ossos que não cabem na pele, é todo pulsos salientes, maçãs do rosto angulosas e tornozelos ossudos proeminentes nas calças curtas demais. Mas os lábios são surpreendentemente sensuais e, quando uma colega chega perto, passa o braço na cintura dele de um jeito bem íntimo. E Elliot não se esquiva como pensei que faria.

— Então vamos começar essa festa — diz Topher acima do barulho das vozes. — Carl, Inigo, certamente algum de vocês entende desse sistema de microfone, não? Meu Deus, ninguém poderia imaginar que somos uma empresa de tecnologia.

De repente, a música começa a tocar do nada. David Bowie canta "Golden Years" pelos alto-falantes Bluetooth. Não tenho certeza de quem colocou, mas é uma escolha apropriada, quase irônica. Há definitivamente uma aura de ouro nesse grupo. Eles estão acima de tudo e de todos.

— Oi — diz a jovem que passou por Elliot, abriu caminho pelo grupo e chegou onde Danny e eu estamos.

Ela se move no ritmo da música e está com um vestido justo muito curto que expõe pernas elegantes e bem torneadas, encurtadas pelas botas Doc Martens. Na hora, não consigo localizá-la na lista e sinto certo pânico, mas, então, identifico o cabelo tingido nas pontas e o piercing no nariz. Ela é a mulher que segurava o tapetinho de ioga quando chegou, e aí me lembro do nome. Ioga. Tiger. Tiger-Blue Esposito. Chefe da calma.

— Oi, Tiger — cumprimento-a e ofereço a bandeja de coquetéis que estou segurando. — Aceita um drinque? Esse é um *bramble gin martíni* e o da esquerda um *marmalade old fashioned*.

— Eu vim mesmo procurar alguma coisa para comer.

Ela dá um sorriso sedutor para mim, exibindo dentes perfeitos muito brancos e uma covinha na sua pele de pêssego. Sua voz rouca me faz lembrar do ronronar de um gato e, de repente, o nome estranho parece adequado.

— Desculpe, eu sei que é falta de educação devorar os canapés assim que saem da cozinha, mas a última rodada estava boa demais e estou morrendo de fome. Não serviram nada no avião, por isso só tomamos champanhe desde o café da manhã. — Ela para um segundo e, então, dá uma risada alta que me surpreende. — Ah, quem estou querendo enganar? É que sou patologicamente insaciável.

— Não se desculpe — diz Danny.

Ele estende a bandeja em que os canapés feitos com todo o cuidado estão enfileirados como soldadinhos.

— Eu adoro mulheres boas de garfo. Esses são profiteroles recheados com Gouda — ele aponta para os minúsculos salgadinhos em forma de pena, à esquerda da bandeja —, e esses à direita são ovos de codorna com ricota defumada.

— Os dois vegetarianos? — pergunta Tiger, e Danny concorda.

— Sem glúten?

— Só os ovos de codorna.

— Ótimo — diz Tiger.

As covinhas aparecem de novo, ela pega um ovo de codorna, enfia tudo na boca e fecha os olhos com volúpia enquanto mastiga.

— Ai, meu Deus — ela diz enquanto come. — Esse foi um orgasmo em forma de canapé. Posso pegar mais um?

— Claro — Danny diz com um largo sorriso. — Mas guarde um espacinho para o jantar.

Ela pega outro, enfia na boca e fala com a boca cheia.

— Ok, salve-me de mim, leve a bandeja embora antes que eu vire o próprio Homer Simpson e comece a babar no chão.

Danny faz uma pequena mesura zombeteira e vai até Elliot, e Tiger olha para ele, gostando do que vê. Não posso culpá-la. Danny é generoso, um grande cozinheiro e bonito também.

— Tiger.

Uma voz elegante com um sotaque limpo chama atrás de nós, viro e vejo a mulher das relações públicas, Miranda, chegando a passos largos do outro lado do salão. O cabelo preto está solto, formando uma cortina escura e sedosa nas costas, e ela usa um macacão deslumbrante de seda preta, cingido por um cinto que exibe a invejável cintura minúscula e sapatos altos de veludo azul-escuro. Com uma careta, noto que os saltos estão deixando marquinhas de terra no assoalho de madeira, mas não posso dizer nada. Em vez disso, ofereço a bandeja de bebidas. Miranda pega um coquetel sem olhar para mim e larga um churrasquinho de pato defumado comido pela metade no lugar do copo.

— Precisamos conversar — ela diz para Tiger.

A voz de Miranda é aguda e penetrante, o sotaque típico da realeza, algumas vogais de distância da verdadeira princesa Margaret.

— Claro — diz Tiger, solícita.

Ela engole e limpa a boca.

— Ei, você experimentou os ovos de codorna? Estão uma delícia.

— Esqueça isso, Tigs, ouça, precisamos de um tempo para conversar sobre estratégia de comunicação do release geosnoop do Elliot. Acabei de receber uma ligação daquela merdinha insistente da Unwired perguntando sobre isso.

— O quê? — Tiger parece espantada. — Como foi que isso vazou? Não está nem em beta ainda, está?

— Não faço ideia, mas acho que Elliot deve ter dado com a língua nos dentes. Ele nunca foi capaz de cumprir qualquer embargo e anda contando para todo mundo que quiser ouvir que vai ser muito legal. — Ela faz aspas com as mãos quando diz a palavra "legal". — Acho que consegui segurar a Unwired por enquanto, mas isso vai vazar mais cedo ou mais tarde e me preocupo muito de que forma vai sair na imprensa. Nem preciso dizer para você que privacidade nas redes sociais é a palavra da moda agora. Não tenho certeza se alguém já reparou na mudança nas permissões por parte dos usuários, mas é só uma questão de tempo. Meu Deus, será que alguém pode desligar essa barulheira infernal?

Ela olha para mim e pressiona as têmporas, e eu percebo que está falando da música.

— Foi um dos hóspedes que ligou — explico, procurando não parecer na defensiva. — Mas vou ajustar o volume.

— Acho que precisamos de duas abordagens — Miranda continua quando eu me afasto à procura do controle remoto dos alto-falantes. — Um plano A que pressuponha um release programado, com tempo marcado, isto é, marketing, RP, tendências, burburinho social e assim por diante. Basicamente, tudo que já esboçamos. E, além disso, um plano B para caso vaze, e aí então a questão passa a ser se levamos adiante aspectos da campanha de marketing para apoiar a nossa narrativa. É absolutamente essencial que controlemos a conversa nas redes sociais.

Elas entram em tecnicalidades e a conversa se perde no burburinho ao fundo. Localizo o controle remoto embaixo de um guardanapo sujo, abaixo um pouco o volume e olho para o relógio sobre a lareira. São 18h55. Eles devem ir daqui a pouco, mas parece que está faltando alguém.

— Ah, até que enfim! — diz uma voz de homem atrás de mim, viro e vejo que é Topher. — O cara pode morrer de sede esperando o serviço aqui.

Ele afasta o cabelo louro dos olhos e suaviza a grosseria com um sorriso encantador.

— Desculpe! — Ofereço a bandeja e disfarço minha irritação com um sorriso educado. — *Bramble martini*?

Topher pega um e bebe tudo de uma vez numa velocidade espantosa. Controlo a vontade de dizer que são basicamente metade gim.

— Carl? — Estendo a bandeja para o colega dele, que meneia a cabeça e pega o último *old fashioned*.

— Saúde. Mas não preciso de mais bebida, para ser sincero, estou procurando comida. Tem mais desses salgadinhos de queijo por aí? Estou morto de fome.

— Salgadinhos de queijo! — Topher debocha. — Não é assim que se entra em forma para esquiar, Carl, meu amigo.

Ele dá um tapinha na enorme barriga de Carl, apertada numa camisa quadriculada.

— É armazenamento de carboidrato, companheiro — diz Carl, piscando para mim. — Parte essencial da minha dieta de treinamento.

— Danny está circulando com os canapés, tenho certeza de que chegará aqui em um segundo — digo, mas posso ver por cima do ombro de Carl que Danny foi encurralado por Elliot, que está pegando metodicamente os profiteroles de Gouda, um por um, e pondo na boca como se fossem Cheetos. Espero que haja mais na cozinha.

Topher também viu e agora ele se debruça sobre mim para agarrar o ombro de Elliot.

— Elliot, meu amigo. Pare de devorar isso. Carl está fazendo armazenamento de carboidrato — diz ele, e aproveito a oportunidade para escapar e supervisionar o restante do salão.

São 19h05, segundo o relógio sobre a lareira, mas, quando conto as cabeças, só há 9 hóspedes presentes. Alguém se atrasou, e não fui a única a notar. Eva está batendo o pé e olhando em volta ansiosa.

— Onde se meteu a Liz? — ouço Eva sibilar para Inigo, que sussurra alguma desculpa.

Então o rosto dele se ilumina, e ele toca no braço de Eva.

Eva olha para o topo da escada. Sigo seu olhar e vejo Liz parada no topo da escada em caracol. Está de braços cruzados e seu desconforto faz Elliot parecer quase à vontade.

— Liz! — Eva chama com simpatia. — Desça, venha tomar um drinque.

Liz desce a escada lentamente, quase relutante. Está com o mesmo vestido preto desajeitado que vi quando a encontrei em seu quarto mais cedo, e fico triste por ela. O vestido é todo malfeito e o caimento a deixa parecendo um saco de batatas, e dá para ver pelo jeito que ela puxa a calcinha por cima do vestido que ela sabe disso. No pé da escada, ela para, flexiona as articulações dos dedos como se fosse um tique nervoso. Os estalos são como madeira no fogo, muito desagradáveis.

Já vou me adiantar para oferecer uma bebida, mas, para minha surpresa, Topher chega primeiro. Ele pega um martíni da minha bandeja e corre para oferecer para Liz com expressão de cachorrinho entusiasmado.

É tão forçado que me surpreende.

Quem é essa mulher? Por que eles estão tão ansiosos pela aprovação dela? É quase como se... Fico pensando. É quase como se tivessem *medo* dela.

Mas isso é absurdo.

LIZ

ID no Snoop: ANON101
Ouvindo: off-line
Assinantes snoop: 0

Estão todos esperando reunidos ao pé da escada quando chego ao salão: Eva, Topher, Inigo, Rik. Eva usa um vestido longo de lã branca que deve ser caxemira e que faz com que eu me sinta uma baranga. Topher está de jeans com camisa sem gola. Ele balança uma taça de martíni na minha cara.
    — Um drinque, Liz? — oferece ele, sorrindo.
    — Não, obrigada — respondo.
    — Ah, vamos lá — diz Topher com todo seu charme. — É uma ocasião especial... toda a gangue junta de novo!
    Eu devia sorrir, mas não sinto vontade. Meu vestido está apertado demais. Estou usando um modelador para que caia melhor, mas está beliscando e meu estômago dói. E a música está alta demais.
    — Obrigada, mas estou com dor de cabeça — digo.
    Não quero contar a verdade para Topher, que não bebo mais álcool. Ele vai ficar se perguntando por quê, o que mudou desde que saí da Snoop.
    — Ah, pobrezinha... — diz Topher. — Vou pegar uma coisa para você, tenho ibuprofeno no meu quarto. Inigo...
    — Não, obrigada — repito.
    Meu coração está batendo de um jeito esquisito, irregular, e me deixando nauseada.
    — Não quero nenhum remédio. Acho que preciso de um copo de água.
    — Deve ser a altitude — diz Eva, solícita. — E o ar seco. É muito fácil desidratar aqui em cima. Você está sendo sensata em não beber álcool.

Topher franze a testa para Inigo e inclina a cabeça para a cozinha. Inigo faz que sim e sai apressado. Imagino que tenha ido pegar água para mim. Isso está muito errado. Eu era o alvo dos rosnados de Topher. E, sinceramente, eu preferia assim. Preferia quando era invisível.

Quando Inigo volta, Topher pega o copo da mão dele e diz para os outros: "Vamos dar um espaço para Liz." Então, ele me leva até um pequeno sofá e faz sinal para eu sentar. Não vejo saída, por isso obedeço. Topher fica ao meu lado, perto demais, e segura minha mão.

Sinto o pânico aumentar.

Sei o que ele vai dizer.

— Liz, eu queria te dizer... — ele começa.

Olho em volta, em pânico. Meu coração está quase parando. Fico imaginando se tenho algum problema cardíaco. Topher está dizendo que se orgulha de ter me contratado, que eu me destaquei na entrevista, falando sobre a minha contribuição para a Snoop, sobre a nossa "jornada juntos".

Suas palavras são abafadas pela música alta e barulhenta ao fundo e por um zumbido estranho nos meus ouvidos. Mas nem preciso ouvir direito para saber o que ele está realmente dizendo.

Eu defendi você.

Eu lhe dei sua chance.

Você não estaria aqui sem mim.

Você me deve essa.

E ele tem razão. Eu sei que está certo. Essa é a pior parte. Porque vou deixar transparecer.

Ele está sendo tão gentil que sinto vontade de vomitar. Mas, ao mesmo tempo, sinto o cheiro de álcool no hálito dele, o calor do seu corpo contra o meu, e só consigo pensar no meu pai se inclinando sobre mim.

Estou quase estalando as articulações dos dedos de nervoso quando surge uma voz na minha cabeça sem ser chamada. *Se você fizer esse barulho nojento mais uma vez...*

Eu não resisto à vontade de me encolher de nervoso.

— ... e isso me deixa tão orgulhoso — Topher finaliza.

Não tenho ideia do que dizer. Antes de pensar em alguma coisa, ouço um barulho alto vindo do outro lado do salão. É a assistente da Eva, Ani. Está com um vestido de seda que parece feito com duas echarpes e está na ponta dos pés, batendo duas taças de champanhe. O tim-tim ecoa no salão inteiro.

Todos ficam em silêncio, menos Elliot. Ele continua conversando com Rik. Sua voz monótona e grave explode no silêncio da sala.

— ... problemas do servidor com o lançamento de geosnoop, se não...

Rik cutuca Elliot, que olha em volta. Para no meio da frase, confuso.

Ao meu lado, Topher fica tenso e surpreso. Essa apresentação deveria ser da Eva. Mas pelo visto Topher não sabe de nada.

De repente, eu entendo o que está acontecendo. Isso é uma emboscada.

Não. A palavra certa não é essa.

Isso é um golpe.

ERIN

ID no Snoop: LITTLEMY
Ouvindo: off-line
Assinantes snoop: 1

— Snoopers!
A voz de Eva é aguda e artificialmente alegre. Está no primeiro degrau da escada caracol, mas nem precisa da altura extra, está deslumbrante com seu impecável vestido de caxemira, parecendo uma flute de champanhe.

— Eu sei que isso não estava no cronograma, mas Ani e eu queríamos receber todos vocês aqui e iniciar a semana com alguns pontos altos da jornada Snoop, só para lembrar que vocês todos são incríveis, quanto avançamos e como vocês, todos vocês, contribuíram para esse fenômeno que é Snoop. Vamos para a sala de estar um instante? Podem trazer seus drinques.

Há um arrastar de pés generalizado e uma energia esquisita que não consigo definir.

Examino o salão e vejo, pela reação de todas as pessoas e pela expressão em seus rostos, que o grupo se divide em três núcleos.

Primeiro, o pequeno círculo de Eva, formado por Rik e Ani. Eles sabiam dessa apresentação e estavam esperando a deixa de Eva. Já estavam reunidos antes que ela anunciasse e agora pareciam tensos, como alguém pronto para a batalha.

Depois, um grupo do meio, de pessoas surpresas, mas satisfeitas, aguardando a diversão com alegria, sem preocupação. Esse grupo inclui Tiger, Miranda e o advogado Carl. Estão pegando seus drinques, conversando, como se não percebessem as tensões em volta.

E, finalmente, o pequeno grupo de Topher que também está surpreso, mas não de forma positiva. O assistente dele, Inigo, está com uma cara de criança que pisou em cocô de cachorro de sapato novo e está prestes a levar a maior bronca do pai. Tecno Elliot está parado em um canto de braços cruzados, emburrado. Bate a ponta do pé no chão e olha feio através dos óculos como se tivesse acabado de cair em um blefe num jogo de pôquer. O próprio Topher levantou do sofá no qual conversava com Liz e está realmente alarmado. É a primeira vez que vejo seu charme juvenil desalinhado, e noto que, por trás do carisma e da segurança projetada, existe mais alguma coisa. Só não sei ao certo o que é. Será que a aparência serena esconde um menino assustado? Ou será que é algo bem diferente, talvez mais perigoso? Em certo momento, vejo uma fagulha de raiva na expressão dele.

E, finalmente, tem Liz. Não tenho certeza a qual núcleo ela pertence. Não se encaixa em nenhum, mas acho que sabe o que está acontecendo. Está com ar imperturbável, os óculos refletem a luz do teto, de modo que não consigo ver sua expressão. Mas não parece contente. Na verdade, está de braços cruzados como se quisesse se defender de um golpe.

— Espere um segundo, Eva... — diz Topher, tentando reproduzir seu costumeiro tom de comando, mas é tarde demais, Eva já está levando os outros rapidamente para a sala e ele não tem escolha, segue com Elliot ou é deixado para trás. — Eva, que mer...

Então a porta se fecha.

LIZ

ID no Snoop: ANON101
Ouvindo: off-line
Assinantes snoop: 0

Ani nos encaminha para a sala, e sinto uma pontada de pânico. O lugar é pequeno e escuro. As janelas estão fechadas com persianas. A única luz vem da porta e de uma projeção do logo da Snoop numa parede. A imagem é rosa-choque e deixa uma cor estranha nos rostos do grupo, como a de pernil cozido. Eu me acomodo num sofá e, quando fecham a porta, sinto a atmosfera me cercar como um punho fechando.

É uma atmosfera que não sinto há quase três anos.

Dinheiro. Privilégio. Ambição.

O cheiro é tão real quanto a famosa e caríssima colônia personalizada de Topher, a mesma marca que eu costumava encomendar para ele de uma pequena perfumaria de Paris na rue des Capucines, gaguejando o pedido com meu fraco francês de menina. Consigo sentir agora, apesar de ele estar do outro lado da sala.

Sinto uma repentina onda de ansiedade.

Acho que vou vomitar.

— Tiger — diz Eva depois que todos estão sentados —, você pode nos orientar numa breve meditação?

— Claro! — diz Tiger.

A voz dela está meio rouca. Acho que sempre foi assim, mas me faz pensar em pigarrear. Resisto à vontade de tossir quando ela olha em volta para o grupo todo.

— Fiquem à vontade todos vocês, seja lá o que significa isso para cada um. Podem ser sentar, recostar, ficar de pé, abraçar.

Não consigo evitar um tremor ao ouvir a última palavra, mas minha reação é melhor do que a bufada debochada que ouço de Carl. Eva o fuzila com o olhar, e ele se defende mudando de posição na almofada no chão. O enchimento da almofada guincha e sibila enquanto se acomoda.

Tiger fecha os olhos.

— Fechem os olhos — ela murmura — e dediquem um momento, todos, para encontrar seu centro.

Agora a sala fica silenciosa. Fecho os olhos, mas isso não resolve a sensação de estar presa, aliás, se provoca alguma coisa, é uma sensação pior. Sinto o calor do ombro de Inigo à minha esquerda e a coxa de Rik encostada na minha direita. Não podem evitar encostar em mim, o sofá é pequeno demais para três, só que isso não faz minha tensão diminuir nada. Estou transpirando. As palmas das mãos grudentas. Meu corpo inteiro rígido com desconforto. Eu quero estar ali. Eu não quero estar ali.

— Agradeçam a vocês mesmos — diz Tiger com voz baixa e suave. — Agradeçam seu corpo por trazê-los aqui, seus ossos por carregá-los, seus músculos por apoiá-los, suas mentes por libertá-los.

Eu não quero agradecer a ninguém por isso. Eu quero sair daqui. Ouço outro barulho quando Carl muda da posição desconfortável e, de repente, não consigo mais suportar a claustrofobia. Abro um pouquinho os olhos e tento eliminar parte do desconforto. Já ia fechá-los de novo quando noto que tem mais alguém espiando. Na minha frente, Topher abre os olhos por um instante. Ele examina a sala tentando entender que diabos está acontecendo. Nossos olhares se encontram. *Estou te vendo.* Ele ergue uma sobrancelha. Fecho os olhos depressa.

— Agora agradeçam ao universo — continua Tiger-Blue. — Pela dádiva que é a sua existência, pela dádiva que é vocês estarem aqui, pela dádiva que é este lugar, as montanhas majestosas compartilhadas conosco por alguns dias.

Ouço a respiração de Inigo ao meu lado. Rápida e curta. Dou uma espiada, está com os dentes cerrados e tem um músculo remexendo na bochecha. Está odiando isso tanto quanto eu, e é claro que não sabia que aquilo ia acontecer, assim como Topher. Eu sei, por conta dos meus dias de assistente pessoal, como Topher reage quando está por fora de alguma coisa. Alguém vai ser cruelmente punido mais tarde. Fico com pena de Inigo, mas minha principal emoção é o alívio de saber que não serei eu.

— E agora agradeçam à Snoop — entoa Tiger. — O que nós somos e que é maior do que todos nós. Por tudo que somos, por tudo que temos, por botar pessoas em contato e pela música em nossas vidas. Pelos milagres simples que faz acontecer todos os dias.

Graças a Deus que não trabalho mais na Snoop, é só o que penso.

Não sei se ela terminou ou não, mas faz-se um breve silêncio. Sinto o coração na boca. Quando aquilo se prolonga até ficar quase insuportável, Eva fala:

— Obrigada, Tiger-Blue, foi lindo. E isso me traz ao que eu queria, que é agradecer a todos vocês por estarem aqui e por tudo que fizeram por mim, pelo Topher, pela Snoop e pela música. Obrigada pela música.

— Ouçam, ouçam! — diz Topher para chamar atenção.

Todos abrem os olhos, e ele ergue o copo, de modo que todos têm de beber, querendo ou não. Eu tomo minha água.

— Agora vocês vão me perdoar por essa surpresinha, mas não pude deixar a semana começar sem uma pequena comemoração dos nossos triunfos, do que vocês realizaram nos últimos quatro anos — diz Eva.

Ela não olha para mim quando fala, mas acho impossível não perceber que estou destoando aqui. Sou a única que atualmente não trabalha na empresa.

— Ani? — diz Eva.

Ani meneia a cabeça e aperta uma tecla no laptop que tem sobre os joelhos. Os alto-falantes estalam. Começa a soar uma música, alto demais. Imagens em movimento iluminam a parede oposta.

Eu devia assistir ao filme, mas não consigo me concentrar. A música está muito alta. Minha cabeça dói. As imagens são brilhantes demais. Passam rápido demais. Há uma intensidade desesperada, caótica. A dor de cabeça que estava diminuindo aos poucos volta, e minhas têmporas pulsam. Como se apertassem uma faixa na minha testa.

Números e gráficos piscam na tela — lucro e prejuízo, perfis de usuários, taxas de expansão entre competidores. Aperto os olhos com os dedos para afastar o turbilhão de imagens, mas não consigo abaixar a música que segue de uma para outra numa amostragem frenética dos maiores sucessos da Snoop.

Eva está falando mais alto que a música. Sobre o alcance da mídia social e dos principais influenciadores. O restante do grupo está em silêncio. Sinto o ressentimento fervente de Topher do outro lado da sala, mesmo de olhos fechados.

E, então, a música para. Sinto tirarem o peso dos meus ombros, como se alguém tivesse parado de berrar nos meus ouvidos. Abro os olhos. Tem um único gráfico no projetor, acima do logotipo do Snoop. Cheio de números. Eva explica o que cada um significa. Percentagens, projeções, custos... E então eu ouço a palavra que estamos tentando evitar há quase doze horas.

Aquisição.

Sinto a faixa em volta da minha cabeça apertar demais. Não estou pronta para isso.

Ela está falando sobre a oferta. Está explicando o que significaria em termos de expansão da empresa, oportunidades para os funcionários... mas está na metade da segunda tabela de números quando Topher interrompe:

— Não, não, porra, não mesmo, Eva.

— O que disse?

Ele fica de pé. Seu rosto escurece parte da projeção, o perfil fica bem delineado em preto na parede e os números cobrem todo o rosto como uma espécie de tatuagem grotesca.

— Isso é só metade da história, e você sabe. Onde estaríamos se tivéssemos desistido do nosso IP para o Spotify, como eles queriam lá no começo? Em lugar nenhum, é onde estaríamos. Seríamos mais um aplicativo insignificante de streaming do qual ninguém teria ouvido falar e...

— Topher, isso é completamente diferente.

Eva está de pé na sombra, longe do facho do projetor. Sua voz soa furiosa, mas também como se esforçasse muito para parecer razoável.

— Você sabe que é.

— Diferente como? Eu não vou acabar como a porra da Friendster.

— Nesse passo, se tentarmos outra rodada de fundos de investidores, é mais provável que tenhamos o mesmo fim que Boo.com — retruca Eva.

Ela respira fundo. Posso ver que tenta controlar a raiva.

— Olha, Toph, você tem alguns argumentos válidos, mas acho que agora não é a hora nem o lugar...

— Não é a hora nem o lugar?

Ele bufa de raiva. Fico enjoada. Tenho um violento flashback da minha infância, meu pai de pé berrando com a minha mãe. Fecho os olhos com força. Sinto que começo a tremer.

— Foi você quem resolveu iniciar a semana com seu filminho de propaganda... — rosna Topher.

— Pessoal... — Ouço o barulho de almofadas ao meu lado, e Rik levanta. Abro os olhos. Ele está abrindo caminho entre almofadas e copos para ficar praticamente entre os dois.

— Acho que Eva estava apenas tentando...

— Eu sei exatamente o que Eva estava tentando fazer — berra Topher, e eu luto para não cobrir as orelhas com as mãos de novo. — Ela está tentando passar a perna na gente. Bem, ela que vá para o inferno.

— Topher.

Eva parece estar prestes a chorar, mas não tenho certeza. É muito difícil saber se a preocupação dela é real ou apenas uma distração estratégica. Se estiver representando, é muito convincente.

— Toph, por favor... Isso era para ser uma comemoração...

— Era para ser uma porra de uma emboscada — retruca Topher.

— Não, de jeito nenhum, nunca.

As palavras dela são convincentes. Mas ela exagerou com essa afirmação. Todos na sala sabem que ela está mentindo, e há um burburinho de gente incomodada que se mexe e evita encarar os outros.

— Pessoal! — diz Rik, desesperado. — Por favor, pessoal, não é assim que devíamos começar essa semana. Precisamos sair disso com um resultado que agrade a todos.

— Que agrade? — Topher vai para cima dele. — Agradar? Nesse ritmo, teremos sorte de sair daqui todos vivos.

E, com isso, ele bate o copo vazio na mesa de centro e sai furioso da sala.

ERIN

ID no Snoop: LITTLEMY
Ouvindo: Loyle Carner / "Damselfly"
Snoopers: 2
Assinantes snoop: 3

Estou com meus fones de ouvido quando Topher sai apressado da sala e pega a garrafa de uísque do bar do hall de entrada. Sou pega desavisada, arrumando a mesa, batendo o pé no ritmo da música. Não esperava que saíssem nesses dez minutos e, quando tiro rapidamente os fones de ouvido, ouço o final do que ele diz:

— ... pode botar isso na conta daquela vaca holandesa.

Caramba... O que será que aconteceu naquela sala? Fico um minuto ali parada, vendo Topher se afastar, então o grupo começa a sair, todos cabisbaixos, e mostro seus lugares à mesa.

A grande porta de vidro do hall de entrada ainda está balançando com o encontrão que Topher deu ao sair furioso em direção à neve. Aonde será que ele vai? Está de jeans e camisa, e está fazendo onze graus negativos lá fora nesse momento. Não há restaurantes ou bares por perto. St. Antoine 2000 não passa de um punhado de chalés. As pessoas que querem jantar fora precisam descer para St. Antoine le Lac, onde ficam todas as lojas, restaurantes e cafés que se pode desejar. É uma esquiada fácil até lá embaixo, uma longa pista azul bem no centro da aldeia. Mas só tem um jeito de voltar nessa hora, que é pelo funicular, que fecha às 23h.

Alguém bota música nos alto-falantes principais da sala de jantar, a banda The 1975, metálica e animada, talvez para elevar o astral. Mas conforme começo a servir os aperitivos de Danny, cogumelos em miniatura gratinados, em pequenas colheres de louça, a ausência de Topher é como um nervo exposto. Os gratinados fazem sucesso, os pratos de Danny sempre fazem, mas obviamente não sou a única tensa por causa do Topher e o clima é estressante. Há um lugar vago na ponta da mesa onde Topher devia estar, entre Inigo e Miranda, que trocam olhares preocupados sempre que outro prato chega e sai sem que ele volte.

Elliot, de costas para a parede, come de cabeça baixa, não conversa com ninguém e põe a colher na boca como se fosse uma competição. É colher mesmo, porque a entrada é a sopa de nabo branco trufado, então a colher faz sentido, mas, quando tento tirar os talheres para abrir espaço para os dos pratos seguintes, Elliot agarra a colher e olha feio para mim, como se tivesse me pegado roubando seu relógio. Chega a carne e ele ataca com a colher de sopa, ignorando o garfo e a faca ao lado do prato. Entre um prato e outro, ele fica de cabeça baixa olhando fixo para os nós e os meandros da madeira da mesa, ignorando Tiger à sua esquerda, que conversa com Miranda como se aquilo fosse perfeitamente normal, e Carl à direita, que o ignora, fazendo questão de dar as costas para ele e olhar para Ani e Eva.

Eva, na cabeceira da mesa, mexe a comida no prato, olha para o relógio e espia a neve caindo pela janela, demonstrando toda a ansiedade que eu tento esconder. Carl diz alguma coisa, ela retruca com uma raiva que me faz encolher, mas ele parece aceitar como consequência inevitável.

Liz está abatida e infeliz, como um coelho numa emboscada, e recusa todas as ofertas de vinho. Em certo momento, Rik tenta conversar com ela. Não sei o que ele fala, não ouvi o início, mas ela balança a cabeça violentamente e, quando ele abre a boca de novo, ela se levanta.

— Com licença, vou ao banheiro.

Liz empurra a cadeira com tanta força que faz um barulho estridente ao arranhar o piso.

Depois que ela se afasta, Eva olha feio para Rik na outra ponta da mesa, articulando palavras com a boca que não entendo direito, mas acho que pode ter sido um "eu te avisei".

Até o crème brûlée do Danny consegue reanimar a noite, e depois do jantar o grupo se espalha, com desculpas de dor de cabeça, dormir cedo e e-mails para enviar. Quando passo pelo hall, indo abastecer a lareira na sala de estar, noto que sumiram mais duas garrafas do bar.

O mistério de uma é resolvido quando atravesso a sala de estar e encontro Rik e Miranda no canto do sofá grande e macio, uma garrafa vazia de Armagnac na mesa entre os dois e um jazz cubano saindo do sistema de som pelo celular de Rik ou de Miranda. Rick me vê marcando a garrafa e dá um sorriso.

— Você não se importa, não é? Vamos colocar na conta no fim da noite.

— Tudo bem — respondo sinceramente. — É assim funciona mesmo. Precisam de mais alguma coisa? Queijo? Café? Petit-fours? Danny faz umas ameixas incríveis, supersaborosas, cobertas de chocolate, que combinam muito bem com uma taça de brandy.

Rik olha para Miranda e ergue uma sobrancelha numa troca sem palavras que diz mais sobre o relacionamento deles do que qualquer troca física. Tem alguma coisa acontecendo ali. São mais do que colegas de trabalho, quer saibam disso ou não.

É Rik que responde pelos dois.

— Não, estamos satisfeitos, obrigado.

— Nenhum problema — digo. — Avisem se mudarem de ideia.

Começo a empilhar lenha na lareira, Rik se inclina para Miranda e recomeça a conversa deles como se eu não estivesse ali.

— Você viu o *olhar* dela para mim quando mencionei as ações para Liz? Tive até que ver se não tinha queimado minha camisa.

— Eu sei. — Miranda apoia a cabeça nas mãos. — Mas Rik, sinceramente, você queria o quê? Eva deixou bem claro que...

— Eu sei, eu sei... — diz Rik, passa a mão no cabelo curto e balança a cabeça, frustrado. — Mas fiquei irritado ao ver Eva agindo como se fosse a dona da Liz. Conheço Liz o mesmo tempo que ela. Nós nos dávamos muito bem antes disso tudo acontecer.

— O que *foi* que aconteceu? — pergunta Miranda. — Foi tudo antes de eu chegar, nunca entendi.

— Você tem de entender que naquela época não tínhamos dinheiro nenhum. Aqueles primeiros seis meses foram uma piada. Nós não tínhamos salário. Não que Elliot se importasse. Ele não gastaria um tostão sequer se Topher não mandasse. Ele é assim desde os tempos de escola. Mas o restante de nós se importava. Eva vivia das suas economias de modelo como se não houvesse amanhã. Topher tinha finalmente irritado tanto os pais que eles o deixaram sem um centavo e ficava revezando o sofá dos amigos da escola. Eu trabalhava durante o dia na KPMG e à noite na Snoop, usando todo meu cheque especial. E Liz era só a secretária que respondeu a um anúncio de emprego on-line e que estava feliz recebendo um salário de merda. Quer dizer, desde aquela época ela se vestia como se fosse da igreja, mas era eficiente e não criava caso sobre trabalhar em um escritório decadente alugado, sem ar-condicionado, em South Norwood.

— Não quis dizer isso, queria saber como foi que Liz...

— Vou chegar lá. Estávamos a umas duas semanas do lançamento e, finalmente, o dinheiro acabou de verdade. Estávamos quebrados, completamente quebrados, sem saída. Cartões de crédito, cheque especial, amigos e famílias... Tínhamos sugado tudo e faltavam cerca de dez mil para manter as luzes acesas. Topher tinha vendido até sua Ferrari, mas não bastou. Por quatro dias, parecia que íamos falir, contas chegando, contratos que assinamos, cartas de cobrança e notificações, oficiais de justiça para todos os lados. Então, do nada, a pequena Liz diz que a avó tinha acabado de morrer e deixado dez mil para ela. E diz que vai botar na empresa. Só que quer estabilidade. Não dinheiro. Ela quer ações da empresa. E não quaisquer ações, ações com direito a voto. Bom, deixamos os advogados discutirem a divisão, mas o resultado final foi 30% das ações para Topher, 30% para Eva, 19% para Elliot, 19% para mim e 2% para Liz.

— Dois por cento? — questiona Miranda. — De uma empresa que não tinha nenhum capital e que estava quase falida? Não parece garantia nenhuma para dez mil.

— Há quem concorde com você — diz Rik secamente. — Mas ela vai rir por último. Aqueles dez mil vão virar doze milhões se a aquisição vingar.

Chocada, deixo cair uma tora de lenha. Ela bate na ardósia da lareira, derrubando o jarro de cerâmica com os atiçadores. O jarro quebra fazendo um barulhão absurdamente alto e prendo a respiração, pronta para me desculpar, mas Rik e Miranda nem parecem notar. Recomeço a empilhar a lenha com mais cuidado, e eles continuam conversando.

— Cacete! — diz Miranda, dando risada, mas meio chocada, como se fosse a primeira vez que ouvisse esses números. — Quer dizer, eu sabia que a oferta de compra era boa, mas... — Ela faz as contas. — Então, se Liz vai ter doze, a sua parte...

— Pode fazer as contas — diz Rik com um sorriso de canto. — Mas a questão é essa. *Se* a aquisição for adiante. Os investidores estão ficando impacientes, e acho que não vão aceitar outra rodada de financiamento. Se Topher continuar batendo nessa tecla...

— É. Entendi — diz Miranda com certa amargura. — Voltamos à estaca zero, às cortes de insolvência. Mas Liz não precisa nem pensar, não é? Tudo bem, Elliot vota com Topher, todos nós sabemos disso. No entanto, se Liz usar a cabeça e votar com você e com Eva, então... — Ela esfrega a ponta dos dedos, fazendo o gesto de dinheiro.

— É, mas é uma pena que Eva seja tão escrota — diz Rik, em voz baixa. — Às vezes, ela faz com que a decisão certa seja a mais difícil de tomar.

Estou tentando não bisbilhotar, mas é difícil não ouvir o que estão dizendo, mesmo com a música, e, quando termino de limpar os cacos do jarro de barro, sei mais do que poderia esperar sobre a implicância de Eva com a equipe mais nova, a instabilidade de Topher e a situação financeira precária da Snoop. É quase um alívio quando eles mudam de assunto — planos para esquiar amanhã, o wi-fi ruim, a mulher do Rik que parece deixá-lo triste. Em certo ponto, um deles aumenta o volume da música, e não consigo mais ouvir claramente as palavras.

Mas, quando levanto e sinto as costas reclamando depois do longo dia carregando peso e me abaixando, ainda ouço o fim da resposta de Miranda a alguma coisa que Rik disse.

— Bem, você deve ter razão. Mas, nesse caso, nós só teremos de obrigá-la, não é?

As palavras ficam na minha cabeça ao fechar a porta sem fazer barulho e ir até o hall de entrada ver a neve que ainda caía.

Teremos de obrigá-la.

De quem estão falando? Liz? Eva? Ou de outra pessoa, a mulher do Rik, talvez?

Mas não há nada de mais nas palavras dela. É uma frase que podemos ouvir qualquer dia. Então por que a determinação na voz de Miranda não me sai da cabeça?

LIZ

ID no Snoop: ANON101
Ouvindo: Bisbilhotando XTOPHER ☑
Snoopers: 0
Assinantes snoop: 0

São 23h02min. Estou no meu quarto. Na cama, de camisola, mas acordada. Estou bisbilhotando Topher. Não porque quero ouvir a música que ele ouve, que é sempre experimental, coisa de boate, mas porque estou tentando descobrir se ele está bem.

Não há função "check-in" no Snoop. Quanto à localização, a única maneira de saber onde a pessoa mora é se ela resolver incluir o local no breve parágrafo de descrição ligado ao nome de cada usuário. Mesmo assim, uma parte de mim tinha esperança de desvendar a psique dele pelas escolhas musicais.

Não sei o que eu esperava. Solos tristes de guitarra. Repetição infinita de "All by Myself". Mas o que ele está ouvindo é uma sequência infinita de punk rock espanhol furioso. Português, talvez. Soa irritado, é tudo que sei dizer. O lado positivo é que ele está ouvindo alguma coisa, portanto deve estar vivo. Pensando bem, nem posso ter certeza disso. Não há nada que informe que o celular dele não esteja apenas transmitindo de uma vala congelada numa estrada. Depois de alguns minutos, minimizo o aplicativo, suspirando.

A lembrança da nossa conversa no sofá lá embaixo permanece comigo, como uma ressaca. Eu sei o que Topher está tentando fazer. Está tentando fazer com que me sinta culpada. Tentando me fazer lembrar de tudo que devo a ele.

A ideia devia dar raiva — e dá, de certa forma. Ele é um playboy arrogante que deu sorte com uma ótima ideia e, o mais importante, com papai e mamãe preparados para bancá-lo, pelo menos nos primeiros anos. Ele é tudo que eu não sou. Rico. Metido. Confiante.

Mas por baixo da minha raiva existem alguns fatos incômodos. O fato de que ele se arriscou com uma jovem desajeitada e nervosa de vinte e poucos anos que ninguém notava. A menina de Crawley, cheirando a bazares de caridade, roupas de segunda mão e desespero. Ele enxergou além disso tudo e viu a pessoa lá dentro, a verdadeira eu, teimosa, determinada, preparada para dar 110%.

Mais importante ainda, quando me ofereci para botar o dinheiro da minha avó na Snoop, foi ele que me disse para trocar por ações, não juros de financiamento. Rik, Eva, os dois tentaram me convencer do contrário. Falaram da incerteza quanto ao retorno, da possibilidade de a Snoop ficar sem lucro nenhum. Mas Topher me disse que as ações seriam a melhor coisa para mim. E tinha razão.

É graças ao Topher que estou aqui hoje. Ainda não sei se devo agradecer-lhe por isso, ou culpá-lo. As duas coisas, talvez.

Aquela menina, Erin, nos disse que o funicular para às 23h. Então, se ele pegou o último, deve chegar logo. Mas essa é a questão. Será que pegou?

Aflita, vou até a janela espiar os flocos de neve que continuam caindo. A previsão foi de menos vinte essa noite. Pessoas morrem com um frio desses.

A batida na porta me faz pular. Fecho bem meu roupão e vou ver. O coração bate forte quando destranco a porta.

É Eva.

— Liz, posso entrar?

Ela não está mais com o vestido branco de lã que usou no jantar. Agora está com uma legging de ginástica que faz suas pernas parecerem extremamente longas. O perfume a segue feito mancha de óleo na água. É forte e meio enjoativo. Acho que pode ser Poison.

— Hum... sim — respondo.

Eu me sinto meio encurralada e irritada com isso. Não quero que ela entre no meu quarto, mas não sei como dizer isso sem parecer esquisito.

Ela passa por mim e vai até a janela. Fica olhando para o vale lá fora, de costas para mim. Noto que a porta do meu closet está meio aberta, exibindo um cabideiro cheio de roupas sem graça e amarrotadas, e minhas duas malas. A maior está um pouco para fora e impede que a porta feche. Empurro com o pé e fecho a porta.

Eva dá meia-volta assim que a porta bate.

— Você está bem? — ela pergunta de repente.

Fico atônita com a pergunta e não sei bem o que responder. É uma pergunta retórica, mas, mesmo assim, não estou acostumada com pessoas, Eva menos ainda, se importando comigo. Faz com que me sinta estranhamente exposta. Não consigo pensar em nada para dizer, mas não preciso, Eva já está falando.

— Eu quero me desculpar por jogar aquela apresentação em cima de todos, é que tive medo de botar no cronograma e Topher dar um jeito de chegar com o lado dele primeiro...

Ah. Ela veio tentar me persuadir outra vez.

— Eva, por favor...

Minha dor de cabeça, que tinha diminuído depois do jantar, começa de novo. A cabeça lateja com meus batimentos.

— Por favor, eu não quero fazer isso agora.

— Não se preocupe. — Ela pega minhas mãos, as dela são frias e fortes. — Entendo perfeitamente. Também estaria dividida no seu lugar. Você é leal ao Topher, eu compreendo, entendo mesmo. Todos nós somos. Mas nós duas sabemos...

Ela para. Não precisa terminar.

Aliás, ela não precisa defender seu argumento. Os fatos fazem isso por ela.

Há doze milhões de motivos para eu votar com Eva. Ela não precisa transformar em doze milhões e um.

— Eu sei — respondo baixinho. — Eva, eu sei, é só que Topher...

Topher, que me deu a primeira chance da vida, que me disse para pedir as ações lá atrás. Como posso dizer para ele que sou uma traidora? O que ele vai fazer? Pela primeira vez, percebo que estou com medo.

— Liz, você sabe o que quer fazer, o que precisa fazer... — diz Eva com a voz insinuante de quem conversa com uma criança assustada. — Eu sempre te apoiei, não foi? Nós sempre cuidamos uma da outra, concorda?

Eu me lembro da pergunta de Rik no jantar, a pergunta que me fez empurrar a cadeira e sair da sala. *Então, Liz, como é que você vai gastar o bônus das suas ações?* Foi muito direto, muito arrogante.

Eva é mais sutil. Sabe que esse dinheiro me apavora de certa forma. Porque para alguém como eu, que fui criada tendo de esconder cada centavo que meu pai não gastava nos caça-níqueis, essa quantia é inimaginável. Ridícula. Transformadora. Faz mudar a vida.

Eva sabe que o que vai me persuadir não é o dinheiro, é outra coisa. Algo muito mais pessoal, entre nós duas, um apelo ao passado que compartilhamos. Eu também fui assistente dela nos dias em que a Snoop só podia pagar uma. De forma diferente, eu devo tanto a Eva quanto ao Topher. Mais.

Mas o fato é que ela sabe o que Rik sabe, o que Carl sabe, o que todos menos Topher e Elliot parecem aceitar: que não é uma escolha.

Só existe uma resposta sensata para a pergunta diante de mim. Minha lealdade a Topher está na balança contra não só doze milhões de libras, mas contra algo completamente diferente: a perspectiva de uma vida completamente diferente da que estou acostumada. No fim das contas, o que está em jogo é a minha liberdade. Liberdade do trabalho, da preocupação, de pensar muito em cada passo... liberdade disso.

— Eu sei, Eva — falo muito baixo. — Eu sei. É que... é difícil.

— Compreendo — diz Eva.

Ela aperta minha mão de novo. Dedos frios nos meus, e muito insistentes na massagem que transmitem.

— E sei que é difícil. Eu também sinto essa lealdade por Toph, claro que sinto. Mas posso contar com você, não é?

— Pode — respondo, e quase não ouço minha voz. — Sim, pode contar comigo.

— Ótimo.

Ela sorri, aquele sorriso largo e lindo. É um sorriso que um dia iluminou mil anúncios e passarelas em toda a Europa.

— Obrigada, Liz, eu sei o que isso significa. E você pode contar comigo também. Vamos cuidar uma da outra, não vamos?

Indico com a cabeça que concordo, ela me dá um abraço formal e sai do quarto.

Depois que ela vai, abro a janela para me livrar do perfume. Inclino o corpo para fora e permito que a ansiedade trancada em meu peito exploda, quase avassaladora. Imagino a reunião, a votação, eu erguendo a mão para apoiar a aquisição e a expressão no rosto de Topher ao registrar minha traição... Então, imagino o que vai acontecer se eu não fizer isso e me sinto totalmente nauseada.

Porque Eva está certa. Só existe uma escolha. Eu sei o que tenho de fazer. Só preciso criar coragem.

E, assim que decido, uma estranha paz me envolve.

Ficarei bem. Tudo dará certo.

Fecho a janela. Volto para a cama e desligo o Snoop. Então fico deitada, imóvel, ouvindo o sussurro da neve caindo na varanda lá fora. Cobrindo tudo.

ERIN

ID no Snoop: LITTLEMY
Ouvindo: Bisbilhotando ITSSIOUXSIE ☑
Snoopers: 5
Assinantes snoop: 7

Meu alarme dispara e me esforço para sair de um sonho profundo e perturbador, um pesadelo em que eu cavo sem parar a neve compacta e dura com as mãos dormentes de frio, os músculos tremendo e sangue quente descendo pelo meu pescoço. Sei o que vou encontrar, estou louca para ver e ao mesmo tempo apavorada. Mas acordo antes de atingir meu objetivo.

É um alívio abrir os olhos e me encontrar no meu quarto, o alarme do meu celular berrando no silêncio até eu conseguir apalpar o botão de soneca e calá-lo. O relógio diz que são 6h01, e fico um momento deitada, piscando, sem acordar direito, tentando desfazer a sensação ruim que o sonho deixou em mim.

Só porque é fim de semana não significa que não começamos cedo. Danny e eu nos revezamos de modo que um acorda às 6h para ligar a máquina de café, iniciar o café da manhã e limpar o que ficou da noite anterior, enquanto o outro tem direito ao que pode ser chamado de dormir até mais tarde. Hoje é a minha vez de pegar o turno mais cedo, e não paro de bocejar enquanto levanto trôpega da cama e visto a roupa. Algumas pessoas descobrem que têm insônia com a altitude. Eu não. Se tenho alguma coisa, é o contrário.

Passo pela porta do quarto de Topher e paro, procurando ouvir se ele está lá dentro. Será que chegou bem? Não o ouvi chegar, mas deixei a porta da frente aberta, e, quando desci para checar à meia-noite, havia pegadas molhadas no hall de entrada.

Fico ali parada, prendendo a respiração, e de repente um ronco enorme rompe o silêncio e eu dou uma risada trêmula. Mesmo que não seja Topher, tem alguém no quarto.

Aqui embaixo está tudo quieto, a lenha da noite passada reduzida a cinzas atrás da porta de vidro da lareira. Abro a ventilação e ponho mais madeira em cima das cinzas, depois começo a limpar o lixo da noite anterior.

Snoop não é pior do que os outros grupos que se hospedam aqui, mas não sei por que hoje me sinto particularmente cansada quando despejo um conhaque de trinta anos na pia e tiro Camembert derretido do tapete da sala de jantar. Alguém andou fumando aqui dentro também, desobedecendo às regras. Tem uma guimba de cigarro apagada num prato com os caprichados petit-fours de Danny. É isso que me faz ranger os dentes, eu acho. Lembro-me dele fazendo aquelas florentines em miniatura, misturando, assando, mergulhando cada uma cuidadosamente no chocolate exatamente no ponto, deixando esfriar. Tratando-as como as pequenas obras-primas que são. E agora alguém as usou como cinzeiro improvisado.

Levo um tempo para afastar a raiva, e às 7h meu humor está um pouco melhor. Os cômodos estão limpos, o fogo crepitando, o forno ligado para as salsichas e a granola está em um grande pote de cristal ao lado, junto a enormes jarras de suco de frutas espremidas na hora e outras com leite e creme. Ainda não se ouve ruído lá de cima, por isso posso me dar ao luxo de dez minutos com um café e meu celular. Normalmente estaria verificando a previsão de neve, ou navegando no Twitter, mas hoje eu abro o Snoop e rolo devagar as listas dos meus artistas preferidos, vendo quem está on-line, quem está ouvindo o quê, enquanto bebo café. Tem uma gente incrível ali, celebridades respeitadas, misturadas com pessoas que são apenas personalidades fascinantes, e Danny tem razão, há algo incrivelmente viciante em apertar o play na música que eles estão ouvindo naquele exato momento, sabendo que vocês estão sincronizados batida por batida. É meia-noite em Nova York, e muita gente que eu sigo está ouvindo música para tarde da noite, para sossegar, e não é isso que eu quero a essa hora do dia, mas então acho um filão de celebridades inglesas que parecem estar bem acordadas e ouvindo. Por que estão acordadas às 6h no horário da Inglaterra? Não conseguiram dormir? Talvez sempre acordem a essa hora.

Estou lavando os potes de servir que são grandes demais para a lava-louça, batendo o pé no compasso de "Rockaway Beach" dos Ramones, quando o som começa a falhar. Vou tirar o celular do bolso para verificar a conexão dos fones de ouvido, e a música para de vez. Droga. Olho para a tela. O wi-fi ainda exibe um sinal forte, mas, quando clico no Snoop, aparece um pop-up com uma mensagem dizendo: "I can't get no satisfaction" (por favor, verifique sua conexão da internet.)

Suspiro, fecho o aplicativo e recomeço a lavar a louça, dessa vez em silêncio, mas, antes de passar para o terceiro prato, ouço uma batida na janela à minha direita e vejo Jacques da padaria do vale segurando um monte de baguetes e um saco gigante de croissants. Tiro minhas luvas de borracha e abro a porta, formando uma nuvem branca com a respiração no ar frio da manhã.

— *Salut, ma belle* — ele diz com o cigarro na boca quando entrega o pão, depois dá uma longa tragada do seu Gitane e sopra a fumaça por cima do ombro.

— Oi, Jacques — digo em francês, porque meu francês não é perfeito, mas consigo conversar normalmente. — Obrigada pelo pão. E esse tempo, hein?

— Ah, bem, a previsão não é nada boa — ele diz, ainda em francês, dá outra longa e pensativa tragada e olha para o céu.

Jacques é uma das poucas pessoas que realmente foi criada aqui. Quase todas as outras chegaram há pouco tempo, sejam turistas ou trabalhadores sazonais. Jacques morou aqui a vida inteira, seu pai é dono da padaria em St. Antoine le Lac e Jacques vai assumir o negócio em pouco tempo, quando o pai se aposentar.

— Você acha que vai ser possível esquiar hoje? — pergunto, e Jacques dá de ombros.

— Talvez de manhã. Mas à tarde... — Ele estende a mão e a balança do jeito que os franceses fazem para dizer que pode ser que sim e pode ser que não. — Está vindo muita neve por aí. Está vendo a cor daquelas nuvens sobre La Dame?

La Dame é La Dame Blanche, o grande pico que paira sobre todo o vale, fazendo uma sombra quase permanente no chalé. Olho para o topo e vejo o que ele quer dizer. As nuvens reunidas lá estão feias e escuras.

— Mas não é só isso — prossegue Jacques. — É o vento. É ele que torna difícil a vida dos caras das equipes de controle de avalanches. Eles não podem sair para iniciar as quedas menores, sabe?

Faço que sim com a cabeça. Vi fazerem isso em dias de sol depois de grandes nevascas, pondo cargas leves de explosivos para soltar o acúmulo de neve nas pistas de cima antes que se tornem perigosas. Não sei bem como fazem exatamente, às vezes usam helicópteros, outras vezes parece uma espécie de canhão. De qualquer maneira, posso imaginar que o vento torne isso arriscado e imprevisível demais.

— Acha que há perigo de avalanches? — pergunto, tentando disfarçar minha aflição.

Jacques dá de ombros de novo.

— Das sérias? Pouco provável. Mas essa tarde vão fechar pistas, com certeza, e eu não planejaria nenhuma esquiada fora das pistas.

— Eu não esquio fora das pistas — retruco sem hesitação.

Bem, não mais.

Jacques não responde, só olha pensativo para as encostas e solta um anel de fumaça.

— Bem, preciso ir. Até mais, Erin.

E ele vai amassando a neve fofa recém-caída até o funicular. Sinto meu estômago apertar com o arrepio do meu sonho que permanece enquanto o vejo partir, então dou meia-volta e entro no calor da cozinha.

Estou pondo o pão na mesa e me assusto com uma voz rouca, cheia de sono, que soa atrás de mim.

— Monsieur Pão, o filho do padeiro?

É Danny, encostado no balcão, semicerrando as pálpebras contra o brilho da luz da manhã.

— Meu Deus. — Ponho a mão no peito. — Você me assustou. Sim, era o Jacques. Ele diz que teremos mais neve.

— Você está brincando. — Danny esfrega a barba por fazer. — Não vai sobrar mais nada lá em cima. Será que vamos esquiar?

— Acho que sim. Ele acha que de manhã dá porque as pistas devem fechar à tarde por conta do risco de avalanche.

— Já está no laranja — diz Danny, referindo-se à escala de cores publicada pelo *Météo-France*. Laranja é nível 3, "risco considerável" de avalanche e significa que esquiar fora das pistas não é aconselhável e que algumas pistas mais íngremes devem ser fechadas. Vermelho é nível 4 e é quando a estação de esqui inteira fecha. Preto é nível 5 e significa risco para as cidadezinhas e estradas. Preto é tipo: certifique-se de que sua última refeição seja boa, mas os controladores vão fazer de tudo para que não chegue a esse ponto.

Estou arrumando a bandeja de xícaras de café, e Danny fala de novo, como quem não quer nada:

— Quem é Will?

A pergunta é um choque, suficiente para me fazer tropeçar, duas xícaras deslizam da bandeja e se espatifam no chão. Depois de Danny e eu recolhermos os cacos, já estou recomposta para responder.

— Como assim? Não tem ninguém aqui chamado Will.

— Você estava sonhando essa noite, gritando para alguém chamado Will. Ouvi pela parede. Acordei com os gritos.

Merda.

— Humm... estranho... — mantenho a voz leve, só um pouco confusa. — Desculpe. Acho que foi um pesadelo.

E, antes que ele insista no assunto, saio da cozinha. Levo a bandeja para a sala de jantar com as mãos tremendo um pouco e começo a pôr as coisas do café da manhã na grande mesa de madeira. Estou pondo os últimos potes de conserva quando ouço barulho de saltos na escada e lá está Eva descendo para o salão. Ela parece aborrecida.

— Oi — digo.

— Oi, o que aconteceu com a internet? — ela diz sem preâmbulos.

Ai, que droga, pensei que fosse temporário.

— Ai, meu Deus, sinto muito. Ainda não voltou?

— Não, e o sinal está terrível.

— Sinto muito mesmo, isso tem a ver com a neve. Acontece de vez em quando. Acho que pode ser um fio que a neve derrubou, ou algum repetidor que caiu, alguma coisa assim. Não é incomum depois de nevascas pesadas, e certamente tivemos muitas recentemente.

Aponto para a janela e para a neve chegando até a metade do vidro em algumas partes.

— Não preciso da explicação científica, só quero saber quando voltar.

Ela usa um tom áspero assumidamente aborrecido. É a voz de quem está acostumado a dizer "pule!" e a receber a resposta "até que altura?". Não me incomoda por ser assim, de certa forma até prefiro pessoas que deixam claras suas expectativas, em vez de ficar sorrindo para você a semana toda e depois te detona nas avaliações. Mas, nesse caso, eu não posso ajudar e algo me diz que Eva não vai gostar disso.

— Eu não sei. — Cruzo os braços. — Sinto muito. Eles costumam consertar e fazer funcionar de novo em dois dias, mas não tenho certeza de nada além disso.

— Merda.

Ela está aborrecida e não procura esconder isso, mas a expressão no seu rosto é mais do que isso, há um nível de estresse e tristeza desproporcional.

— Sinto muito — repito. — Gostaria que tivesse algo que eu pudesse fazer. É problema no trabalho?

— Trabalho?

Ela levanta, balança a cabeça e dá uma risada amarga.

— Meu Deus, não. Todos os meus problemas de trabalho podem ser resumidos em uma palavra: Topher. Não, é em casa. É...

Ela suspira, passa a mão no sedoso cabelo louro-platinado.

— Ah, provavelmente não vai parecer grande coisa, mas sempre faço um Skype com minha filha, Radisson, toda manhã quando estou fora. É o nosso pequeno ritual, sabe? Tenho de viajar muito e nem sempre posso estar com ela como gostaria. Mas uma coisa que sempre faço é dizer bom dia para ela no café da manhã, e estou me sentindo uma merda completa porque não posso fazer isso hoje. Consegui falar ao telefone com meu companheiro, mas, você sabe, os bem pequenos não entendem telefone. Ela tem apenas um ano e meio. Precisa ver um rosto.

— Entendo — falo suavemente. — Deve ser muito difícil ficar longe dela.

— Obrigada — diz Eva apenas. Ela hesita por um instante e dá meia-volta sob o pretexto de encher uma xícara com chá fumegante.

Acho que ela está furiosa com ela mesma por ter demonstrado que é apenas humana, mas isso faz com que eu goste mais dela. Por trás daquela fachada, parece que existe uma pessoa.

Então ela pega um saquinho de chá, põe na xícara com água fervente e volta para seu quarto sem dizer mais nada.

Topher, Rik e Carl são os hóspedes seguintes a descer, cerca de meia hora depois, e meu coração dá uma cambalhotinha de alívio com a visão dos três. Bem, com a visão de Topher, para ser mais precisa. Parece que não dormiu e que está de ressaca, mas está aqui e minha responsabilidade com o grupo vai até aí.

— Então você não foi o único perdido na noite — Carl diz para Topher quando entram na sala. — Inigo voltou se arrastando para o nosso quarto às 5 da matina.

— Ai, meu Deus — diz Topher revirando os olhos. — Isso de novo não. Eva já devia saber que não dá.

Eva? O nome dela provoca certa reação em mim, mas não sei por quê, exatamente. Afinal, isso não é da minha conta. Talvez venha acompanhando a aflição dela de não poder falar com a filha. Topher está certo ou só criando encrenca?

— Hashtag Cougar — diz Carl com um sorriso de orelha a orelha.

Ele vai até o bufê do café da manhã que eu arrumei, pega um croissant quentinho e enfia direto no pote que contém a conserva dourada de damasco feita em casa pelo Danny. Dá uma baita mordida e sorri entre os farelos.

— Hashtag? — diz Rik com desdém.

Ele usa um suéter preto de lã merino e parece uma página arrancada de um catálogo com as malhas mais caras para homens.

— Cougar? Será que acordei em uma casa de fraternidade em 2005?

Então ele vira para mim com um sorriso propositalmente charmoso realçando suas marcas de expressão nos cantos da boca.

— Eu adoraria um espresso, Erin, por favor. Se puder.

Carl olha para ele com uma intensidade que chego a sentir do outro lado da sala.

Devia ter passado uma impressão de babaca — um homem mais jovem, mais em forma e mais bonito implicando com o colega menos dotado. Mas tenho a impressão de que o problema do Rik não é com a escolha de palavras do Carl, é mais com a escolha do tópico da conversa. Engraçado, estou começando a gostar cada vez mais do Rik. Há alguma coisa no seu jeito de se relacionar com Eva — e Miranda também — que é muito diferente da agressividade de clube dos garotos debochados de Carl e de Topher. Muito mais simpático.

— Então, vamos esquiar hoje?

A voz vem do topo da escada. Olho para cima e vejo Miranda descendo. Está com o cabelo preso em um coque e parece pronta para os trabalhos. Ela me vê fazendo o espresso do Rik.

— Bom dia, Erin, o meu é um cortado com leite de amêndoa, por favor — diz ela. — Qual é a previsão do tempo?

— Mais neve à tarde — respondo. — Aliás, algumas pessoas estão dizendo que o risco de avalanche deve aumentar, e isso significa que vão fechar mais pistas. O meu conselho é que vocês esquiem agora de manhã.

— Eva não vai gostar — diz Carl. — Ela está com várias apresentações programadas para esta manhã.

— Eva vai ter de se conformar — diz Topher de mau humor.

Ele põe dois comprimidos brancos na boca e engole com água da sua garrafa de aço inoxidável, depois massageia o osso do nariz.

— Eu não fiz essa viagem para sentar numa sala de reunião a semana toda ouvindo falar das expectativas dos investidores. Ela pode distribuir seus folhetos à tarde.

— Tenho certeza de que ela não vai se importar de reprogramar — diz Miranda calmamente. — Será bom para aliviar o estresse. Não vejo a hora de calçar meus esquis.

Ela parece mesmo uma esquiadora. Magra, mas forte. Topher parece adepto do snowboard, e fico surpresa quando ele se manifesta.

— Como são as descidas fora das pistas por aqui, Irene? A neve é boa, tipo pó?

Demoro um segundo para perceber que ele está falando comigo, e Miranda sibila no mesmo instante, olhando para Topher.

— O nome dela é *Erin*.

Eu sorrio para dar a entender que não me importo. Irene, Eileen, Emma... é tudo a mesma coisa. Quando fazemos parte da equipe de funcionários do hotel, não somos realmente uma pessoa. Topher provavelmente trataria um robô com inteligência artificial de alta qualidade com o mesmo nível de desinteresse polido.

— A neve deve estar incrível agora — diz Rik. — Pode nos mostrar algumas rotas fora das pistas, Erin?

Sinto o sangue se esvair do meu rosto e fico pensando no que dizer, mas sou salva por Danny, que aparece naquele momento carregando uma enorme bandeja de enroladinhos de bacon.

— Erin é certinha demais para passar dos limites — ele diz com um largo sorriso —, mas eu posso mostrar para vocês umas rotas legais, se quiserem. Só que hoje não.

— Por que não hoje? — pergunta Topher franzindo a testa.

— Porque o risco de avalanche está alto demais — digo, tentando recuperar minha serenidade —, mas deve melhorar daqui a alguns dias, depois que o pessoal conseguir montar algumas explosões controladas.

Só que não tenho ideia se vai melhorar, mas ninguém gosta de pessimistas e a equipe deve subir e tirar o excesso de neve em algum momento.

— Bem, então o plano é esse — diz Topher meio impaciente.

Ele pega um enroladinho de bacon e dá uma mordida.

— Que plano?

A voz vem do lado da sala de estar, e todos se viram para ver que é de Eva. Ela segura uma pilha enorme de arquivos e um laptop e parece pronta para começar.

— Erin diz que só podemos esquiar na parte da manhã — Rik se apressa —, por isso achamos que é melhor tirar a apresentação das finanças do caminho agora e depois passar para o restante à tarde.

Ele fala rápido, e tenho a impressão de que está querendo evitar que Topher diga a mesma coisa, só que com menos diplomacia.

Eva para à porta. Parece que está decidindo como se sente a respeito, se vai criar caso ou não. Então olha para seu relógio de pulso e dá de ombros.

— Muito bem. São quase oito e meia. Vamos para a apresentação? Não deve levar mais de meia hora, então não vamos perder o primeiro teleférico se sairmos logo depois.

— Por mim, quanto antes melhor — diz Topher. — Podemos levar o café da manhã para a sala de estar. Onde se meteram os outros?

— Eu estou aqui — a voz vem da porta, e Tiger entra na sala. — Desculpe, atrasei vocês?

Ela está pálida, desarrumada, o cabelo curto tingido nas pontas todo desgrenhado como se ainda não o tivesse escovado.

— Sim — diz Topher ao mesmo tempo em que Miranda diz "não, você não é a única que falta".

— Pronta para aproveitar o pó, Tiger? — pergunta Topher.

Ouço um barulho vindo da cozinha. Danny tenta abafar um bufo debochado e eu me ocupo da máquina de café para esconder a minha expressão.

— O quê? — diz Tiger esfregando os olhos como se a luz matinal incomodasse. — Não ouvi.

— Está pronta para montar na sua snowboard?

— Ah, sim, claro que estou.

— Você está pior que o Topher — diz Eva sem rodeios, e Tiger dá risada, olhando desconfiada para Topher.

— Não dormi bem. Tive uma insônia terrível essa noite.

— É a altitude — diz Eva. — Afeta algumas pessoas assim, eu sempre tenho sonífero para as primeiras noites.

Não ouço a resposta de Tiger porque Topher me puxa para o lado.

— Todos os esquis para alugar estão aqui?

— Todos esperando vocês no vestíbulo — respondo.

A loja de esqui fica no centro da cidadezinha, por isso trazemos o equipamento para os esquiadores aqui para cima. Mas a maioria das pessoas trouxe equipamento próprio. Só Liz, Ani e Carl alugaram.

— Antes de irem, deixem-me mostrar o melhor caminho de volta para o chalé. É uma decida ótima, mas não é a mais intuitiva, vendo no mapa. Vocês têm de passar entre duas pistas.

— Isso é seguro? — pergunta Carl, parecendo alarmado. — Você acabou de dizer que era perigoso demais sair das pistas demarcadas.

— Ah, não — tento acalmá-lo —, é totalmente seguro, é um caminho muito usado. Não é fora das pistas nesse sentido. Mas não é mostrado como rota no mapa do teleférico, por isso, a menos que você tenha a visão no meio das árvores, acabará descendo direto pela Blanche-Neige até St. Antoine Le Lac e terá de voltar pelo funicular.

— É seguro para iniciantes? — pergunta Carl, ainda ansioso.

— Esse atalho? Totalmente. Equivale a uma pista verde. Você já esquiou alguma vez?

— Já, mas não esquio há anos.

Ele olha para trás. Topher e os outros foram para a sala de estar para o início da reunião, e estamos só nós dois ali.

— Estritamente *entre nous* — diz ele muito sério, abaixando a voz —, eu preferia ter furado meus olhos com palitos de coquetel a ter feito uma viagem de esqui. Mas é isso que temos trabalhando para uma empresa como a Snoop. Topher é doido por snowboard, Eva é praticamente profissional no esqui, e o que eles resolvem tem de ser feito. O resto de nós tem de engolir.

Faço que sim com a cabeça como se ele estivesse falando de amenidades, mas o fato é que aquela visão da estrutura interna da Snoop é fascinante. Pode haver cinco acionistas, mas, na rotina diária, parece que Topher e Eva mandam em tudo, quase autocraticamente.

Fica bem mais interessante já que o equilíbrio de poder não está nas mãos deles. Um dos dois *não* vai prevalecer nessa aquisição. A questão é: qual deles?

LIZ

ID no Snoop: ANON101
Ouvindo: off-line
Assinantes snoop: 0

— Ok — diz Rik.
Ele fecha o slide do PowerPoint e acende as luzes.
— É isso. Acho que todos podem sair para esquiar agora.
Esfrego os olhos sentindo a luz repentina queimar o fundo do meu crânio. A dor de cabeça voltou. Levanto e ajeito a meia-calça. Ouço o barulho dos pufes recheados com bolinhas de isopor e das molas do sofá quando todos se levantam.
— Só um segundo — diz Topher com a voz suave —, os acionistas podem esperar um pouco?
Sinto o estômago apertar. Há um murmúrio quando todos concordam. Ani, Inigo, Carl, Miranda e Tiger começam a sair.
Em poucos segundos restam só Topher, Eva, Rik, Elliot e... eu.
Ai, meu Deus. Sinto a respiração acelerar. Meu Deus, meu Deus, meu Deus... Eles vão perguntar e eu vou ter de... vou ter de...
— Olhem — diz Eva —, acho que a realidade nua e crua dos números do Rik não passou despercebida. É uma imagem clara. Nossas despesas gerais...
— Não quero repassar tudo isso — Topher diz como se os dados de lucros e perdas que Rik acabara de mostrar fossem totalmente irrelevantes. — Nós podemos ler os relatórios, e Rik explicou muito bem. Antes de sair, acho que seria muito útil fazer um apanhado das intenções de voto para sabermos em que pé estamos.
Minha respiração acelera. A dor de cabeça atrás dos olhos se intensifica até a visão periférica começar a falhar.

— Mas Topher — diz Eva —, você sabe muito bem que ainda não temos todas as informações, esse é o objetivo dessa semana, pesar tudo...

— Por isso falei de intenções — Topher interrompe com uma nota agressiva na voz. — Não é um compromisso, Eva. É apenas mostrar o jogo para saber onde estamos. É possível que já estejamos perto de um acordo.

Eva não fala nada. Ela olha para mim, e sei o que está pensando, e que não consegue convencer Topher a mudar. Ele é como uma mula quando cisma com alguma coisa. Ele só insiste, insiste e insiste...

Elliot também não diz nada, claro, mas nós todos sabemos o que o silêncio dele significa: apoio a Topher. É o que sempre significa. Elliot não se importa com nada além dos códigos. Para tudo o mais, ele segue Topher.

— Rik? — diz Eva, arrasada.

— Por que não? — Rik devolve a pergunta, e essa aquiescência dele me surpreende.

— Então — diz Topher mais calmo —, como eu disse antes, erguendo a mão sem compromisso, quem é a favor da aquisição?

— Eu — diz Rik.

— E eu — acrescenta Eva.

Faz-se um longo silêncio, e dá para sentir a tensão enquanto esperam. Topher fala de novo, todo feliz.

— Ótimo, e quem é contra?

— Eu — a voz profunda e monocórdica de Elliot faz a palavra parecer um ponto final.

— E eu, obviamente — diz Topher.

Nova pausa, e então ele fala querendo parecer mais casual do que realmente está.

— E... humm... qual é seu voto, Liz?

Engulo em seco. Tem uma coisa dura presa na minha garganta, e lembro que não falei desde que levantei essa manhã. Ninguém conversou comigo no café da manhã. Ninguém pediu minha opinião na reunião. Não sei se posso confiar na minha voz quando falar.

— Liz? — diz Eva.

Sei que ela está tentando não me pressionar, mas ao mesmo tempo a rispidez de cobrança na voz fica clara.

— Eu...

Minha voz falha, está rouca por falta de uso. Engulo mais uma vez, forçando o obstáculo que parece me sufocar, sem sucesso.

— Eu não sei.

— Ora, Liz... — diz Rik e, apesar de estar querendo soar animado e prestativo, ele está impaciente também. — Você deve ter uma ideia de como se sente. Você quer doze milhões, sim ou não? Não é uma pergunta difícil.

— Ou — diz Topher, e me encolho diante do tom mais alto — você quer ações que potencialmente valem muito mais se tivermos o controle e abrirmos o capital?

— Se mantivermos o controle e continuarmos solventes — Rik retruca.

— Que merda é essa, Rik? — Topher esbraveja.

Eu sinto o pânico no peito explodir como uma reação química lenta, mas inexorável. Antes de escapar, Eva levanta, estende as mãos e se enfia entre os dois.

— Pessoal, por favor. Temos bastante tempo para examinar a questão da abertura do capital, agora não é hora. Liz, devo entender que você não pode nos dar uma indicação agora?

Não consigo falar, só movo a cabeça de um jeito que tanto pode ser sim como não. Eva sorri e vem segurar minha mão. Ela a aperta para me acalmar, o cheiro do seu perfume é como uma droga pesada que domina a sala inteira.

— Não tem problema. Ok, bem, diante disso sugiro que cada um vá para o seu quarto se trocar e podemos tratar dos problemas que Rik levantou, com mais detalhes, hoje à tarde. Concordam?

Eles meneiam a cabeça e murmuram que estão de acordo, então Topher, Elliot e Rik saem da sala.

Levanto com as pernas trêmulas e já estou indo atrás deles quando Eva me faz parar.

— Liz, espere um segundo. Você está bem?

Fico um minuto sem conseguir falar, depois consigo.

— Eu... eu sinto muito, Eva, sei que falamos sobre isso ontem à noite e juro que vou, eu vou... eu vou fazer isso... é só que...

— Claro — diz Eva, pondo a mão no meu braço.

Acho que pretende me tranquilizar, mas o efeito é impedir que eu saia da sala.

— Entendo completamente.

— É só...

Examino a sala para ver se Topher pode ouvir alguma coisa, mas ele já foi, graças a Deus.

— É só... É muito difícil chegar e dizer, sabe?

— Eu entendo. Há muita lealdade entre vocês. E compreendo o que você está dizendo, ele vai encarar como traição, por mais sensata que seja a sua decisão.

— Eu estou... — Engulo mais uma vez.

A verdade é que estou com medo, mas não quero dizer isso para Eva. Parece absurdamente dramático.

— Estou só...

Eva olha para mim preocupada e sei por quê. Ela está se perguntando se eu vou cumprir nosso acordo. Mas agora eu já decidi. Procuro mais uma vez aquela paz fatalista que senti ontem à noite. Tento lembrar como foi aquela sensação de que a certeza e a calma afastam as dúvidas. Meu coração melhora um pouco. Posso ser tão determinada quanto Topher quando quero.

— Não precisa se preocupar — digo, com a voz mais forte. — Não vou te decepcionar. Eu só preciso... me conformar.

Eva fica mais tranquila e dá uma batidinha simpática no meu braço, apertando um pouco para mostrar que estamos nisso juntas.

— Olha, ele vai ficar furioso — ela diz. — Não posso fingir que não vai. E não posso dizer que estou gostando disso também. Mas ele vai superar. Vai entender.

A questão é que ele não vai. Saímos da pequena sala para vestir as roupas de esqui e pegar nossas coisas juntas, e essa é a minha conclusão. Ele não vai entender de jeito nenhum. Não há nenhuma outra maneira de ver o que estou prestes a fazer como algo diferente de uma imensa traição. Mas não tenho escolha. É o que sempre digo para mim mesma. Não tenho escolha. Preciso ir até o fim.

ERIN

ID no Snoop: LITTLEMY
Ouvindo: off-line
Assinantes snoop: 10

— Certo — falo para o pequeno grupo reunido na frente do chalé, mexendo nas fivelas do equipamento. — Vou explicar o que temos aqui nessa área. O caminho à nossa frente, que vai para a esquerda, é o que vocês pegaram para vir do funicular. Vocês podem refazer seus passos subindo a montanha, voltar para o funicular e para a longa pista de descida para St. Antoine.

— Blanche-Neige, certo? — Topher acrescenta, e eu concordo com a cabeça.

— Certo. É uma ótima descida. Só que voltar para cá requer muitos passos de lado para subir com esqui, então, se vocês quiserem sair esquiando, a única rota de descida é esse caminho entre as árvores.

Indico o caminho que serpenteia ao lado do chalé e desaparece nos pinheiros atrás de nós.

— Ele leva até o pé da pista verde, Atchoum, e de lá para a telecabine Reine.

— Telecabine? — Inigo pergunta, e lembro que os norte-americanos usam termos diferentes.

— Ah, desculpe, como vocês chamam? O bondinho aéreo. Tem alguém aqui que nunca esquiou?

— E-eu! — Liz exclama, nervosa. — Só esquiei uma vez na vida. Pista seca. Não me saí bem.

— Ok, bom, não se preocupe, o caminho é um pouco íngreme nos primeiros metros, mas depois nivela e tudo que você tem de fazer é apontar seus esquis para a frente e deslizar pelo restante do caminho. Você pode descer freando em forma de cunha se quiser, mas não recomendo porque vai precisar de certa velocidade na parte plana. Sugiro que os esquiadores experientes vão na frente, depois os de snowboard que terão um certo problema na parte plana, e eu vou no fim da fila com os que estiverem mais inseguros. Depois da parte plana, o caminho encontra a pista verde e é uma descida bem suave até o teleférico.

— Mande um reboque para nós — Topher diz para Eva sorrindo, ela revira os olhos e levanta um bastão nas costas.

Indico a direção certa e os vejo descer em schuss, com os esquis paralelos, ao longo do caminho estreito entre as árvores. Quando chegam à parte plana, Eva inicia o lindo movimento de patinar, rebocando Topher logo atrás, e fico admirando seu casaco de esqui vermelho tremulando entre as árvores. Quem a descreveu como praticamente uma campeã olímpica tinha razão, ela é uma ótima esquiadora. Melhor do que eu, e não sou nenhuma desajeitada. Topher, pelo modo como dominou a pequena descida no início, o que não é nada fácil de snowboard, está evidentemente em casa.

Rik vai em seguida, dá para ver que é esquiador experiente, apesar de não ter a desenvoltura de Eva. Depois Miranda, que desafia o meu conselho e desce em cunha a primeira parte mais íngreme, para no plano e tem de andar desajeitada, parecendo constrangida. Eu diria que ela é competente, não excelente, deve saber o básico, mas é cuidadosa demais para ser realmente boa. Em seguida vai Inigo, de casaco verde que deixa seus olhos quase turquesa mais azuis ainda. Ele desce elegante, economizando movimentos e ultrapassa Miranda pondo a mão nas costas dela para dar impulso. É óbvio que ele esquia desde criança, aquela elegância tranquila não tem erro. Depois Tiger, que se revela uma ótima esquiadora de snowboard. Não tem a vantagem do Topher de uma puxada de Eva, mas faz parecer fácil.

Carl dispara conformado e com determinação no rosto vermelho, como se dissesse *que se dane, não importa o que eu faça, vai dar tudo na mesma*. Logo de cara, ele consegue prender o esqui num montinho fofo e cai com um barulho que soa doloroso, mas levanta rápido, sem reclamar, recupera a posição e, dessa vez, desce sem problema. Em seguida, é a vez de Ani. Ela usa um casaco azul e um macacão branco que parecem recém-saídos da loja, o cabelo dourado solto embaixo do gorro. O efeito fica entre criancinha adorável e apresentadora de programa infantil de TV. Dá um sorriso sem graça para mim.

— Acho que devia ter levantado a mão como quem nunca esquiou — ela diz, se desculpando. — Não sou mesmo boa nisso!

— Não se preocupe — tento encorajá-la. — Nada, literalmente, pode dar errado nessa parte, e a vantagem de ter muita neve é que pelo menos é macio quando você cai.

Ela abre um largo sorriso para mim, dá impulso com os bastões e solta um gritinho de susto quando o caminho desce muito de repente, quase joga o corpo para trás com a surpresa e balança os bastões no ar. Mas consegue recuperar o equilíbrio e ri alto quando some entre as árvores e vai para onde os outros estão esperando, fora de vista.

E ficamos Liz e eu. Em contraste com a esportividade de Ani, ela está com calor, estressada e usa roupa demais; são muitas camadas de roupa para um dia tão bonito, ela começa a transpirar. Fico aborrecida comigo mesma por não ter checado o equipamento dos esquiadores inexperientes, mas, para ela, talvez seja melhor estar com roupa demais do que com menos e, de todo modo, é tarde para tirar algum agasalho. Vou encorajá-la, mas me dou conta de uma coisa.

— Espere aí, onde está o Elliot?

— Ah... — Liz parece constrangida. — Topher não disse? Ele não costuma... participar.

— Ah.

Estou surpresa. Tinha ideia de que a Snoop fosse uma dessas empresas em que participar não é opcional. Carl certamente deu essa impressão. Liz deve ter lido minha expressão.

— Eu sei... Ele não é o único que prefere ficar no quarto, mas é o único que consegue se safar. É isso que dá ser o melhor amigo do Topher, eu acho.

— Eles se conhecem há muito tempo?

— Estudaram no mesmo internato — diz Liz.

Percebo que a conversa está ajudando. Ela não está mais tão aflita.

— Rik também.

— Ricos sempre se ajudam — digo antes de pensar melhor e ruborizo.

Ali fora, de macacão, é difícil lembrar que sou Erin, a *hostess* do chalé de esqui, não apenas Erin, a esquiadora. Mas Liz não parece ofendida. Ela até sorri um pouquinho para mim.

— Né? — diz ela, e fica vermelha como se tivesse sido muito ousada.

Encorajada por ela ter se acalmado um pouco, resolvo que é hora de ir.

— Ok, é melhor alcançarmos os outros. Você está pronta? Eu vou na frente, por isso não se preocupe, nunca perderemos o controle; se você perder, vai deslizar suavemente até mim.

— Eu ainda... — O rosto dela fica tenso de novo, ela olha fixo para o caminho estreito, com medo. — Parece muito íngreme...

Meu Deus, ela não é mesmo uma esquiadora. Decido seguir uma abordagem diferente.

— Vamos fazer uma coisa: me dê seus bastões.

Ela passa os bastões para mim, obediente como uma criança, eu os seguro embaixo de um braço e boto os meus para trás.

— Agora segure nos meus, ok? Pegou? Um em cada mão.

Ela faz que sim com a cabeça, e eu começo a descer com ela a reboque, bem devagar, usando os músculos da coxa para desacelerar a descida.

Com Liz atrás de mim, fazendo peso nos meus bastões, a descida fácil com os esquis paralelos fica muito mais difícil, mas chegamos à parte plana e sigo o exemplo de Eva, patinando e puxando Liz atrás de mim, ouvindo sua respiração ofegante.

Finalmente, saímos do meio das árvores e deslizamos na encosta para o bondinho aéreo. Os outros estão à nossa espera, parados ao lado das roletas sob uma placa de madeira pintada que diz LA REINE TC.

— Esse bondinho é fácil — falo para Liz baixinho. — Não precisa entrar nem sair esquiando, você tira os esquis e entra sem eles.

— Ah... ufa!

A expressão dela melhora um pouco, então ela olha para o topo da montanha onde as nuvens se juntam.

— Como é a pista de descida?

— Tem duas estações. Se você descer na primeira, é fácil. Estará na metade da encosta e pode pegar a pista verde, Atchoum, de volta para o teleférico, ou a azul que desce até St. Antoine Le Lac. Se ficar no bondinho, ele vai direto ao topo da montanha. As vistas lá em cima são deslumbrantes quando faz sol, mas... — Aponto para as nuvens que já estão se acumulando. — De qualquer forma, da última estação você pode escolher entre duas descidas, La Sorcière, que é a pista preta à esquerda, que segue o caminho do bondinho, ou a parte de cima da Blanche-Neige. Essa é azul, mas com tempo ruim pode parecer mais uma vermelha. Se você não tem muita experiência, eu recomendo ficar na primeira estação pelo menos até pegar o jeito com seus esquis. Você pode tentar a segunda estação depois do almoço.

— Ok — diz Liz olhando para a montanha, mas sinto que está indecisa. — Você ficará conosco o dia todo?

— Só nas primeiras duas descidas, vou mostrar o caminho de volta para o chalé e depois tenho de ir ajudar Danny com o almoço.

Liz não diz nada, mas, pelo jeito que aperta os bastões com toda a força, posso ver que não quer ser abandonada.

— Vai dar tudo certo — digo para ela, com mais certeza do que realmente sinto. — Você não é a única principiante, Ani não é muito boa, nem Carl. Nem Miranda não parece muito segura.

Liz segue calada. Ela só abre as fivelas e tira os esquis. Mas sua expressão não é nada satisfeita.

LIZ

ID no Snoop: ANON101
Ouvindo: off-line
Assinantes snoop: 0

Quase meio-dia. Esquiamos a manhã toda. O vento está aumentando. Erin desapareceu no chalé há muito tempo e me deixou sozinha com Topher, Eva e os outros viciados em adrenalina. Fizemos a descida verde, Atchoum, de volta à base do bondinho aéreo duas vezes, e a longa azul para St. Antoine e voltamos para o funicular. Minhas pernas parecem geleia de tanto esforço. Meu rosto arde de frio, e as axilas estão molhadas de suor embaixo das muitas camadas de roupa. Minha respiração está acelerada, o vapor molha minha echarpe e estou congelando e com muito calor ao mesmo tempo.

Nós nos reunimos ofegantes no pé do bondinho Reine, e ouço alívio na voz de Ani quando ela sussurra:

— Oba, almoço!

E então Topher fala, como eu já previa:

— Vamos lá, temos tempo para mais uma descida antes da pausa para a tarde. Vamos subir ao topo da La Dame. Segunda parada do bondinho. Quem de vocês fracotes vai comigo?

Meu coração acelera.

— Não seria melhor parar antes de ficarmos muito cansados? — diz Miranda.

Percebo que ela não quer fazer isso, mas também não quer estragar o programa.

— Quer dizer, é o primeiro dia e temos a semana toda para esquiar.

— Eu concordo — diz Ani.

Ela tira os óculos de esqui. O rosto dela está vermelho e manchado, um misto de frio e esforço. Ela parece cansada.

— Além disso, eu acho que é uma descida longa demais para mim, não é?

— É só uma azul — diz Topher fazendo pouco caso. — Vamos! Vai ser divertido. Tem uma pista preta que desce de lá, La Sorcière, e a azul é só a parte de cima da descida que fizemos antes, a Blanche-Neige. Podemos nos dividir em dois grupos e cada um desce a que quiser. Azul para os bebês, preta para meninos e meninas grandes.

— Topher... — diz Eva apontando o dedo para ele, mas a bronca é só fingimento.

Ela está bem à vontade, alta e magra com seus esquis incrivelmente longos. Está usando um casaco de esqui vermelho-vivo, seda vermelha, que parece uma mancha de sangue no branco da neve, e a visão me dá uma sensação estranha porque me lembro de quando comprei aquele casaco para ela, quando era sua assistente. Fui para a Harrods com o cartão de crédito dela e instruções para pegá-lo. Lembro com muita clareza, como se fosse ontem.

De repente, penso no conto de fadas que dá nome à pista — Blanche-Neige — Branca de Neve. Pele branca como a neve, lábios vermelhos como sangue, cabelo preto como ébano. O cabelo está errado. O cabelo de Eva é quase branco como a neve também. Mas hoje está todo dentro de um gorro preto que torna a comparação assustadoramente perfeita.

— Ah, vamos lá... — Topher pede. — Não podemos voltar para o chalé daqui de qualquer jeito, é tudo morro acima, então, a menos que vocês queiram uma hora de andar de lado com os esquis, podemos muito bem ir para a estação do meio. Só mais um pouquinho não vai fazer diferença... vai? — Ele levanta os óculos de esqui e joga todo o seu charme para Ani. — Ani? Quer realizar o último desejo desse velho?

Ani suspira. Então derrete como neve molhada.

— Oh... ok. Suponho que só vivemos uma vez. Você garante que chegarei lá embaixo inteira, não é, Inigo?

Ele sorri e faz que sim com a cabeça.

— Miranda? — diz Topher sorrindo para ela com toda a sua força de persuasão.

Quando Topher ativa isso, não é difícil entender como chegou aonde está. Tem algo nele que faz com que seja quase impossível lhe dizer não.

— Miraaaanda...?

— Está bem — diz Miranda meio contrariada. — Se temos de subir de qualquer jeito, acho que não fará muita diferença.

Então Topher vira para mim.

— Liz?

E é isso. Por que eu sempre acabo sendo essa pessoa, a pessoa da qual os outros dependem para se divertir, a pessoa que precisa tomar uma decisão? Eu me sinto encolher diante dos olhares deles... mas não tenho opção.

— Tudo bem — eu digo, mas minha voz soa forçada e tensa, até para mim.

— Ok! — diz Eva, meio impaciente. — Então está certo, vamos nos encontrar no topo e, se alguém se perder, nos encontramos no atalho para o chalé. Todos lembram onde o caminho se divide? Aquele pinheiro grande que Erin mostrou, o que tem forro fluorescente.

Meneios de cabeça e murmúrios concordando.

E então acontece. As pessoas desatrelam fivelas e saem andando com as botas duras e pesadas de esqui, segurando bastões e esquis, passando pela barreira de roletas. Não tem fila. O tempo está muito ruim para isso. Todos os franceses sensatos estão reunidos em cafés tomando vin chaud e comendo raclette, e nós somos as únicas pessoas subindo a montanha, naquele bondinho, pelo menos. Sinto meu coração entrar naquele ritmo de pular batidas quando o bondinho chega perto e eu vou andando, passando por Ani com uma assertividade que não combina comigo. Não posso ficar para trás.

O bondinho desliza na última parte da pista, desacelera muito quando entra no abrigo do terminal e nosso pequeno grupo avança e começa a entrar quando as portas de acrílico abrem. Cada bondinho tem quatro assentos e vejo, contando baixinho, Topher, Rik e Miranda entrando. Depois é a minha chance. O bondinho está quase na barreira onde as portas vão começar a fechar, mas eu vou andando pesado até as portas, batendo as botas no chão de borracha. Enfio de qualquer jeito os esquis nos tubos do lado de fora, as fivelas batem na snowboard de Topher e as portas começam a fechar.

— Anda logo, Liz! — Miranda grita me animando, e eu passo pela abertura, sento ofegante, as portas fecham e o bondinho se lança montanha acima. Sim. Eu consegui. Superei o primeiro obstáculo.

Eu me espremo ao lado de Miranda, amasso meu casaco volumoso no espaço apertado, e ela dá risada.

— Liz, quantas camadas você está usando? Parece o homem Michelin.

Topher sorri.

— Não critique, Miranda. Liz pode rir por último quando chegarmos ao topo.

Ele inclina a cabeça para a janela, e vejo que tem razão. O bondinho vai subindo e dá para sentir o frio aumentando. A condensação dentro do veículo começa a formar gotas e depois congela, se espalha em belas flores de gelo enquanto o bondinho sobe, e sobe, passa a estação do meio, as portas abrem convidativas, mas ninguém se move.

Então partimos de novo, subindo, passando da linha das árvores, para cima, para cima, entrando nas nuvens. Sinto o pequeno bondinho levando tapas do vento, balançando para lá e para cá, sinto um frio na espinha ao pensar no que será que nos espera no topo. Meu Deus, eu vou realmente fazer isso? Será que consigo? De repente não sei mais se consigo. Estou nauseada de nervoso. Nunca senti tanto medo na vida como agora, com o que vou fazer. Mas preciso ir até o fim. Eu preciso.

Então as portas abrem, saímos num frio tão profundo que penetra todas as minhas camadas, até ali dentro, no abrigo do terminal do bondinho.

Prendemos os esquis nas botas e deslizamos num deserto branco.

Está nevando... muito. O vento está fortíssimo e terrível, joga neve nos nossos olhos e narizes e faz com que todos tratemos de pôr os óculos de esqui e enrolar melhor os cachecóis. Com isso e a nuvem que desceu para cobrir a montanha, a visibilidade não é de quilômetros como dizem os folhetos, e sim de metros.

Eu sei que deveria haver duas pistas partindo dali. À esquerda, a pista preta que Topher quer fazer, La Sorcière. À direita fica a parte de cima da pista azul, Blanche-Neige. As duas se encontram na segunda estação do bondinho, mas Blanche-Neige demora mais, rodeia a montanha em curvas suaves. La Sorcière, por outro lado, segue uma rota mais direta, desce em zigue-zague sob os cabos do bondinho. Direta é eufemismo. Passamos por cima dessa pista poucos minutos atrás, e parecia uma parede de gelo, como a lateral de uma montanha, mesmo vista de doze metros acima.

Eu avanço balançando e limpando o gelo dos óculos com as luvas. Na minha frente, tem uma placa coberta de neve que talvez um dia tivesse sido duas setas, mas que agora não passa de um monte branco indistinto. À esquerda tem uma espécie de rede de tênis impedindo o acesso. Quando vejo isso, já estou deslizando para lá.

— Socorro! — grito.

Não há nada que os outros possam fazer, e eu ricocheteio na rede, sinto que ela estica e me pega no meio. Fico balançando, os bastões rodopiando e aí caio desconjuntada no chão, com uma barulheira dos esquis.

Rik chega deslizando, rindo, e me ajuda a levantar.

— Você teve sorte — ele grita no meu ouvido para vencer o uivo do vento, apontando para a placa pregada na rede e salpicada de neve que diz "piste fermée".

— Essa é La Sorcière. Você poderia estar esquiando na sua primeira pista preta se não tivessem fechado! Ou pior...

Ele está certo. Depois da rede há uma descida íngreme que cai quase verticalmente. Faz a curva da montanha e, além da beira da curva, não tem nada. Se eu tivesse escorregado ganhando velocidade, ninguém poderia fazer nada. Eu poderia estar mergulhando para a morte no vale trezentos metros abaixo antes que alguém tivesse a chance de me fazer parar. A ideia daquela queda faz meu estômago embrulhar de nervoso pensando no que estou prestes a fazer.

Estou com muita falta de ar para responder, mas deixo que ele me puxe e me guie de volta para onde os outros estão no topo da pista azul.

— Fecharam La Sorcière — Rik grita para Topher, que meneia a cabeça com tristeza.

— Eu vi. Covardes de merda.

— Devemos esperar?

Ouço Miranda gritar. Quase não dá para ouvir a voz dela com os uivos da tempestade.

— Estamos congelando!

— Acho que precisamos, sim — diz Rik. — Não podemos ir sem Ani e Carl, eles não têm muita experiência.

— Eles têm os outros para servir de babá — resmunga Topher, mas Rik balança a cabeça.

— E se eles subirem separadamente e tentarem seguir? Olhem.

Ele aponta para baixo, e vemos um bondinho surgindo no meio das nuvens com uma pessoa dentro, ou talvez duas bem juntas. É impossível distinguir àquela distância. Pode nem ser alguém do nosso grupo. Está tão longe que a pessoa parece absurdamente pequena.

Estou tremendo. Meu coração bate muito forte. Não posso seguir com isso. Mas preciso. Essa pode ser a minha última chance, preciso dizer alguma coisa. Agora. Agora.

— Não consigo — me forço a dizer.

Topher olha para mim como se estivesse surpreso de ouvir minha voz.

— O que você disse?

— Eu não vou conseguir — grito mais alto.

Estou com a respiração acelerada demais, minha voz aguda e esganiçada com o medo que mal consigo controlar. Meu pulso a mil por minuto.

— Não consigo, simplesmente não consigo. Não vou esquiar lá para baixo. Eu não consigo, Topher.

— E como pretende chegar lá embaixo? — diz Topher sarcástico. — De tobogã?

— Ei, ei... — Rik estava tentando consultar o celular. — O que está acontecendo aqui?

— Eu não consigo — repito desesperada, como se, repetindo essa frase, tudo acabasse se encaixando no lugar. Talvez ainda aconteça. Talvez dê tudo certo. — Eu não consigo. Não consigo descer esquiando. Vou morrer, sei que vou. Vocês não podem me obrigar.

— Liz, vai dar tudo certo. — Rik põe a mão no meu braço. — Eu vou cuidar de você, prometo. Olha, você pode descer freando em cunha até lá embaixo, se quiser. Eu vou te guiar, você pode segurar os meus bastões.

— Eu. Não. Consigo — teimo.

Se continuar recitando esse mantra ficará tudo bem. Eles não podem me obrigar a esquiar com eles. Conheço Topher. Ele não é um homem paciente. Logo vai se irritar de ficar tentando me convencer e vai desistir.

— Porra — diz Topher, irritado.

Ele limpa a neve dos óculos e olha para Rik.

— Então o que vamos fazer?

— Liz — Rik começa a falar, e sinto aquela coisa dura subir na garganta, me sufocar, como aconteceu na reunião.

O bondinho com uma pessoa chega ao terminal. Acho que vou vomitar. É agora ou nunca.

— Eu não vou! — grito e, de repente, do nada, estou chorando.

O barulho me espanta, soluços fortes, horrorosos. Ergo os óculos de esqui para esfregar os olhos com as luvas congeladas, e o vento está tão gelado que sinto as lágrimas descendo pelo nariz e congelando ao chegar na ponta. Afasto as gotas congeladas que sinto estalar na pele.

— Eu não consigo fazer isso, merda!

— Está bem, está bem! — Rik responde logo. — Liz, não entre em pânico, está tudo bem. Olha, nós vamos dar um jeito.

Ouvimos o barulho de esquis espirrando neve atrás de nós e vemos alguém descendo a encosta na nossa direção. É Inigo, seu casaco verde inconfundível, mesmo de óculos de esqui e o cachecol até a boca. Atrás dele, Tiger parou logo na saída do teleférico. Está sentada na neve prendendo as fivelas da snowboard.

— Eu vou voltar — eu aviso, engolindo os soluços.

Aponto para a montanha, para o lugar em que está o bondinho que trouxe Inigo voltando para o vale.

— Vou conversar com o atendente do bondinho, convencê-lo a me deixar voltar nele. Vou explicar que não consigo descer, que foi um erro.

— Liz, isso é ridículo demais — explode Topher.

— Qual é o problema? — a voz de Inigo sai abafada pelo cachecol e é quase irreconhecível.

— É a Liz — diz Topher com raiva. — Ela está tendo uma crise existencial.

Mas não estou. Estou calma agora. Tem outro bondinho subindo a montanha, com outra pessoa dentro. Eu posso fazer isso. Sei o que tenho de fazer, e ninguém vai me impedir. Começo a descer a encosta de lado.

— Liz — Rik chama —, tem certeza?

— Sim — grito para ele, apesar de nem ter certeza se agora, com o vento, podem me ouvir. — Tenho certeza. Encontro vocês no chalé.

E, quando entro no terminal e a porta do bondinho abre, uma sensação de paz me acolhe. Sei o que preciso fazer, e vai dar certo. Tudo vai dar certo.

ERIN

ID no Snoop: LITTLEMY
Ouvindo: off-line
Assinantes snoop: 10

É quase 13h30. Eles disseram que iam chegar até 13h, e Danny está xingando na cozinha enquanto os minutos passam e seu risoto gruda.

Às 13h45, ele põe a cabeça para fora de lá, de cara amarrada, e eu balanço a minha.

— Só tem uma coisa que eu detesto mais do que as merdas dos veganos traiçoeiros, são os idiotas — ele rosna e desaparece, a porta de mola bate atrás dele.

E de repente, ouço o barulho de botas de esqui no piso de cerâmica, corro para o hall e o som vem do vestíbulo, as batidas inconfundíveis de pessoas se aglomerando no chão duro, abrindo com estrondo os armários aquecidos de esqui que ficam alinhados no corredor.

— Eva? — alguém chama, irritado. — Eva, onde você está?

Ninguém responde.

Então, as portas de isolamento térmico da entrada se abrem e Topher entra com a roupa de esqui e meias grossas, muito aborrecido.

— Ah, é você — ele diz, ríspido, ao me ver. — Onde foi que a Eva se meteu?

— Eva?

Uma resposta dura para a grosseria dele paira na ponta da minha língua, mas eu engulo.

— Desculpe, Topher, não tenho ideia.

Ele para a caminho da escada.

— Quer dizer que ela não está aqui?

— Não, você é o primeiro a chegar. — Ele fica ali imóvel, com a expressão oscilando entre irritação e preocupação. Então, fala virando a cabeça para trás:

— Miranda, ela não está aqui.

— Você está brincando.

Miranda é a próxima a aparecer na porta. Está com o rosto muito rosado, o rubor doloroso que sempre acompanha o frio extremo.

— É... Bem, acho que isso significa que não congelamos nossos traseiros à toa, pelo menos. Mas o que você acha que pode ter acontecido?

— Quem sabe o teleférico não fechou antes que embarcasse e ela esquiou para St. Antoine para pegar o funicular? — sugere Topher, mas Carl aparece agora e balança a cabeça.

— Ela pegou o bondinho antes de mim, amigo. Estava naquele bondinho, eu poderia jurar.

— E eu a vi — confirma Ani.

Eles se reúnem na entrada, suarentos e confusos, pingando neve derretida dos casacos.

— Eu disse para você, Carl e eu estávamos subindo no bondinho e eu a vi esquiando na pista de descida.

— Qual é o problema? — pergunta Rik, chegando e sacudindo a neve do macacão preto.

Miranda se vira para ele, e agora está definitivamente preocupada.

— Eva não está aqui.

— Ela não está aqui? — Rik soa aturdido. — Mas... mas isso não é possível. Não há nenhum outro lugar em que ela possa estar.

Todos começam a falar ao mesmo tempo, oferecendo teorias diferentes, muitas totalmente impossíveis na geografia da estação de esqui.

— Esperem aí, esperem aí — peço e, para minha surpresa, todos fazem silêncio.

Acho que querem liderança, e eu sou a coisa mais próxima disso.

— Comecem do princípio. Quando foi a última vez que vocês todos se reuniram?

— Na base do teleférico Reine — diz Ani, prontamente. — Discutimos se faríamos um intervalo para almoçar lá, ou se daríamos uma última esquiada. Topher argumentou que do teleférico para o chalé era subida, por isso tínhamos de descer esquiando, e concordamos que devíamos subir para a última estação e descer pela La Sorcière ou pela Blanche-Neige, dependendo da habilidade de cada um.

Engulo meu comentário a esse respeito. La Sorcière é uma pista danada. Eu esquio minha vida inteira e de jeito nenhum desceria a pista com esse tempo. Com essa visibilidade, até mesmo a Blanche-Neige não é brincadeira para esquiadores inexperientes. Não é a primeira vez que percebo que Topher é meio burro.

— Mas, quando chegamos lá, Liz surtou — diz Topher mal-humorado.

— Toph — Rik chama a atenção de Topher inclinando a cabeça em direção à porta de esqui, e eu espio sobre o ombro de Topher e vejo Liz se arrastando, cansada, da sala das botas.

Ela está coberta de neve e parece completamente exausta, mais ainda do que os outros.

— Quando chegamos ao topo, o tempo estava péssimo e Liz resolveu pegar o bondinho de volta — Miranda diz calmamente, mas, olhando para a expressão revoltada de Topher, posso imaginar a discussão que essa decisão deve ter provocado.

Uma parte de mim está surpresa com a força de vontade de Liz, com o fato de não se deixar ser forçada a fazer a descida esquiando. Mas o medo pode dar determinação às pessoas.

— O restante de nós esperou os outros lá em cima — diz Topher —, mas Eva não chegou.

— Mas ela chegou, sim — afirma Ani. — Nós a vimos, Carl e eu. Não vimos?

Ela cutuca Carl, que concorda.

— É, sem dúvida nenhuma, cara. Vimos Eva pegar o bondinho algumas subidas antes de nós.

— Algumas? — questiona Topher. — Como pode? Não havia fila nenhuma.

Carl enrubesce.

— Bom, olha só, não tem por que eu ficar de enrolação. Eu... Bem, eu me atrapalhei na hora de entrar no bondinho, se querem saber. Ani e eu devíamos ir depois da Eva, mas tropecei nos meus prendedores. Caí, as portas do bondinho fecharam e Eva subiu com os meus esquis ainda presos no rack. Levei alguns minutos para me recompor e, então, Ani e eu pegamos o outro bondinho.

— Eva poderia ter se confundido e saltado na primeira estação? — Miranda pergunta franzindo a testa, mas Ani balança a cabeça.

— Não, é isso que estou tentando dizer. Eu a vi quando estávamos subindo no bondinho. Ele passa exatamente sobre a pista preta, aquela muito íngreme que Topher queria descer.

— La Sorcière — digo, e Ani confirma.

— Essa mesmo. E eu vi uma esquiadora descendo. Ela parou um segundo e levantou a mão, acenando para mim. E eu vi que era Eva.

— Como pode ter visto daquela distância? — diz Rik, cético. — Podia ser qualquer pessoa.

— Reconheci o casaco vermelho dela. É realmente único. Ninguém mais aqui tem um igual, e nós éramos os únicos naquele bondinho.

Olho em volta e vejo que ela tem razão. Topher usa mostarda e cáqui, Rik e Carl estão de preto. Miranda tem um macacão num tom de roxo. Inigo, casaco verde e macacão preto. Tiger usa um casaco sofisticado de surfista que parece casaco de brim de aviador dos anos 1980, mas suspeito que seja um traje de esqui caríssimo. Liz usa um azul-marinho desbotado, que é uma peça única grande demais para ela e parece que pegou emprestado de alguma amiga. E Ani está com o casaco azul-mar e o macacão branco que eu tinha notado antes. Nenhum deles poderia ser confundido com Eva.

— Quando chegamos ao topo, meus esquis estavam à minha espera — diz Carl. — Ela deve tê-los tirado do bondinho e ido esquiar.

— Você notou que ela não estava lá em cima? — pergunto, e Rik balança a cabeça, triste.

— Não, a visibilidade estava ruim demais e... Olha, se querem saber, aconteceu uma... Bem, uma baixaria lá no topo.

Baixaria? Que diabos você quer dizer? Eu já ia perguntar, mas Miranda intercedeu.

— Você devia explicar melhor, Rik. O atendente do teleférico saiu para nos informar que o alerta de avalanche tinha subido para vermelho e que eles estavam fechando a montanha inteira, mas metade do grupo ignorou o alerta e saiu esquiando antes que eles montassem as redes nas pistas.

— Sinto muito. — Inigo pelo menos demonstra vergonha. — Foi um mal-entendido total. Pensei que ele estava dizendo é agora ou nunca e... saí esquiando.

— Então esperem, alguns de vocês chegaram aqui esquiando — falo devagar —, e alguns pegaram o bondinho de volta?

Eles meneiam a cabeça.

— Naturalmente, paramos um pouco no grande pinheiro ao lado do atalho de volta para o chalé, para ver se alguém nos alcançava, e, quando vimos as pessoas voltando de bondinho, esquiamos até a base do teleférico — diz Topher. — Esperamos lá mais vinte minutos, e os filhos da mãe encarregados da estação de esqui fecharam aquele teleférico também. Então concluímos que Eva tinha vindo furiosa para o chalé, mas, como estávamos abaixo do chalé sem teleférico, não tivemos escolha senão esquiar até St. Antoine e pegar o funicular para cá.

— Ok... ok... — digo, procurando o sentido daquilo tudo. — Então a última vez que alguém tem certeza de ter visto Eva foi quando ela estava esquiando em La Sorcière?

Ani concorda e vira para Carl para ele confirmar.

— É por aí — diz Carl.

— Mas La Sorcière estava fechada! — Topher explode. — Esse é o problema.

O problema é que sua colega e cofundadora está desaparecida em condições climáticas extremas, penso, mas não digo. Estou pensando em La Sorcière, em suas encostas de gelo traiçoeiras e em como a neve em pó solta se acumula no espelho de gelo por baixo, transformando cada curva num lance de dados entre uma derrapada dolorosa e uma miniavalanche. Estou pensando nas lombadas brutais escondidas pela neve que se movimenta entre elas e na impossibilidade de ver os pedaços de gelo sob o manto da neve, que dirá avaliar aquelas curvas que dão um tranco nos joelhos com a má visibilidade.

Acima de tudo, penso na queda vertiginosa ao lado da pista. Um precipício a poucos metros da lateral da pista em alguns lugares. Com esse tempo, você pode simplesmente deslizar para um deles e despencar no vazio. Foi por isso que fecharam La Sorcière primeiro, entre todas as outras pistas da estação. Não porque sejam avessos aos riscos, ou à saúde e à segurança, nem porque não confiem que os esquiadores experientes saberão navegá-la. E sim porque as viradas e curvas são uma armadilha mortal com pouca visibilidade. Mas, então, lembro que a pior parte da descida é bem no começo da pista, e Ani viu Eva esquiando mais embaixo. É pouco consolo, mas me agarro a qualquer consolo que tiver agora.

— Alguém experimentou ligar para o celular dela? — pergunto, e Inigo faz que sim com a cabeça.

— Várias vezes. Não tem sinal.

Danny sai da cozinha nessa hora, irritadíssimo. Ele articula com a boca "e a merda do meu risoto?" por cima da cabeça dos hóspedes e corro em sua direção.

— Eva está desaparecida — digo, baixo, e sua expressão muda imediatamente, de irritação para preocupação.

— O quê, desaparecida mesmo? Ou só ausente sem permissão?

— Eu não sei, é difícil dizer. Todos eles foram bem burros. Se separaram, ninguém observou quem estava em qual grupo e parece que Eva foi esquiar sozinha em La Sorcière.

— Sozinha? — Danny questiona, boquiaberto. — Mas está com alerta vermelho de avalanche. Por que diabos não fecharam a pista?

— Parece que fecharam, sim. Ela deve ter passado embaixo da rede, ou algo assim, acabou se perdendo e passou para a pista errada.

Mas não consigo imaginar como isso pode acontecer. Não há ligação óbvia da Blanche-Neige com La Sorcière. Isso é parte do problema da pista preta. É demarcada de um lado por uma face de rocha e do outro por um precipício. Não tem saída depois que você começa a descer, só desvios e curvas.

— Eu não sei. Mas Ani está convencida de que Carl e ela viram Eva esquiando nela. Quer dizer, sei que ela é boa no esqui, mas isso é muita imprudência com esse tempo.

Danny fica muito sério.

— E ninguém a viu desde então?

Balanço a cabeça.

— Você acha que devemos chamar a PGHM? — pergunto. É o departamento da polícia especializado, que opera nas cadeias mais altas da montanha, uma combinação de polícia com resgate.

— Eu não sei — diz Danny. Nervoso, ele esfrega sua bandana na testa, entre a sobrancelhas, tentando pensar. — Não é impossível que ela tenha só se perdido e descido pelo caminho errado. Com os teleféricos fechados, levaria um tempo para voltar. Imagino que eles digam para esperarmos algumas horas antes de entrar em pânico. Podemos tentar o posto dos passes de esqui, quem sabe? Talvez eles saibam se o passe dela foi usado em algum teleférico.

Sinto vontade de dar um beijo nele. Não é só uma boa ideia, é uma *grande* ideia. Mas, quando vou até o telefone no hall de entrada e disco o número que tem na parte de trás do cartão de teleféricos, só ouço o bip-bip do sinal de ocupado.

Volto para o pequeno grupo reunido na entrada. Parecem encalorados com as roupas de esqui e cada vez mais preocupados.

— Achamos que a melhor coisa é verificar no posto dos passes de teleférico se Eva usou o dela em algum lugar. Tentei telefonar, mas deu ocupado, então, em vez de ficar de bobeira aqui, acho que vou dar um pulo no funicular e conversar com a pessoa encarregada.

— Eu vou — diz Topher, imediatamente.

— Você fala francês?

Eu sei a resposta antes de perguntar, e a fisionomia dele fica triste enquanto balança a cabeça.

— Entendo perfeitamente que você queira ajudar — digo, tentando ser gentil —, mas acho melhor ir alguém que fale francês. Se ela não usou o passe, teremos de informar para a polícia que está desaparecida, e, sem dúvida, vamos precisar de alguém fluente para fazer isso. Vocês todos devem botar roupas secas e comer alguma coisa, eu volto logo. Enquanto isso, fiquem tentando ligar para ela.

Todos meneiam a cabeça, sérios.

— É melhor eu contar para o Elliot — murmura Topher.

Me lembro com um choque de surpresa que Elliot é o único membro do grupo que não foi esquiar. Ele ainda está no quarto, deve estar trabalhando na atualização do código dele, ou seja lá o que for que esteja fazendo lá em cima sozinho.

Todos se dispersam conversando baixinho, pego meu casaco no armário e corro de volta para explicar o plano para Danny.

— Então você tem de servir sozinho, tudo bem?

— Sim, é claro.

Ele desaparece na cozinha para começar a arrumar os pratos.

Visto o casaco e abro a porta da frente.

LIZ

ID no Snoop: ANON101
Ouvindo: off-line
Assinantes snoop: 0

Estou no meu quarto tirando a roupa de esqui quando acontece. Primeiro, foi só um barulho, depois senti o chão começar a tremer como se fosse um terremoto.

Viro para espiar pela janela. Vejo o que parece uma parede de neve descendo na nossa direção. Mas não uma parede no sentido de algo sólido. Isso é outra coisa. Uma massa borbulhante de ar, gelo e terra; tudo junto.

Eu grito. Faço a única coisa que posso, apesar de ser burrice. Caio de joelhos com os braços sobre a cabeça, como se esse gesto patético pudesse me proteger.

Fico ali muito tempo, tremendo, antes de reunir coragem para levantar, com as pernas trêmulas também. Será que desviou de nós? Será que parou?

Ouço vozes ao longe, gritos, chamados, berros.

Dou um jeito de forçar as pernas a trabalhar e sigo trôpega para o corredor.

— Meu Deus! — Topher grita, correndo para a escada. — Que diabos aconteceu?

— Erin! — ouço chamarem lá de baixo, um berro de medo com uma voz que não reconheço, e então concluo, é o chef Danny chamando a amiga. — Erin!

O corredor está cheio de gente apavorada. O alarme de fumaça disparou, e as pessoas gritam em pânico.

Lá embaixo no hall de entrada, o chef está forçando a porta da frente que rachou e entortou sob o peso da neve compacta contra ela.

— Não abra a merda da porta! — berra Topher. — Você vai deixar toda a neve entrar!

Danny vira para ele. Furioso.

— Minha amiga está lá fora, porra — grita mais alto do que o alarme de fogo —, então se quiser me impedir, cara, venha tentar.

Ele puxa mais uma vez. A porta cede com um rangido de protesto, e uma massa de neve e gelo desliza para dentro. A porta ainda está bloqueada com mais de um metro de neve, mas Danny sobe por ela, afundando nos escombros. A última visão que tenho dele é das pernas, quando se arrasta para a tempestade.

— Ai, meu Deus — Miranda diz, agarrada a Rik como se estivesse se afogando. — Ai, meu Deus. Ai, meu Deus. E se Eva ainda estiver lá fora?

Ninguém responde. Acho que nenhum deles tem coragem de dizer o que está pensando. Que se Eva ainda está lá fora, está morta. Deve estar.

E talvez Erin também.

— O chalé é seguro? — pergunta Rik, pragmático de repente. — Não queremos ficar aqui se estiver a ponto de desmoronar.

— Vou desligar esse alarme — diz Tiger, que desaparece entrando na cozinha.

Ouço quando ela arrasta uma cadeira no piso de cerâmica e, então, o alarme para. O silêncio repentino é chocante.

— Ok — diz Topher com a voz trêmula, mas é tão natural para ele assumir a liderança que entra no papel. — Hum... nós devemos... verificar. Devemos verificar a propriedade.

— O lado da cozinha não está muito ruim — diz Tiger, voltando para o hall de entrada. — Espiei pela janela. Tem duas janelas quebradas no espaço comum, mas a neve não está muito alta. Deve ser o lado da sala de estar que sofreu mais, e a extensão da piscina.

— Vamos lá para cima — diz Topher — para ter uma visão de tudo.

Tiger concorda com a cabeça, e subimos todos para espiar de uma das janelas. A visão deixa minhas pernas bambas. Tivemos muita sorte.

A construção comprida de um andar só na parte de trás do chalé, que abrigava a piscina, estava completamente soterrada. O telhado afundou como uma casca de ovo vazia. Vigas e tábuas pareciam espetadas no imenso monte de neve que tinha engolido a extensão. Mas o chalé propriamente dito estava inteiro. Há uma massa de neve com pedaços de árvores e cascalho empilhada no lado norte, mas a estrutura resistiu firme. Poucos metros mais, e Perce-Neige seria um monte de palitos como o prédio da piscina. Não consigo ver nenhum dos outros chalés. O caminho para o funicular está cheio de árvores caídas e muita neve. O próprio funicular não está à vista sob as rajadas de neve. Erin não está visível em lugar nenhum.

Então noto um movimento na lateral do edifício. É Erin. Ela se apoia em Danny, o chef, e os dois mancam pela superfície cheia de entulho, tropeçando nos montes duros de neve compacta espalhados pelo que era o caminho do funicular.

Ficam fora de vista na sombra do prédio. Lá de baixo, ouço o rangido da porta da frente emperrada raspando a cerâmica do chão e o soluço de dor de Erin quando ela desliza pelo monte de neve e entra na casa.

— Está fraturado? — ouço Danny perguntar, ofegante.

Como se ouvíssemos um chamado, nós todos descemos em fila a escada e formamos um círculo de preocupação em volta de Erin.

— Ela está bem? — Miranda pergunta, franzindo o cenho.

— O que você acha? — Danny retruca.

Parece que Erin não consegue falar, mas ela levanta a mão. Não tenho certeza do que quer dizer, mas aquele sinal indica claramente alguma coisa para Danny, ele balança a cabeça com raiva e vai para a cozinha pisando forte.

— Vou pegar gelo para você — ele diz virando a cabeça para trás —, para ver se conseguimos diminuir esse inchaço.

— Eu tenho arnica na minha mala — diz Tiger para ele.

Não ouço a resposta de Danny. Mas não parece positiva.

— Acho que arnica não resolve, Tig — diz Rik baixinho.

Erin está caída no chão do hall de entrada. O rosto dela está pálido. Parece está em estado de choque.

— O que aconteceu? — Tiger se abaixa e põe a mão no braço dela.

Erin olha para Tiger e pisca, zonza. Parece que não sabe o que está fazendo ali.

— Erin? Você está bem?

— Eu não sei — Erin consegue dizer, com a voz trêmula. — Eu estava andando para o funicular e ouvi um barulho, e então foi como... foi como se a montanha caísse e engolisse o bondinho.

— Quer dizer que o bondinho já era?

Tiger diz isso horrorizada, e só faz eco ao choque que vejo reverberando em todos.

— Não está destruído — diz Danny, voltando com um saco de ervilhas congeladas.

Ele faz cara feia para o grupo todo.

— Mas... sim, soterrado. Um pedaço grande de vidro furou a cabine por dentro. Merda. Podia ter gente lá dentro.

— Nós devemos ligar para qual número? Da emergência? — pergunta Ani, e Topher meneia a cabeça enfaticamente.

— Dezessete — diz Erin, cansada.

— O quê?

— Dezessete — ecoa Danny —, é o número da polícia local. Mas acho que vocês devem tentar o 112. O número internacional que terá gente que fala inglês.

Ani pega o celular e faz uma careta.

— Sem sinal.

— O transmissor deve ter parado de funcionar — diz Danny.

Ele aperta gentilmente o saco de ervilhas no tornozelo de Erin. O rosto dela está amarelado agora, e ela está de olhos fechados.

— Experimente o telefone na recepção.

Ani vai até o telefone com fio na mesa perto da escada, mas, quando pega o fone, desanima.

— Está mudo.

— Merda — Carl fala pela primeira vez, com o rosto largo vermelho, expressão de raiva. — Puta merda, é tudo que precisávamos. A avalanche derrubou a linha, imagino. Alguém tem algum sinal? Qualquer coisa?

Todos se movimentam pegando os celulares. Pego o meu também. Nenhum pontinho.

— Nada — diz Topher.

Os outros balançam a cabeça.

— Não, esperem — diz Inigo, com a voz falhando de animação —, apareceu um pontinho! Eu tenho um pontinho!

Ele liga e espera, levantando a mão para pedir silêncio. Ficamos imóveis, só ouvindo.

— Alô? — ele diz. — Alô? Alô? Merda, não me ouvem!

— Vá lá para cima — diz Miranda com urgência na voz. — O sinal pode estar mais forte no andar mais alto.

Inigo obedece, sobe a escada em caracol e vai até o fim do corredor, até a janela comprida com vista para o vale, como se a visibilidade, de alguma forma, se traduzisse em sinal melhor.

— Alô? — ouvimos de novo e depois "sim", e "ok", e "Chalet Perce-Neige" e outra informação sobre a nossa situação.

Então longas pausas e ele dizendo: "Pode repetir? Desculpe, o sinal está péssimo, a ligação está caindo. Alô? Alô?"

Finalmente ele desce, muito sério.

— Perdi o sinal no fim, mas falei com o recepcionista da delegacia e acho que consegui passar todos os detalhes antes de a ligação cair.

— Falou sobre Eva? — Topher pergunta, e Inigo faz que sim com a cabeça.

— Sim, eu disse que perdemos nossa amiga logo antes da avalanche e que não sabemos se ela ainda está na montanha.

— Alguém vem nos socorrer?

— Eu não sei — diz Inigo e, naquele instante, parece o que é, um assistente pessoal que não obteve o resultado que seu chefe queria. — Disseram que estão sobrecarregados, que tem gente presa nos teleféricos e coisas assim. Não tenho certeza... — a voz dele falha um pouco diante da expressão de Topher. — Não tenho certeza se pessoas com comida e abrigo são a prioridade deles agora. Eles têm o meu número. Disseram que entrarão em contato o mais breve possível, com mais informação.

— Quer dizer que estamos ilhados? — Topher explode. — O funicular já era, Eva está desaparecida, estamos presos nesse maldito chalé com uma mulher ferida... — Ele aponta para Erin. — Nós devíamos ser a prioridade máxima deles!

Inigo fica calado, apenas dá de ombros, sem saber o que fazer.

— Um de nós podia descer esquiando? — Rik questiona, mas Inigo balança a cabeça.

— Não, eles foram muito claros. Devemos ficar aqui onde estamos. Pode haver mais avalanches.

— Bem, não podemos simplesmente ficar aqui — Topher conclui, zangado.

— Você não vai esquiar naquela pista, amigo — diz Danny abaixado, cuidando de Erin.

— Pois fique sabendo que faço skyboard e sou muito bom nisso.

— Você podia ser o Shaun White, amigo, e não ia descer de jeito nenhum. Você não viu, parecia coberta de pedras, não existe mais pista.

— Então estamos presos? — diz Topher, descrente e furioso. — E eles não estão fazendo nada, enquanto Eva pode está lá fora embaixo de toneladas de neve?

Ninguém responde. Ninguém quer dizer o óbvio para todos nós: se for esse o caso, não há nada que possamos fazer.

ERIN

ID no Snoop: LITTLEMY
Ouvindo: off-line
Assinantes snoop: 10

Estou sentada na cozinha, tremendo. Danny foi pegar o estojo de primeiros socorros, e é bom ficar sozinha alguns minutos. Assim, tenho tempo para me recompor.

Aquele barulho... aquele ruído ensurdecedor e aterrorizante que assombrava meus sonhos por três anos... por um momento pensei que fosse um tipo de flashback, como estresse pós-traumático. Então, olhei para trás e era real. Uma onda branca cobrindo o vale.

E o mais estranho foi que eu me senti em paz quando veio para cima de mim. Foi como justiça sendo feita. Como um castigo. Senti que era certo.

Cheguei a pensar em abrir os braços e deixar que me engolisse. Mas não aconteceu. Ela não me engoliu. Ela me cuspiu. Para isso.

— Vou matar todos eles.

A porta vai e vem balança, e é Danny que entra marchando com a caixa de primeiros socorros na mão.

— Aqueles merdas idiotas, todos eles. Você podia ter morrido, e ele está ocupado preocupado com a hora em que seu socorro aéreo chega. Sabia que ele está lá fora agora, tentando falar com uma empresa particular de helicópteros?

— Não vão fazer nada, mesmo que ele consiga ligar — retruco.

Mudo de posição no descanso de pé improvisado que Danny montou no canto da cozinha, tentando ignorar a dor subindo e descendo na minha perna quando me mexo.

— Eles não podem... não com esse tempo. Olhe lá.

Aceno para a janela, para o vento que ganhou força e virou uma tempestade.

— Tire essas ervilhas do tornozelo — diz Danny bruscamente —, elas já descongelaram.

Seguro a perna timidamente enquanto ele tira o saco molhado de ervilhas e prende um de gelo em volta do meu tornozelo que lateja. Dói, mas de um jeito estranho. Acho boa aquela dor. É como uma âncora, lembrando que estou aqui, viva.

Danny sintonizou numa antiga rádio FM, e, enquanto cozinha, eu fico quieta, ouvindo os relatos das tentativas de resgate. A compreensão da sorte que todos nós tivemos me provoca arrepios na coluna. Pelo menos oito construções foram completamente destruídas pela avalanche. Quatro eram estações de teleféricos que confirmaram estarem vazias, já que tinham sido fechadas mais cedo aquele dia. Duas eram cafés que supostamente estavam fechados na hora da avalanche. As outras três eram chalés. Um, bem mais abaixo, perto de St. Antoine Le Lac, foi evacuado. Ferimentos leves, nenhuma fatalidade. Ninguém sabe nada sobre os outros dois. Entre perguntas sobre responsabilidade e se as autoridades da estação de esqui deviam ter agido mais cedo, o noticiário enfatiza repetidamente que foi muita sorte terem fechado tantas pistas e tantos teleféricos. Até o funicular levava apenas quatro pessoas, e elas foram evacuadas em segurança do túnel de vidro quebrado; mas o locutor já disse, ameaçadoramente, que vão levar muitos dias para avaliar os reparos. Não falam nem em consertar, só em avaliar.

Diante disso, uma piscina destruída não parece ser nada de mais. Se não fosse pelo desaparecimento de Eva, estaríamos gratos. Mas saber que ela continua desaparecida é como um veneno terrível que se espalha, corroendo tudo que toca. Quando fecho os olhos, a vejo enterrada no escuro, cada vez mais frio, me perguntando se vai aparecer alguém. Se ela tiver sorte, a neve compacta vai sufocá-la rapidamente. Se não tiver...

Pensar nisso me deixa fraca de medo de repente.

— Quanta comida nós temos? — pergunto para Danny, tentando me distrair desses pensamentos, e ele balança a cabeça, desconsiderando minha preocupação.

— Bastante. Não se preocupe com isso. Tony Stark lá embaixo talvez fique uns dias sem leite fresco, mas as prateleiras da dispensa têm comida para um batalhão.

Há sempre a possibilidade de Eva ter se entediado de esperar pelos outros e resolvido esquiar até St. Antoine horas atrás, e estar perfeitamente bem, apenas sem condições de se comunicar conosco. Mas, conforme as horas vão passando, isso vai parecendo cada vez mais improvável. O telefone com fio e a internet continuam mudos e o sinal dos celulares só piorou desde a avalanche, as torres restantes devem ter se curvado sob o peso da neve, embora o telefone de Inigo continue mostrando algumas barrinhas erráticas de vez em quando. Ele recebeu uma mensagem de texto de casa, apenas uma, e conseguiu responder dizendo que está bem. Eva não poderia ter enviado uma mensagem para dizer que estava bem quando tudo isso aconteceu? Será que não teria encontrado um jeito de dar notícia?

LIZ

ID no Snoop: ANON101
Ouvindo: off-line
Assinantes snoop: 0

São 15h11 quando a luz cai. Estou sentada no meu quarto tentando abafar os ruídos lá de baixo, e de repente o quarto mergulha na escuridão. Tateio procurando o celular, me perguntando se a lâmpada queimou. Então ouço gritos, irritados, vindo de um lado e de outro do corredor. Não sou só eu.

— A luz apagou aí também? — É a voz do Topher, à porta do meu quarto.

Penso que está falando comigo, mas então ouço um resmungo grave respondendo, de Elliot.

— Merda — reage Topher —, era só o que faltava.

Abro a porta e vejo o restante do grupo reunido resolvendo o que fazer com a lanterna dos celulares. Então, descemos para consultar Erin e Danny. Eu fico para trás quando Topher bate irritado na porta da cozinha. Ele resmunga baixinho sobre aquela merda de fim de mundo.

— O que é? — Danny pergunta como quem quer brigar.

— Oi — diz Topher, mudando de tom de repente.

Ele agora parte para seduzir. Ele não é bobo. Sabe que tem de fazer aquelas pessoas ficarem do lado dele. O efeito é impressionante. É como virar uma chavinha.

— Desculpe incomodá-lo, mas a luz desligou.

— Para você e para mim também, amigo — diz Danny, sucinto.

— E... podemos fazer alguma coisa? — pergunta Topher, estressado, e percebo porque o sotaque se torna indefinidamente mais intenso.

— Não. O gerador ficava na casa da piscina. — Danny aponta para os entulhos visíveis pela janela da cozinha.

Topher vocifera. O charme se esvaindo.

— Então nós só esperamos e congelamos até morrer?

— Congelar, não — diz Danny. — Temos muita lenha. Vocês podem começar a colocar na lareira da sala.

Topher abre a boca como se fosse dizer alguma coisa. Então, acha melhor não e permanece calado. Dá meia-volta e caminha lentamente para a sala de estar às escuras. Nós o seguimos.

Topher se joga num sofá enquanto Miranda acende algumas velas. Rik abre a lareira, remexe as brasas e põe mais duas lenhas em cima.

— Maravilha... — diz Carl — Que maravilha. É tudo de que precisamos. Vamos ter virado cubos de gelo quando nos encontrarem.

— Ficaremos bem — diz Miranda secamente, um tanto irritada. — Temos de nos preocupar com Eva.

Eva. Com toda aquela comoção, eu tinha quase me esquecido dela. Meu estômago vira do avesso com um misto de culpa e ansiedade.

E há uma pausa longa e horrível enquanto ninguém faz as perguntas que povoam nossas cabeças. O que aconteceu com ela? Será que foi pega pela avalanche? Será que ela está morta?

— Ela não teria... é... telefonado, se estivesse bem? — finalmente Ani quebra o silêncio, sua timidez ainda mais evidente. — Eu sei que não tem muito sinal, mas só... é... só uma mensagem de texto, talvez?

— Talvez ela não tenha conseguido enviar — Miranda arrisca dizer, mas dá para ver que ela está tentando se convencer disso, não exatamente certa do seu argumento.

Elliot está no canto da sala, olhando para a neve com a pouca luz lá de fora, então diz alguma coisa para Topher com sua voz brusca e profunda e sai. Topher levanta do sofá e o segue sem dizer nada.

Fico pensando enquanto observo as sombras deles andando à luz das velas. Para onde estão indo? Tem alguma coisa na expressão do Topher que não me agrada. Uma determinação repentina. E fico muito apreensiva.

ERIN

ID no Snoop: LITTLEMY
Ouvindo: off-line
Assinantes snoop: 10

— A coisa está feia, Erin.

Danny está mexendo nas latas de conserva no fundo da cozinha escura. Ele se endireita e passa a mão no cabelo curto.

— A coisa está muito, muito feia.

— Vai dar tudo certo — digo, mas a verdade é que estou mentindo e eu sei disso.

Meu tornozelo está com o dobro do tamanho normal e ainda não aguenta meu peso. Estamos sem luz e o único aquecimento é o das lareiras/fogareiros a lenha. Danny nem pode descongelar o curry no micro-ondas para o jantar. E Eva... Mas não posso pensar nisso agora. Afasto a imagem do rosto pálido e gélido de Eva e a tranco atrás de uma porta na minha mente, onde mantenho esse tipo de lembrança congelada. Preciso me agarrar à possibilidade de ela estar bem, de ter conseguido descer para o centro da cidade e de estar sem sinal no celular. Deus sabe que o sinal está péssimo.

— Seu pé pode estar quebrado, não dá para saber — diz Danny, mas balanço a cabeça com uma segurança que não sinto.

— Acho que não está quebrado. Acho que foi só uma torção muito forte.

— Como sabe? — pergunta Danny e levanta a mão. — Deixe para lá, esqueci que você é médica. Conte de novo: por que faz faxina para esses riquinhos por um salário mínimo?

Eu podia dar umas oito respostas para isso. Podia fazer Danny lembrar que não sou médica, que larguei o curso de medicina. Podia contar a verdade para ele, sobre o que me trouxe para St. Antoine. Podia dar uma palestra sobre fratura parcial. Mas não preciso falar nada disso porque ele já está mexendo nas latas de novo.

— Posso esquentar uma sopa ou alguma coisa no fogareiro a lenha — ele diz de cenho franzido, tentando ler um rótulo com a lanterna do celular.

— Meu Deus, que desastre.

Levamos um susto com a batida, nos entreolhamos e Danny vai até a porta. É Topher outra vez, mas não está mais com aquela expressão bajuladora que usou para pedir o conserto mágico da luz. Ele parece... não sei ao certo. Não o conheço muito bem para saber. Ele pode estar furioso ou seriamente preocupado.

— Sim? — Danny diz secamente, mas eu levanto e passo por ele mancando.

Há um motivo para Danny não participar muito da recepção da casa. Ele não tem tato nem paciência. Mas o fato é que, por pior que seja a situação, Topher e Snoop continuam sendo nossos hóspedes e ainda precisamos nos comportar como representantes da empresa.

— Topher — digo e, então, vejo Elliot atrás dele. — Elliot, como posso ajudar?

— Elliot acha que encontrou Eva — diz Topher sem cerimônia.

— *O quê?*

É a última coisa que eu esperava. Perguntas se amontoam na minha mente. Onde? *Como?*

— Ela está bem?

— Não sabemos.

Topher passa por mim e por Danny, abre um laptop e apoia na superfície de aço inoxidável da cozinha. A tela ilumina o círculo de rostos com um brilho surreal quando ele digita a senha. Aparecem na tela códigos truncados. Não significam nada para mim.

— Para ser mais preciso... — é a voz profunda e monocórdica de Elliot — nós sabemos a localização do celular dela.

— O celular?

— Um dos motivos de eu não querer a aquisição — Topher começa a explicar — é que Elliot tem trabalhado em uma atualização imensa para ajudar a monetizar Snoop. Estamos chamando de geosnooping em beta, mas esse provavelmente não será o nome definitivo. Como devem saber, sua identidade na Snoop pode ser totalmente anônima se você quiser, não dá para saber onde alguém está e a única informação que temos é o que cada um declara no perfil.

— Certo — eu digo devagar.

— Mas Elliot está trabalhando em um upgrade que vai permitir que as pessoas vejam outros Snoopers em um raio de cinquenta metros. Você não sabe exatamente onde a pessoa está, mas sabe que está perto de você.

— Ok, entendi.

— Ainda não está operante. Mas, como parte dos preparativos para o lançamento, nós mudamos as permissões que a Snoop exige para dar ao aplicativo o acesso à nossa localização. Basicamente, Snoop conhece essa informação mesmo se você optar por não revelá-la. É parte dos dados do perfil que compartilhamos com as partes interessadas para gerar renda.

— Certo... — repito, tentando fazer com que ele vá direto ao ponto.

Não estou interessada no funcionamento interno da Snoop e acho que sei aonde ele quer chegar.

— Está dizendo que usou essa informação para descobrir a localização da Eva?

— Sim. Elliot conseguiu hackear o código e pegar as coordenadas de GPS do celular da Eva.

— Está aqui — diz Elliot abrindo um mapa de GPS em que a bandeira vermelha mostra a localização das coordenadas que ele digitou na barra de busca.

Assim que vejo a bandeira, meu coração quase sai pela boca e sinto um frio na barriga.

— Onde é isso exatamente? — Topher pergunta, mas a voz dele parece muito distante agora.

Danny cobre a boca com a mão, e sei que ele acabou de ver o que eu já sabia.

As pistas estão marcadas no mapa de Elliot, mas não as elevações, e, sem a imagem tridimensional simplificada do mapa oficial das pistas, não é fácil reconhecer a geografia dos picos e vales. O pontinho de Eva aparece muito próximo da pista La Sorcière. Tão perto que ela poderia estar quase na pista.

Mas não está. Porque se você já esquiou nessa pista como eu, muitas vezes, o que sabe é que tem um precipício ao lado da La Sorcière. Uma queda que cai vertiginosamente centenas de metros em um vale profundo e inacessível. De algum modo, sem visibilidade com a neve, Eva deve ter feito exatamente o que eu temia desde o início: esquiou para além do limite da pista.

— Se pudermos dar essas coordenadas para a equipe de busca e resgate... — Topher diz com o tipo de segurança indiferente que só o diretor de uma empresa internacional importante pode ter, mas eu o interrompo.

— Eu sinto muito, Topher, eu sinto muito...

— Como assim?

— Esse... — engulo em seco e procuro um jeito de dar a notícia de um modo menos brutal. — Esse pontinho é fora da pista.

— Eva é excelente esquiadora — diz Topher com segurança —, fora da pista, mesmo com esse tempo...

— Não, você não entendeu. Não estou falando de um pouco de neve solta. Quero dizer que ela esquiou para fora da pista. Passou do chão. La Sorcière... — Engulo em seco de novo, mas não existe maneira gentil de explicar: — Essa parte de La Sorcière é ao lado de um precipício. Íngreme demais.

Topher olha para mim sem entender o que estou tentando dizer, porque não consegue ou porque não quer.

— Como assim? — ele acaba repetindo.

— Topher, se Eva está mesmo nesse lugar do ponto, ela está morta.

Eu me arrependo de ser tão direta assim que as palavras saem da minha boca, mas estão ditas e não podem ser retiradas.

Topher fica branco. Então, ele se vira para Elliot.

— Qual é o grau de precisão dessa localização?

— GPS costuma ser preciso até cerca de 5 metros — diz Elliot.

Ele parece... Meu Deus, nem sei... Quase sereno? Será possível? Certamente que não. Ninguém poderia ser tão frio. E, mesmo se fosse, não ia pelo menos tentar fingir estar preocupado?

— Mas pode ter interferência, sinais refletidos e tudo o mais. Não tenho certeza absoluta de que modo as montanhas poderiam afetar. Não é impossível que esteja alguns metros fora do ponto.

— Então o quê? Dez metros? Ela podia estar na pista — diz Topher desesperado, mas todos nós estamos vendo, olhando para a escala do mapa, que isso não é possível.

Nem cinquenta metros a colocaria de volta na pista.

— Ou... ela pode ter deixado o celular cair.

— Se ela deixou o celular cair, acho que seria enquanto estivesse esquiando — falo baixinho.

— Meu Deus! Ela pode ter jogado lá embaixo — grita Topher.

Ninguém responde. É verdade, é claro, mas a resposta óbvia seria: "por quê?" Mas ninguém ousa dizer, nem mesmo Elliot, que apenas meneia a cabeça aceitando o fato de que a observação de Topher está essencialmente correta. Nós achamos apenas o celular de Eva. É difícil demais descobrir como foi parar lá sem Eva.

— Porra — diz Topher.

Ele vem até o banquinho que eu estava usando para apoiar o pé machucado e senta, como se suas pernas não aguentassem mais seu peso.

— *Porra.*

— Se ela estiver morta — diz Elliot com a voz neutra —, o que isso vai significar para a Snoop? O marido da Eva é o acionista agora? Ele terá um voto na aquisição?

— Porra!

Topher arregala os olhos como se não acreditasse no que aconteceu.

— Arnaud? Eu... eu não sei! Meu Deus, Elliot, como pode...

Ele para de falar, dá para ver seu cérebro trabalhando. Mesmo agora, com todo o sofrimento, ele ainda é o fundador da Snoop, tanto quanto, se não mais, amigo de Eva.

— Eu acho... agora me lembrei de quando resolvemos isso. Havia alguma coisa sobre isso. Era para impedir que a empresa ficasse fora do controle dos acionistas originais sem seu consentimento. Tenho certeza de que os acionistas não podem vender nem doar suas ações, só podem oferecer para vendê-las para Eva e para mim. Quero dizer...

Ele para. Engole em seco.

— Para mim.

LIZ

ID no Snoop: ANON101
Ouvindo: off-line
Assinantes snoop: 0

Eva está morta.

Não sei como a notícia se espalha, mas, quando os cochichos começam, são como geada se alastrando na janela. Como geada se alastrando na janela. Logo todos sabem. Na sala de estar, Miranda e Tiger trocam sussurros urgentes.

— Eu sei — ouço Miranda sibilar. — Mas temos de criar algum tipo de comunicação para quando estivermos on-line de novo, Tiger. Não há como conter uma notícia dessa magnitude e, se vazar, será pior em longo prazo.

— Não acredito. — Ani vem sentar ao meu lado no sofá com o rosto inchado e manchado, mesmo à luz fraquinha da lareira e das velas. — Você soube?

Faço que sim com a cabeça. Não confio na minha voz. Apesar de tudo, apesar de tudo que aconteceu e de todos os anos que se passaram desde que deixei a Snoop, ainda sinto um carinho por todos.

— Não acredito! — Ani repete, desesperada. — Meu Deus, isso é terrível. Pobre, pobre Eva. Rik diz que talvez nem consigam recuperar o corpo. Meu Deus, pobre Arnaud. E ele nem sabe. Como vai contar isso para a Radisson? Como explicar para uma criança daquela idade que a mãe nunca mais vai voltar para casa?

Radisson. O nome é como uma facada. Tinha quase esquecido que Eva teve uma filha depois que nós trabalhamos juntas.

— Eu não sei — digo com a voz embargada.

— Vai saber o que vai ser da aquisição agora... — Carl diz com tristeza no outro canto da sala, e Ani responde, agressiva:

— Carl! Como pode pensar *nisso* agora?

— Eu sei — Carl levanta as mãos, rendido. — Olha, não estou sendo egoísta aqui, eu não vou receber nenhum milhão de dólares de dividendo, vou? Não estou falando sobre o dinheiro, estou falando sobre a segurança da empresa. Ainda sou chefe do jurídico da Snoop e preciso pensar nessas coisas. Snoop não deixa de existir porque Eva sofreu um acidente. Nossos funcionários não desaparecem. Tenho um compromisso com eles e com a empresa. Eu diria a mesma coisa se tivesse esquiado para um precipício. Bem, supondo que ainda pudesse falar.

— Carl está certo. — Rik chega atrás de nós vindo da escuridão e põe a mão no ombro do colega.

À luz das velas, sua expressão é de desconforto.

— Por mais que tenha se expressado mal. A morte de Eva é uma tragédia, não há dúvida sobre isso, mas, com a maior frieza possível, tem pouco a ver com a Snoop. A empresa é uma entidade completamente separada de nós, até de Eva e de Topher. A oferta de aquisição continua na mesa. O tempo continua passando. Nós ainda temos de dar uma resposta. A morte de Eva não muda isso.

— Bem... mas muda uma coisa, não é amigo? — diz Carl.

Tem alguma coisa na voz dele de que eu não gosto. Uma espécie de desesperança. Rik parece confuso.

— Perdão, não sei bem aonde você quer chegar. Está falando das ações de Eva? Suponho que vão para o marido dela.

— Só que não vão — diz Carl friamente.

— O quê? Não entendo o que você quer dizer. Mesmo se Eva não tiver testamento, Arnaud tem direito a tudo e ele certamente vai querer aceitar a aquisição agora, não é?

— Acordo dos acionistas — diz Carl.

Rik continua sem entender, e ele explica:

— Quando a empresa foi fundada, havia uma cláusula nos contratos originais dizendo que ninguém poderia passar as ações para alguém de fora. Você é acionista, amigo, não sabia disso?

— O quê? — Rik diz, ainda mais espantado. — Não, eu não sabia disso! Por que diabos alguém achou que essa era uma boa ideia?

— É bastante comum — diz Carl, dando de ombros. — Na verdade, eu chegaria a dizer que é uma prática boa. Impede que a empresa passe para as mãos de idiotas e imbecis. Significa que os fundadores originais não podem ser forçados a sair sem consentimento, esse tipo de coisa. Topher e Eva determinaram isso para esse tipo de coisa não acontecer. Você sabe, se alguém se divorcia e tem de dar metade dos bens, você não vai querer que o ex doido tenha direito de voto.

— Então que merda você está dizendo? — pergunta Rik, horrorizado. — As ações da Eva desaparecem com sua morte?

— Não, elas existem. Mas Arnaud tem de vendê-las para Topher.

— Para Topher? Por que não para o restante de nós?

— Porque esse acordo foi feito antes de Elliot e você subirem a bordo — diz Carl laconicamente. — Foi assim que acertaram quando eram só os dois. E isso nunca foi atualizado quando lançaram mais ações.

— Então... Topher terá de comprar todas as ações de Arnaud? — questiona Miranda.

Ela senta ao lado de Rik franzindo a testa.

— Só que... — ela para e olha para Rik.

— Só que não pode — diz Rik sem rodeios. — Ele não tem liquidez para isso. Acho que isso não é nenhum segredo, é? E o que isso significa?

— Há uma apólice de seguro para cobrir o custo. Pelo menos deveria haver, desde que eles estivessem em dia com os pagamentos. As ações terão de ser avaliadas independentemente, e Arnaud receberia o valor resultante, imagino. Não tenho ideia de como levarão a aquisição em consideração. Acho que cabe à seguradora decidir.

— Então espere aí, o que você está dizendo é que... — Rik está em choque. — O que você está me dizendo é que...

— É que as ações com voto de Topher acabaram de aumentar 60%. É mais ou menos isso — concorda Carl.

Um silêncio mortal invade a sala.

Miranda está chocada.

Rik dá meia-volta e sai.

ERIN

ID no Snoop: LITTLEMY
Ouvindo: off-line
Assinantes snoop: 10

A notícia da morte de Eva é como uma pedrinha jogada em um lago. Pedrinha, não. Um pedregulho. Primeiro, o impacto do abalo terrível, depois as ondulações da reação que se irradiam a partir daquela catástrofe original e, em seguida, os reflexos, as interações que se ampliam e se anulam mutuamente.

Enquanto Danny e eu servimos sopa para os hóspedes no silêncio da sala iluminada por velas, não consigo evitar observar todos eles procurando o sentido do desaparecimento de Eva, cada um do seu jeito.

Alguns em estado de negação. Inigo, por exemplo, se recusa a acreditar na prova do GPS.

— Ela ainda pode estar lá embaixo em St. Antoine — ele fica repetindo. — GPS erra sempre e, de qualquer modo, mesmo que o celular dela esteja em algum lugar... o que isso prova?

Alguns estão sem reação. Tiger quase não come. Fica sentada de cabeça baixa olhando para a sopa intocada, deixando o burburinho do grupo envolvê-la como se os outros não estivessem ali.

Alguns estão atordoados. Ani parece que não toma conhecimento de tudo que acontece, amassa o pão e tece comentários vazios para ninguém em particular. Liz está branca, em choque e mal fala.

Mas outros agem como se não os afetasse. Elliot, por exemplo, toma a sopa impávido, saboreando, como se nada tivesse acontecido. O fato de não reagir é quase perturbador, mas, quando Ani desabafa e pergunta "Elliot, você não se importa?", ele parece sinceramente surpreso.

— É claro que me importo — diz ele. — Mesmo assim, preciso comer.

Mas é para Topher que meu olhar sempre volta. Topher, que perdeu a sócia e ganhou a empresa.

Porque agora a Snoop está sob controle total de Topher, isso parece claro e, apesar de todo o sofrimento na cozinha mais cedo, ele não parece tão abalado pela notícia de que agora é o acionista majoritário da empresa de um bilhão de dólares. Aliás, parece ter recebido isso muito bem, como se sua personalidade tivesse se expandido para preencher o vácuo deixado pela ausência de Eva. Tiro os pratos de sopa e reabasteço as taças de vinho — que não precisa cozinhar nem refrigerar —, Topher pega a dele e a esvazia com um gole só, rindo muito. Ele já bebeu muito, uma taça atrás da outra enquanto presenteia Tiger com alguma história dele com Eva quando criaram a empresa. E a questão é que eu consigo ver, entendo o motivo de terem posto esse homem na liderança. Vejo a segurança que o levou a pensar que podia pegar uma ideia louca e improvável em um mercado saturado e torná-la uma proposta de um bilhão de dólares. Coisa que nunca entendi antes: como alguém tem a audácia de fazer isso, e tudo antes de completar trinta anos. De repente fica claro.

Rik, por outro lado, parece que encolheu. Perplexo, arrasado, como um homem que perdeu tudo, e em certo sentido acho que perdeu mesmo. Com Topher no comando aquela aquisição de bilhão de dólares está derretendo e ele fica com... o quê? Ação de uma empresa que tentou vender sem o consentimento do fundador? Uma posição sob um líder em quem não confia? Não o vejo sobrevivendo muito tempo nesse cargo quando eles voltarem para a Inglaterra, independentemente de ser o melhor amigo do dono. Topher não me parece o tipo de homem que perdoaria ou esqueceria o golpe que Rik e Eva estavam tentando dar.

O mais impressionante é que Carl e Miranda, que poderiam ter virado a casaca ao verem qual lado estava mais forte, se uniram ao Rik. Será que acreditam mesmo que a Snoop está condenada sem Eva no timão? De qualquer forma não estão apoiando Topher, isso é evidente. Sentam cada um de um lado de Rik, como peças de xadrez protegendo seu rei.

Mas a sensação é de que a partida acabou. Eles perderam sua rainha. Mais uma vez há um espaço à mesa, espaço vazio. Não é de Topher dessa vez, é de Eva, aquela cadeira vazia que é uma lembrança dolorosa constante do que aconteceu e não deixa ninguém esquecer, nem por um segundo, do que ocorreu.

O chalé ainda está relativamente aquecido apesar do corte de energia e da queda de temperatura lá fora. O isolamento térmico e os vidros triplos fazem com que o calor que fez mais cedo naquele dia ainda seja suficiente para tornar os quartos suportáveis, enquanto os dois fogareiros de lenha lá embaixo mantêm as salas de estar e de jantar aquecidas.

Mesmo assim distribuo cobertores e edredons antes de ir para a cama, mancando de porta em porta com uma lanterna presa no cotovelo, segurando montes de roupa de cama que guardamos para emergências, além de garrafas térmicas com chocolate quente.

Vou bater na penúltima porta quando Danny, que vinha atrás de mim com a pilha de cobertores, chama minha atenção.

— Erin, amiga... — avisa ele.

E eu paro. É a porta do quarto de Eva.

E aquela simples constatação me atinge como um soco na boca do estômago, lembrança da realidade do que aconteceu aqui. Uma avalanche. Uma morte. Será que Perce-Neige vai se recuperar desses dois desastres um dia? É difícil imaginar as pessoas lendo uma notícia como essa no jornal de domingo e depois fazendo uma reserva para o feriado. Mas St. Antoine não é a primeira estação de esqui vítima da tragédia em forma de avalanche. Acontece quase todos os anos, aliás teve outra semelhante ali perto no início da estação.

— Amiga? — Danny me chama, e percebo que estava imóvel, perdida em pensamentos.

— Desculpe — eu digo feito boba —, eu estava distraída... eu...

— Você está bem? — Danny pergunta, aflito — Você devia ficar sentada. Não acho bom você ficar andando por aí com esse tornozelo.

— Estou bem.

A verdade é que meu tornozelo está doendo. Muito. Danny deve ter razão e eu não devia botar peso nesse pé. Mas não aguento ficar sentada sozinha, em silêncio, no escuro dos quartos da equipe, sentindo o tornozelo latejar, pensando no que aconteceu e no que vai acontecer. Prefiro trabalhar, as tarefas me ajudam a não pensar. Além disso, o lado mais prático, interação com os hóspedes, não é o forte do Danny. Eles o perdoaram pela falta de tato depois da avalanche, pelo menos espero que tenham perdoado, mas nossos papéis estão em seus devidos lugares agora. Estamos aqui para sermos educados, bons anfitriões, mesmo nessas circunstâncias. Talvez especialmente nessas circunstâncias. A sensação é de que está tudo ruindo... e nossas funções são as únicas coisas que restam para servir de âncora. Danny e eu precisamos manter o controle. Se perdermos essa autoridade e Topher assumir... bem, eu nem gosto de pensar no que ia dar.

Só falta uma porta. A de Topher. Seguro minha pilha de cobertores um pouco mais para cima antes de bater.

Ele está bêbado, percebo na hora em que abre a porta. Está com o roupão aberto até a cintura apesar do frio e segurando uma garrafa. E não está sozinho. Sem a luz do teto não vejo quem está lá dentro, mas tenho a sensação horrível de que pode ser Ani, que não abriu a porta quando bati poucos minutos antes. Sinto vontade de dizer para ela que a resposta da sua ansiedade com o que aconteceu com Eva não está na cama do Topher... mas não posso. Não é da minha conta. Ani tem a mesma idade que eu, é uma hóspede, não uma amiga, e eu não tenho o direito de dizer o que ela deve fazer, mesmo achando que está cometendo um erro bem grande.

— Ellen — ele enrola a língua —, oi. O que a traz ao meu quarto a essa hora? É meio tarde pra botar as pessoas para dormir.

— Cobertores extra — digo com o meu melhor sorriso alegre —, para o caso de a temperatura baixar durante a noite. Vocês não podem morrer congelados sob a minha responsabilidade.

— Vou contar um segredo... — Topher se inclina para mim e o roupão abre mais, mostrando pelos louro-escuros no peito dele. — O melhor kit de sobrevivência é uma mulher nua.

Ah, pelo amor de Deus...

Sinto meu sorriso murchar.

— Bem, temo que o serviço não chegue a isso.

— Já cuidei dessa parte — ele diz, mas pega os cobertores que estou oferecendo, cambaleando um pouco.

Já estou me afastando e ele diz, do nada:

— Eu não conheço você?

— Acho que não — digo com firmeza.

— Não, eu conheço sim... Já vi você em algum lugar antes. Você foi garçonete em Londres antes de vir para cá?

— Infelizmente, não.

— Conheço, sim — ele insiste —, eu conheço você. Tenho pensado nisso desde que cheguei aqui.

— Amigo, ela disse que não te conhece e você está bêbado — Danny intervém, passando por mim e ficando na minha frente.

Topher também se adianta e a expressão dele vai fechando em menos tempo do que eu levo para pensar *ai merda*.

Danny cerra os punhos e os tendões do pescoço esticam feito cordas. Os dois ficam um minuto ali parados, cara a cara. Sinto meu coração disparar. Danny não pode bater no Topher. Será demitido por isso.

Mas Topher reconhece quando está de frente para uma bomba-relógio e é ele que recua, com uma risada bem puxa-saco.

— Erro meu. Amigo.

Então ele fecha a porta, e Danny e eu ficamos lá parados, olhando um para o outro, nos perguntando quando essa bomba vai explodir.

LIZ

ID no Snoop: ANON101
Ouvindo: off-line
Assinantes snoop: 1

A primeira coisa que noto quando acordo é que faz muito frio. Bem diferente de ontem, quando acordei com a boca seca e a sensação de ter dormido a noite inteira num quarto alguns graus mais quente do que meu quarto em casa.

Bebo um gole da água que deixo na mesa de cabeceira. Está gelada como se tivesse ficado na geladeira.

Estou relativamente confortável embaixo dos edredons que Erin deixou aqui e não fico muito animada com a ideia de me vestir. Acabo estendendo o braço para pegar o roupão atoalhado no pé da cama e ponho embaixo das cobertas para aquecer antes de vestir. Lembro-me de fazer a mesma coisa na infância, colocava o uniforme da escola embaixo do cobertor antes de vestir. O quarto era em um loft precário e, no inverno, era quase como dormir ao relento. Ao acordar de manhã, eu soprava e formava uma nuvem branca. À noite, a umidade condensava no teto inclinado e congelava, de modo que eu acordava com pequenos tubos de gelo na parede acima de mim. Aqui não é tão ruim assim. Estou num chalé de luxo, não em um pátio vitoriano em Crawley, para começo de conversa. Mas, no que diz respeito à temperatura, ainda é terrivelmente frio.

Pego o celular e espio a tela. São 7h19. A bateria está com 15%, mas nem tenho tempo de me preocupar com isso, porque outra coisa chama minha atenção.

Tenho uma notificação.

Em algum momento à noite, meu celular se conectou à internet. Agora não tem mais sinal, as barrinhas estão zeradas, mas aquela notificação continua lá, prova de que pelo menos em algum momento houve conexão.

A segunda surpresa é que é da Snoop. Eu nunca recebo notificação da empresa. Só recebemos notificação quando temos um novo assinante do nosso feed, e eu nunca tenho.

Mas... agora eu tenho. Em algum momento daquela noite, alguém me espiou. Nem sei ao certo como, já que eu não estava ouvindo nada. Não sabia que isso era possível. Mas será que, quando o wi-fi conectou, as minhas músicas seguiram tocando de onde tinham parado, só por um minuto?

Essa ideia me deu uma sensação estranha. Não há como saber quem foi, só podemos ver quem está bisbilhotando em tempo real. Depois que saem do Snoop, a conexão é cortada, só resta o número. Então tiro esse assunto da cabeça. Deve ter sido um robô, ou algum bug do servidor, ou alguém escrevendo errado o ID de alguém que realmente queria seguir.

Lá embaixo os cômodos estão silenciosos, mas consideravelmente mais quentes, e tem uma pilha que imagino serem os croissants de ontem, sendo aquecidos no fogareiro do hall de entrada, e duas grandes garrafas térmicas na lareira.

Pego um croissant e vou para a sala de estar para aquecer as mãos perto do fogo enquanto como. Imagino que estou sozinha. Mas então alguma coisa chama minha atenção e vejo Elliot sentado numa poltrona, inclinado sobre seu laptop. Fico surpresa por dois motivos, um, que o laptop está funcionando e parece ligado na tomada. E dois, que Elliot quase nunca sai do quarto, exceto para as refeições. Aliás, quando eu estava trabalhando na Snoop, ele não saía da sala dele nem para isso. Pedia para um estagiário comprar a comida dele, que era sempre a mesma: café e três croissants de queijo e bacon. Deve ter sido muito inconveniente quando pararam de servir croissants o dia inteiro e puseram no cardápio do café da manhã. Fico imaginando o que ele fez. Mudou o almoço? Isso não consigo imaginar. Talvez tenha começado a mandar o estagiário pegar às 10h da manhã.

Normalmente não converso com Elliot. É muito difícil engatar uma conversa com ele, e talvez nem seja culpa minha. Eva me disse uma vez que ele separa as mulheres entre aquelas com quem gostaria de ir para a cama e as que não o interessam. Estou definitivamente na segunda categoria. Mas resolvo criar coragem.

— Oi, Elliot.

— Oi, Liz.

Ele responde secamente, mas já o conheço e sei que isso não é parâmetro quando se trata de Elliot. Ele cumprimenta todas as pessoas assim, até Topher, que provavelmente é seu ser humano predileto no mundo.

— Como é que o seu laptop está funcionando?

— Eu sempre ando com um carregador portátil.

Ele me mostra uma coisa pesada, do tamanho de um tijolo, acoplada na entrada do carregador do computador dele. Claro. É a cara do Elliot não deixar nada ao sabor do acaso.

— Mas não tem internet, certo?

— Isso mesmo — ele concorda. — Mas não preciso dela para os códigos.

— Você está trabalhando em quê?

— Na atualização do geosnoop.

O rosto de Elliot, normalmente pálido, fica um pouquinho rosado de animação e ele se lança em uma longa explicação que não acompanho muito bem, sobre georastreamento, acréscimo de sócios, armazenamento de informação, RGPD [Regulamento Geral sobre Proteção de Dados] e os desafios técnicos de fazer todos esses elementos funcionarem dentro da lei e da interface Snoop. Meneio a cabeça fingindo mais interesse do que realmente sinto. A única coisa que importa é o fato de ele ter usado essa tecnologia para encontrar Eva. Parece insuportavelmente pungente que o próprio aplicativo seja o que aciona a busca e o resgate do corpo dela.

— Entendo — finalmente comento, e Elliot para de falar —, parece muito... divertido.

Tento fazer minha voz soar convincente, mas Elliot nem liga. Ele não costuma mesmo expressar seus sentimentos.

— Agora, se me dá licença, preciso trabalhar — ele diz de repente, daquela forma direta que é tão desconcertante.

— Desculpe, achei que você tivesse descido para bater papo.

— Eu desci porque está muito frio para trabalhar no meu quarto — ele diz, então põe os fones de ouvido e começa a batucar no teclado de novo.

Eu devia ficar ofendida. Acho que devia. Mas não fico. Ele pode ser direto beirando a grosseira, mas, nesse momento, isso transmite segurança. Com Elliot, não há códigos secretos para desvendar, nenhum significado implícito, não existe o peso da expectativa. Se ele quer que você saiba alguma coisa, ele fala. Se ele quer que alguma coisa aconteça, ele diz. Naquele momento isso é reconfortante e contrasta com o mundo de espelhos e fumaça de Tophere Eva, no qual nunca sabemos em que pé estamos. Às vezes, no início da Snoop, eles me faziam lembrar dos meus pais. Na frente de visitas, tudo era doçura e luz e, quando as pessoas iam embora, só gritos e ameaças. Pelo menos quando Elliot diz "isso é um problema para você?", você sabe que ele realmente quer uma resposta.

Quando meu pai dizia isso, só uma resposta era permitida: "Não, papai." E então era tratar de sair do caminho o mais rápido possível, antes de levar uma surra.

Fico mordiscando o croissant e olhando para as chamas na lareira, quando um barulho me assusta. O croissant cai no chão todo esfarelado, pego e dou meia-volta. Vejo Rik e Miranda entrando na sala. Rik está com cara de quem não dormiu.

— Como você está?

Ele pergunta de repente, sentando ao meu lado. Sou pega de surpresa, nem sei o que responder. É a ilustração perfeita da diferença entre Rik e Elliot. Se fosse Elliot perguntando, eu saberia o que queria dizer, só que Elliot provavelmente nunca perguntaria isso porque entenderia a impossibilidade da pergunta. Mas, quando Rik pergunta, vira um quebra-cabeça para decifrar. O que ele quer dizer? Quer saber como me sinto com a morte de Eva? Como posso resumir isso numa resposta simples? Ou será que ele está só perguntando por educação, do jeito que as pessoas fazem, esperando apenas a resposta "tudo bem"?

— Eu... eu estou bem — digo, com desconfiança —, levando em conta o que aconteceu...

— Ah, é? — Rik olha para mim, surpreso. — Você é uma pessoa melhor do que eu.

Ele olha para Elliot e abaixa a voz, só que Elliot continua usando seus fones de ouvido que abafam qualquer ruído, e duvido que ouça qualquer coisa.

— Ter essa dinheirama praticamente na palma da mão e depois alguém tira...

De repente, o verdadeiro sentido da pergunta fica claro. Ele quer falar sobre Topher. Sobre o que essa mudança de poder significa para a aquisição.

— Eu... eu ainda não pensei nisso — digo. E é verdade... de certa forma. Eu estaria mentindo se dissesse que não imaginei o que ia acontecer agora que Topher está no comando da empresa. Mas acontece que o dinheiro nunca foi real para mim. Nunca senti que merecia. Então não é como se tivessem tirado algo de mim, na verdade parece que foi tudo um sonho estranho e que agora acordei para a realidade. Só que isso, a avalanche, a morte de Eva, também não parece real. É mais como acordar de um sonho e se ver em um pesadelo igualmente surreal.

— Mas você não tinha feito planos? Contando com o dinheiro?

— Não — digo devagar —, para ser sincera, ainda não tinha caído a ficha de que ia acontecer de qualquer maneira.

— Meu Deus — diz Rik.

Ele parece aborrecido. Acho que dei a resposta errada, mas não sei como. Surge uma sensação de pânico. A mesma sensação que sempre tive com meu pai. Que eu fiz ou disse a coisa errada. Que ele descontaria na minha mãe.

— Quer parar de bancar a Madre Teresa, Liz? Nós perdemos tudo. Não entende isso?

— Mas não perdemos tudo, não é? Quer dizer, ainda temos as ações.

— As ações! — Rik dá uma risada curta e muito alta. — Liz, você prestou atenção nos números do relatório de lucros e perdas que expus ontem? Com o andar da carruagem, teremos sorte se a Snoop sobreviver a esse ano, e, sem Eva para acalmar os investidores, isso só vai piorar.

— Mas a atualização... — eu comento, sabendo que agora estou querendo confirmação. — Aquele geosnooping do Elliot... O objetivo disso não é tornar a Snoop lucrativa?

— Do ponto de vista da receita, sim, já temos essa informação desde que as permissões mudaram no ano passado. Elliot integrou isso ao aplicativo, e isso pode fazer diferença na experiência do usuário, embora a satisfação do usuário nunca tenha sido problema para nós, o problema sempre foi monetizar isso. Do ponto de vista do investidor, lançar a atualização geosnoop não faz diferença, todo valor agregado já está lá. E de qualquer maneira... — ele olha para Elliot, que continua teclando — eu me preocupo com essa atualização. Acho que as pessoas não têm noção de quanta informação a Snoop está obtendo delas. Acho que, quando essa atualização tornar o nível de rastreamento visível, podemos ter uma reação negativa.

— Uma das propostas de venda da Snoop sempre foi a leveza do programa — diz Miranda, chegando com uma xícara de café.

Ela dá um gole e faz uma careta. Acho que é uma reação ao gosto do café, mas poderia ser à ideia da atualização.

— As pessoas gostam do fato de poderem ser anônimas como quiserem, esse é o motivo de as celebridades continuarem usando o aplicativo. Não tenho certeza de quantas pessoas viram a mudança nas permissões e realmente entenderam o que significa, porque nada mudou para o usuário. Mas essa atualização vai tornar isso óbvio. Todos verão exatamente quanto a Snoop sabe dos seus movimentos. Na época eu disse para Topher e Elliot que havia um grande risco de relações públicas em tudo isso, mas eles dois estão tão concentrados no lado legal da tecnologia que...

Ela para e olha para Elliot. Ele continua de cabeça baixa, digitando, usando seus fones de ouvido.

— De qualquer forma, deixem para lá. Não é a hora nem o lugar para ter essa conversa. É... cedo demais.

Ela se senta ao meu lado com Rik e toma outro gole de café, depois larga a xícara.

— Como você está? — ela pergunta para mim.

Quase não consigo evitar revirar os olhos. Parece que todo mundo só sabe fazer essa pergunta, e o que realmente querem saber é: o que você está pensando?

Sou salva por Elliot de ter de responder, porque ele levanta de repente, fecha o laptop e tira os fones de ouvido. Parece... tenso. O que é incomum, já que ele não demonstra emoção com facilidade.

— Tudo bem, Elliot? — Miranda diz, animada.

Percebo que ela deve estar se perguntando quanto Elliot ouviu da nossa conversa.

— Erin serviu café no hall de entrada, se você quiser — Miranda acrescenta, mas ele ignora a informação.

— Vocês sabem onde está Toph? Preciso falar com ele.

— Ainda está no quarto dele, eu acho — diz Rik franzindo a testa.

Imagino Rik repassando nossa conversa mentalmente, tentando ver se disse alguma coisa incriminadora e o que Elliot pode contar para Topher.

— Espera — ele diz quando Elliot se dirige à escada —, eu não iria lá para cima. Acho que ele está... acompanhado...

Mas é tarde demais. Elliot não ouviu ou não se importa. Ele não responde ao aviso de Rik. A última coisa que ouvimos dele são passos pesados batendo na escada em caracol, subindo para os quartos.

ERIN

ID no Snoop: LITTLEMY
Ouvindo: off-line
Assinantes snoop: 10

— Ah, oi, Erin.

Estou servindo mais uma garrafa térmica com café quando Ani entra na sala de jantar, sorrindo. Sua cara é de quem não dormiu muito bem. Sinto vontade de dizer "espero que você saiba o que está fazendo", mas não digo.

— Bom dia, Ani. Quer café? A máquina de espresso não está funcionando, mas Danny conseguiu pendurar uma chaleira no fogareiro a lenha, por isso temos café.

— Ah, sim, por favor — diz Ani. — Você pode levar uma xícara para Topher no quarto?

— Claro.

— Ah, espere... a não ser... como está seu tornozelo? — ela acrescenta, constrangida de ter voltado com tanta facilidade ao modo hóspede e serviçal. — Eu posso levar lá em cima se você não...

Ela para. Todos ficamos sem chão com a estranheza do nosso arranjo aqui. Somos companheiros sobreviventes ou ainda turistas e atendentes? Eu mesma não sei, mas o que eu sei é que vai ser mais fácil para todos se nos ativermos aos protocolos normais. Alguém precisa comandar e, para ser bem sincera, eu preferia que fosse eu, não Topher.

— Está muito melhor, obrigada — minto —, posso subir a escada sem problema.

— Mas não devia — diz Ani, decidida. — Eu levo lá para cima.

— Tem certeza?

— Sim, total. Vou levar uma para o Elliot também. Ele deve estar congelando lá em cima.

Ela serve três xícaras e as leva lá para cima, subindo a escada em caracol com cuidado até os quartos.

Às 10h todos já acordaram, e Danny e eu tomamos a decisão de reunir todos os hóspedes na sala. Não há nenhuma novidade concreta e o tempo continua muito imprevisível para um helicóptero aterrissar na nossa faixa estreita de encosta, mas os relatos da rádio local têm informado que a busca e resgate de vítimas continua e que a companhia elétrica está trabalhando para restaurar o fornecimento de energia para as aldeias afastadas. Não somos os únicos presos sem eletricidade, ao que parece. Aliás, estamos em situação melhor do que alguns. Mas achamos que é uma boa ideia tranquilizar a todos, avisando que estão fazendo progresso, além de enfatizar que temos bastante comida e água para aguentar até que consertem o funicular, ou que um helicóptero possa pousar e nos tirar daqui.

Também temos de falar do elefante na sala: a morte de Eva. Apesar de a história ter circulado no grupo e de todos estarem por dentro das conclusões de Elliot, nem Danny nem eu reconhecemos formalmente o problema. Estive adiando, incapaz de encarar a realidade do que aconteceu, mas realmente chegou a hora de fazermos uma declaração, deixar claro que estamos fazendo todo o possível para entrar em contato com as autoridades, alertá-las do que aconteceu e, ao mesmo tempo, acabar com falsas esperanças, desfazer qualquer fantasia de que ela vai chegar mancando no horizonte a qualquer momento.

Danny bate o gongo da entrada e lança o som ensurdecedor nas vigas do teto. Quando finalmente estão todos reunidos, bato uma colher numa xícara de café e aguardo que façam silêncio.

— Oi, hum, oi, pessoal. Desculpem fazê-los sair de seus quartos assim, mas Danny e eu queremos atualizá-los da nossa situação. Danny passou a manhã caminhando até os dois chalés mais próximos que, infelizmente... ou talvez felizmente para os moradores... pareciam desocupados. Um está muito danificado, mas parece que não havia ninguém lá na hora da avalanche. O outro está fora do caminho da neve, de modo que está inteiro, só que também está vazio. Esperávamos encontrar alguém com rádio transmissor-receptor ou um telefone por satélite, mas, até agora, nada. Tem mais um chalé aqui nesse nível, mas fica a uns cinco quilômetros, por isso Danny vai esperar o tempo clarear para ir verificar.

— E vocês conseguiram fazer contato com a busca e resgate? — pergunta Rik.

— Sim e não — respondo. — Como vocês sabem, Inigo fez contato ontem e relatou a nossa situação, mas, desde então, não conseguimos nos comunicar mais, e, sem acesso a um telefone via satélite, acho que isso não vai acontecer até a energia voltar. O corte de energia deve ter acabado com o sinal dos celulares. O mais importante, no entanto, é que eles sabem que estamos aqui. Sabemos, pelo que Inigo disse, que estamos na lista deles, então só precisamos ter paciência enquanto trabalham nos resgates mais críticos.

— Mas eles sabem da Eva?

A pergunta é de Tiger, sua voz mais rouca ainda, como se engolisse uma emoção muito forte, e todos ficam em silêncio enquanto tento responder.

— Sim, Inigo disse para eles que ela está desaparecida. Mas eles não sabem do que descobrimos depois. No entanto...

Paro de falar e engulo em seco. Sabia que isso ia ser difícil, só que é ridiculamente difícil. Vejo um lampejo de estresse nos olhos de Liz, que reflete em mim vindo do outro lado da sala, a expressão angustiada de Topher, Ani cobrindo os olhos com a mão para esconder as lágrimas provocadas pela pergunta de Tiger. Respiro fundo, firmo a mão no braço de uma cadeira tentando tirar o peso do tornozelo e me dar espaço para encontrar as palavras certas. O que quero dizer para eles é que, mesmo se conseguirmos enviar a informação de Elliot para a equipe de resgate, não vai resolver nada. Eva já está morta e agora deve estar sob centenas de toneladas de neve também. Não há mais possibilidade de resgatá-la com vida, aliás, não há nenhum certeza de que poderão achar o corpo. Alguns passos mais elevados nunca derretem, nem no verão. Se Eva estiver enterrada no fundo de um deles, bem, acabou. Não há recursos nem dinheiro no mundo para fazer esse resgate.

— A posição em que ela está... — paro, engulo de novo e, antes de encontrar palavras para continuar, Carl interrompe.

— Mas como sabemos que ela está mesmo lá? — indaga ele, com expressão belicosa. — Quer dizer, o sinal daqui é horrível. Como é que Elliot pode ter certeza de que as coordenadas estão certas?

Olho em volta à procura de Elliot. Onde ele está?

— O que eu sei é que o GPS não depende do sinal dos celulares — arrisco, ainda procurando Elliot na sala desesperadamente, querendo que ele apareça para explicar em detalhes como o Snoop consegue informação de localização, porque estou completamente por fora desse assunto.

— Bem, é óbvio que precisamos retransmitir a posição e não podemos fazer isso sem algum tipo de troca de informações, mas as coordenadas do GPS propriamente ditas não dependem das torres de celulares para serem precisas, são... via satélite, eu acho... É isso, Elliot? — Porém não o vejo. — Onde está Elliot?

Outras pessoas estão olhando em volta agora, se fazendo a mesma pergunta.

— A última vez que eu o vi, estava no quarto dele — diz Ani de cenho franzido. — Trabalhando em alguma coisa. Deve estar com os fones de ouvido, não ouviu o gongo. Vou chamá-lo.

Ela dá meia-volta, sobe correndo a escada e ouvimos seus passos no corredor indo para o quarto de Elliot, depois as batidas na porta.

Ninguém responde. Ela bate de novo, mais forte e chama.

— Elliot?

Uma pausa. Imagino Ani abrindo a porta, avançando para tocar no ombro de Elliot... mas minha imagem mental se desfaz com o grito de Ani. E não é nenhum gritinho de surpresa. É um grito profundo de pânico.

Com o tornozelo ruim, não sou a primeira a chegar à escada. Topher, Rik, Danny e Miranda vão na minha frente, e Liz e Carl passam por mim na metade da subida. Quando chego ao primeiro andar, ouço Ani chorando enquanto grita:

— Meu Deus, ele está morto, ele está morto!

E a reação brusca, impaciente, de Topher:

— Não seja histérica.

Finalmente chego ao fim do corredor, abro caminho no quarto de Elliot e tudo parece perfeitamente normal, tirando duas coisas.

Elliot está caído sobre a pequena mesa perto da janela. Com o rosto numa poça de café, de uma xícara virada.

Perto da mesa, sobre uma toalha no chão, está o computador dele, todo quebrado.

LIZ

ID no Snoop: ANON101
Ouvindo: off-line
Assinantes snoop: 1

Elliot está morto. Dá para ver mesmo sem tocar nele. Está caído de um jeito estranho, com um braço pendurado e o café derramado em volta do rosto e dentro dos olhos.

Mas não é só isso. É o que aconteceu com seu computador que esclarece tudo. Elliot preferia morrer a deixar qualquer pessoa encostar no seu computador.

Está... quebrado não é a palavra certa. O computador foi completamente destruído. O teclado foi arrancado, revelando as peças internas do artefato.

A tela quebrada e com uma mancha escura de um lado ao outro. E, para completar, o HD foi arrancado também, aberto e entortado ao ponto de ficar irreconhecível.

— O quê... — Topher está branco e apavorado, eu nunca tinha visto aquela expressão de medo antes. — O que aconteceu? Ai, meu Deus, ai, meu Deus, Jesus... Ele queria me dizer alguma coisa e eu não... eu não deixei... Ai, meu Deus...

Ele sai trôpego do quarto. Parece que vai vomitar.

Ani está totalmente paralisada pela descoberta. Fica lá parada, boquiaberta, com lágrimas escorrendo no rosto, até que Tiger a pega pelo braço e a leva para fora.

É Erin quem fala.

— Fora daqui, todos.

— O quê? — diz Carl sem entender.

Ele parece um boxeador que levou socos demais na cabeça.

— Fora. Saiam do quarto. Isso é uma cena de crime.

Ela vai até Elliot, põe dois dedos no pescoço dele, abre as pálpebras e balança a cabeça devagar para Danny.

— E então, o que estão esperando? — Danny diz, quase zangado. — Não ouviram o que ela disse? Saiam.

Saímos em fila. Erin tira uma chave mestra do bolso e tranca a porta do quarto. Está com uma expressão calma, mas acho que controla o pânico por dentro.

— Inigo — diz ela —, sei que não preciso pedir, mas, por favor, continue verificando o sinal do seu celular. É imprescindível conseguir comunicação com a polícia agora.

— Hã, sim, é claro. — Inigo está tão chocado quanto Carl. — Eu vou verificar agora. Deixei lá embaixo.

— O que nós podemos fazer? — Miranda pergunta para Erin. — O que podemos fazer?

— Nada — diz Erin muito séria. — Não há nada que possamos fazer. Procurem ficar calmos até a equipe de busca e resgate chegar.

ERIN

ID no Snoop: LITTLEMY
Ouvindo: off-line
Assinantes snoop: 10

Na cozinha, Danny encosta na porta como se seu peso pudesse afastar a realidade do que deixamos para trás e olha para mim com expressão horrorizada.

— Porra — diz ele.

E não sei como reagir. Afinal, o que mais se pode dizer? Isso é... isso é ruim. Isso está muito além de ruim. E sem sentido.

— Danny, que merda está acontecendo?

— Não tenho a menor ideia, amiga. Ele se matou?

— Talvez.

Percebo agora quão pouco sabemos dessas pessoas... de todas elas. No fim das contas, Elliot podia estar sob alguma pressão, e Danny e eu não saberíamos. Mas a questão é essa: não sabemos. Não temos ideia do que está acontecendo ali.

Ponho as mãos na cabeça como se pudesse forçá-la a pensar direito sob aquela pressão de carne no osso. Meu Deus, a sensação é de que está tudo desmoronando.

— Ele não estava ferido — digo, raciocinando enquanto falo. — Quer dizer, eu não vi nenhum machucado físico, não parecia que alguém o tinha atacado. Então... imagino que ele deve ter tomado alguma coisa. Você não acha?

— Drogas? Injetáveis? Comprimidos?

— Não sei. Eu não sei. Que merda. Danny, o que vamos fazer?

A realidade, se é que podemos chamar assim, do nosso problema, está ficando mais clara. Estamos presos aqui... muito presos, no meu caso, com o tornozelo avariado... em um chalé com um grupo de pessoas que mal conhecemos, e duas dessas pessoas morreram nas últimas vinte e quatro horas. Eva — a morte de Eva foi um acidente trágico. Um daqueles horríveis, terríveis relâmpagos que podem cair mesmo nos lugares mais tranquilos. Mas Elliot... certamente a morte dele só pode ser assassinato ou suicídio. Um aneurisma, um AVC violento, ataque do coração... qualquer uma dessas opções pode matar instantaneamente. Mas não explicam o computador destruído.

— Ele estava definitivamente morto? — pergunta Danny.

— Definitivamente. — Eu me arrepio só de pensar.

— Tem certeza? — Danny está se agarrando a uma pontinha de esperança, e acho que ele sabe, mas não consegue evitar. — Você tem certeza absoluta, amiga?

— Danny, posso ter largado a faculdade de medicina sem diploma, mas vi mortos suficientes para reconhecer um. Juro para você que ele estava morto. Pupilas dilatadas, sem pulso, tudo.

Não menciono a poça de urina embaixo da cadeira. Danny não precisa saber isso.

— Mas como? — pergunta Danny com cara de náusea. — Como foi que alguém fez isso, se foi isso que aconteceu? Botando alguma coisa no café?

— Pode ser, eu não sei.

— Devemos ir lá e... você sabe, verificar?

— Eu não sei — repito com mais ênfase desta vez.

Minha cabeça começa a girar tentando descobrir o que é o melhor a fazer.

— A polícia vai querer... Quer dizer, não devemos alterar a cena. Mas talvez se soubéssemos o que foi...

Olho para a chave na minha mão e decido.

— Vamos lá ver. Não podemos tocar em nada, só olhar.

Danny faz que sim com a cabeça e juntos subimos em silêncio pela escada dos fundos até o primeiro andar, sem deixar que os outros vejam para onde estamos indo.

Não conversamos sobre nossa decisão de ficarmos juntos, mas sei que estamos pensando a mesma coisa. Se Elliot não cometeu suicídio, então alguém nesse grupo é um assassino ou assassina. E essa ideia é muito assustadora. Será que aqueles riquinhos descolados e estilosos lá embaixo realmente mataram alguém? Tento imaginar a gentil Tiger com suas mãos finas em volta do pescoço de Elliot, ou Topher batendo nele com uma garrafa de uísque vazia... e fico nauseada de repente.

A chave mestra emperra um pouco na porta trancada do quarto de Elliot, depois abre e Danny e eu entramos na ponta dos pés. Está muito frio e cheira a café... e a mais alguma coisa, mais ácida. É o fedor de urina que reconheço dos meus dias de hospital.

Danny fica perto da porta como se não conseguisse chegar mais perto do corpo de Elliot. Então fica evidente que cabe a mim verificar. Engulo em seco. Com todo o cuidado, procurando não tocar em nada, chego perto da mesa. Elliot continua caído na mesma posição encolhida e nada natural, com o rosto na poça de café frio. Eu já tinha mexido um pouco nele para verificar os sinais vitais, mas quero evitar mexer em qualquer coisa além disso. Então, sem tocar nele, e em nada mais, eu me inclino e tento espiar a parte de dentro da xícara caída. É difícil sem movê-la, o ângulo está todo errado. Dou a volta na mesa, e aí, sim, consigo ver.

Merda. Danny estava certo.

— Tem alguma coisa na xícara — digo para Danny, que não conseguiu chegar mais perto. — É uma coisa branca.

— Açúcar?

— Não, definitivamente não. É como pó de giz.

— Porra.

Eu me endireito, e Danny e eu nos entreolhamos, tentando entender o que isso significa. Os olhos pretos de Danny estão muito, muito preocupados.

— Acho que isso elimina suicídio — digo, muito relutante.

Mantenho a voz baixa, não quero que ninguém além de Danny saiba que estou aqui.

— Você acha?

Danny parece desesperado por uma alternativa. Não posso criticá-lo por isso.

— E se ele tivesse problema para engolir comprimidos, você não acha que poderia amassá-los?

Balanço a cabeça.

— Você não viu Elliot comendo, Danny.

Penso em Elliot no jantar, devorando a carne com ferocidade concentrada, engolindo pedaços grandes, mal mastigando.

— Mas não são só os comprimidos. Olhe para o computador.

— O que quer dizer? Ele mesmo podia ter quebrado, não é?

Balanço a cabeça e aponto para os pedaços espalhados sobre uma das toalhas brancas, felpudas e grossas do chalé.

— Alguém embrulhou o computador na toalha antes de destruí-lo. Isso significa que não queria fazer barulho. Se fosse Elliot quebrando o laptop num ataque de frustração, ele não se preocuparia com o barulho. E, se ele estivesse tentando esconder alguma coisa, bastaria reformatar o disco rígido. Por que correr o risco de arrebentar tudo se podia simplesmente reescrever todos os dados? Não, isso foi feito por alguém que não podia entrar nos arquivos. Alguém que não podia fazer barulho.

Nós dois ficamos ali contemplando a tela quebrada e os cacos do disco rígido. Danny não fala nada. Não sei se há alguma coisa que possa ser dita.

Então me vem um estalo.

— Você acha que os comprimidos eram dele? Ele tomava algum remédio?

— Teremos de perguntar para os outros.

Parece que Danny está curtindo essa ideia como curtiria uma ducha retal.

— Meu Deus. Como vamos ter essa conversa?

Como vamos falar de tudo isso? Ei, pessoal, olhem só, existe uma grande possibilidade de um dos seus colegas ser um assassino...

Mas por quê? Por que alguém ia querer matar Elliot? Pelas ações? Por apoiar Topher? Com a morte de Eva, será que é possível alguém estar minando o apoio a Topher?

Mas nada disso explicaria a destruição do computador de Elliot. Fico sempre voltando para o computador. Aquele ato de destruição maligno, eficiente e sorrateiro. Não pode ter sido um acidente. E não acredito nem por um segundo que foi Elliot.

Tem apenas um motivo plausível para esse ato: esconder alguma coisa que havia no computador. Alguma coisa que Elliot sabia. Alguma coisa que provocou a morte dele.

Penso no gemido angustiado de Topher quando encontramos o corpo de Elliot: meu Deus, meu Deus... ele queria me dizer alguma coisa...

Engulo em seco.

— Danny, e se a morte de Eva não foi um acidente?

LIZ

ID no Snoop: ANON101
Ouvindo: off-line
Assinantes snoop: 1

Estamos todos sentados em volta da lareira na sala de estar. Só que não são todos, esse é o problema.

Agora somos dez.

Agora somos nove.

Agora somos oito.

As palavras cantarolam na minha cabeça, uma espécie de contagem regressiva horrível, chegando ao zero, um por um.

De repente, acho que vou vomitar.

— Foi... — Tiger fala com a voz rouca e embargada, como se tivesse chorado. — Foi... suicídio?

— Não! — A resposta de Topher vem rápida como um tiro, ele levanta e começa a andar de um lado para outro. — Não, porra. Elliot? Nunca.

— Então o que foi? — Rik levanta também e fica de frente para Topher como se fosse socá-lo. — O que você está dizendo?

Topher olha para ele. Acho que ele realmente não entende a pergunta de Rik.

— Use a cabeça, Toph. Se não foi suicídio...

A voz de Rik tem uma aspereza que eu nunca ouvi antes. Ele parece... perigoso.

— Então foi assassinato. É isso que você está dizendo, Topher? É?

Topher fica boquiaberto. Então ele senta de repente. Parece sem ar, como se Rik realmente tivesse lhe dado um soco.

— Meu Deus. Você tem razão. Ai, meu Deus — ele empalidece —, Elliot... — diz ele arrasado e começa a chorar.

É terrível vê-lo assim. Ninguém ali sabe o que fazer. Rik olha para Miranda, que está com uma cara horrível. Carl levanta as mãos num gesto de repúdio como quem diz: "Não olhe para mim, amigo." A expressão de Inigo é pânico puro.

É Tiger quem toma a iniciativa. Ela se senta ao lado de Topher. Põe a mão no braço dele.

— Topher — diz ela com voz suave —, todos nós sentimos a perda dele, mas, para você, deve ser imensurável, mais do que para qualquer um de nós. E depois da morte de Eva...

Ela para. Nem mesmo Tiger consegue fazer disso uma mensagem de "o que tem de ser, será".

— Por quê? — A boca de Topher fica aberta, de um jeito sofrido, lágrimas correm pelo rosto dele.

Ele parece tão distante do homem educado, sociável e sofisticado que eu conhecia, que não sei se vou suportar.

— Por que alguém faria isso com ele? Por que alguém mataria Elliot?

Essa é, com certeza, a pergunta que não quer calar.

Olhamos uns para os outros e ninguém sabe o que dizer.

— Venha — Tiger segura a mão de Topher e sai da sala com ele —, vamos lavar esse rosto.

Quando os dois saem, um suspiro de tensão liberada percorre a sala.

— Meu Deus — diz Carl bruscamente.

— Mas ele está certo — diz Rik —, por que alguém mataria Elliot? Quer dizer, Eva, ok, mas Elliot? Não faz nenhum sentido. Eu sei que Topher não quer ouvir isso, mas talvez ele tenha mesmo cometido suicídio, por mais desconfortável que seja para todos nós encararmos isso. Falo do desaparecimento de Eva e depois, além disso, o choque da avalanche... ele tinha...

Rik para de falar, e acho que está pensando em como formar a frase sem ofender.

— Ele tinha uma personalidade bem peculiar.

— Acho que isso é um exagero bem ofensivo, Rik — diz Miranda, desanimada. — Sim, ele tinha suas excentricidades, todos nós temos. Mas partir daí para...

— Não — retruca Rik na defensiva —, não foi isso que eu quis dizer. Meu Deus, eu gostava dele. Éramos da mesma escola, pelo amor de Deus. Só estou dizendo que... olha, era muito difícil decifrá-lo. As aparências enganam, é por aí. Podia ter muita coisa acontecendo que não dava para perceber.

— E o que quer dizer, que você entenderia alguém querendo fazer mal à Eva? — diz Carl de repente.

Rik faz uma careta. Ele sabe que disse besteira e não uma, mas duas vezes.

— Não quis dizer isso também, não. Ai, que inferno, estou me atrapalhando todo.

— Então o que você quis dizer? — Inigo pergunta em tom amargo, quase acusando, e seu comentário é tão inesperado que todos nós olhamos para ele.

Rik fica vermelho.

— Eu só quis dizer que... — ele começa receoso e dá para ver que está escolhendo as palavras a dedo agora. — Eu só quis dizer que a morte de Eva... mudou as coisas.

— Que coisas?

Percebo que Rik não quer explicar. É Carl quem fala por ele.

— A morte de Eva deu o controle da Snoop para Topher, não é isso que queria dizer, amigo?

Rik não consegue responder, mas meneia a cabeça uma vez.

Há um longo momento de silêncio e choque enquanto cai a ficha do que Carl tinha dito.

Rik juntou os dois primeiros pontos, mas ninguém quer ir adiante. Já conseguem ver o desenho que está se formando.

Algumas pessoas aqui tinham um poderoso motivo monetário para a morte de Eva. Especificamente Topher e Elliot. E qualquer outro que se opusesse à aquisição por motivos pessoais.

E isso quer dizer...

Quer dizer que...

Sinto o sangue subir para o rosto. De repente, não aguento mais isso, não consigo ficar aqui com os pensamentos que ameaçam me dominar. Eu preciso sair... fugir.

Levanto e saio correndo da sala.

ERIN

ID no Snoop: LITTLEMY
Ouvindo: off-line
Assinantes snoop: 10

Danny e eu ainda estamos parados do lado de fora do quarto de Elliot quando ouço passos de alguém correndo, olho para trás e vejo Liz apressada no corredor. Na hora, penso que ela está vindo até nós e fico tensa, me preparando para o que quer que tenha acontecido, mas ela para no meio do corredor, abre a porta do próprio quarto, entra e a fecha com um estrondo. Ouço a chave na fechadura e depois mais nada.

— Caramba... — diz Danny, surpreso. — O que deu nela?

— E você precisa perguntar? — murmuro baixinho porque as portas são grossas, mas dá para ouvir tudo do outro lado se o quarto estiver silencioso.

— Você acha que ela ouviu? — Danny abaixa a voz também. — Você sabe, o que estávamos falando antes.

Ele não repete, mas as palavras que eu disse logo antes de Liz chegar correndo ainda pairam no ar entre nós: talvez a morte de Eva não tenha sido um acidente.

— Eu não sei — resmungo. — Vamos sair daqui. Não podemos conversar aqui, e preciso pensar em tudo isso.

Quando seguimos pelo corredor até a área dos funcionários, onde Danny e eu temos quartos particulares, minha cabeça está a mil por hora, repassando as possibilidades. Mas, só quando estamos a salvo no meu pequeno quarto, de porta fechada, é que consigo falar sobre elas.

— O que acabei de dizer...

— A morte de Eva? — Danny está perturbado, mas cético. — É, como é isso? Elliot, certamente. Tem alguma coisa errada nisso. Mas Eva? Ela foi esquiar numa pista preta numa porra de tempestade e caiu no precipício. É uma tragédia, mas não consigo ver como pode ser culpa de alguém.

— Preste atenção — digo.

Falo bem baixo, apesar de estarmos protegidos por duas portas. Sinto que preciso desabafar essas suspeitas, como se fosse perigoso me manter calada agora. Porque, se eu estiver certa, foi o silêncio de Elliot que o matou.

— Ouça, estamos esquecendo o que é importante aqui. Quem matou Elliot...

— Se o mataram — Danny interrompe.

— Se o mataram — repito com impaciência, afastando as palavras dele como moscas irritantes. — Mas a questão é que, se o mataram, a pessoa que o matou não se livrou apenas dele, livrou-se também do computador. Por que fariam isso? É bem difícil destruir um disco rígido, leva um tempo e a pessoa deve ter arriscado que alguém notasse sua ausência, ou que ouvissem o barulho.

— Então... você está dizendo... que o mataram porque ele tinha algo no computador?

— Sim. Alguém o matou porque ele sabia de algo, mas deve ter sido alguma coisa que ele descobriu nos dados do computador.

— Alguma coisa sobre a Snoop?

— Pode ser. Mais ou menos isso. Veja o tempo. Elliot está codificando a atualização da localização geográfica, seja lá como chamam isso. Então descobre que a informação que ele tem pode levá-lo até Eva. Até aí nós sabemos. Mas e se ele começou a rastrear antes disso? E se ele já estava de olho nos passos dela, antes de ela morrer? E se tinha algo suspeito neles? Como, tipo, talvez ela não tivesse esquiado para o precipício, e sim parado para conversar com alguém e foi empurrada?

— Cacete... — Danny está chocado. — Você está dizendo que... alguém naquele grupo se livrou de Eva e depois matou Elliot para cobrir os rastros?

— Nem quero acreditar, mas... não vejo mais nada que faça sentido... — Fico enjoada só de falar. — Existe outra possibilidade, mas acho que não é melhor.

— E qual é?

— Bem, Elliot é a única pessoa sem qualquer tipo de álibi para o dia em que Eva morreu. Ele devia estar aqui, trabalhando no seu código, mas não tem corroboração para isso. Não é impossível que ele tenha alguma coisa a ver com a morte dela. Talvez... talvez ele não tenha conseguido mais viver com isso.

— Está dizendo que ele se matou pelo sentimento de culpa?

— Estou dizendo que é uma possibilidade.

— Ok, está bem, mas, mesmo supondo que ele matou Eva para ajudar Topher e depois ficou com a consciência pesada, por que ele destruiria o computador? Se está morto, por que se preocupar com a prova?

Engulo em seco. É por isso que essa possibilidade não é melhor do que as outras.

— Porque o que estava no computador implica outra pessoa. Alguém que ele está tentando proteger.

— Pqp... — A sigla soa engraçada na voz grave e sensata de Danny. Mas não tem nenhuma graça. Aliás, acho que vou vomitar.

— Então, você acha que estou certa?

— Eu acho...

Vejo o cérebro de Danny processando furiosamente, procurando buracos na minha lógica e falhando. Ele arranca a bandana irritado e esfrega o rosto com ela.

— Que merda. Eu não sei. Acho que pode estar certa, sim, e só isso já me dá calafrios. O que vamos fazer? Temos de contar para alguém, certo?

— Para quem podemos contar? E o que essa pessoa poderia fazer se contássemos?

Aponto para a janela, o vento fortíssimo sopra a neve na frente do vidro com a força de uma tempestade de areia. Ninguém pode sair com isso lá fora, que dirá voar em um helicóptero. Seria loucura tentar.

— Porra! — Danny berra, levanta e passa a mão no cabelo curto como se pudesse arrancar a ideia da cabeça com uma pancada.

— Shh! — sibilo, aflita. — Cale a boca! Os outros vão ouvir.

— Mas temos de contar para eles! — diz ele. — Não temos? Quer dizer, qual é a alternativa, ficar em silêncio e deixar algum doido homicida matar um por um?

— Não podemos contar para eles! — minha voz é um grito sussurrado. — Você está louco? Contar para quem é responsável por isso que estamos na cola dele ou dela?

— Mas não podemos não contar para eles!

Danny segura meus braços e na hora penso que vai me sacudir, como um ator num filme antigo lidando com uma mulher histérica, sinto uma vontade desesperada de rir apesar do problema que estamos enfrentando, mas ele não me sacode, apenas olha fixo para mim, seus olhos escuros arregalados e tão assustados quanto eu. Mas de alguma forma ver meu próprio medo refletido ali, perceber que Danny está tão apavorado quanto eu e que estamos nisso juntos, me consola. Respiro fundo, tremendo um pouco, e Danny fala baixinho:

— Erin, estou me cagando de medo que nem você. Mas acho que não vou conseguir descer lá e agir normalmente, sabendo que um daqueles bostas deslumbrados pode ser um assassino. Olhe para mim — ele estende a mão trêmula —, estou tremendo como vara verde. Quem fez isso vai descobrir que nós sabemos alguma coisa, e, se não contarmos para alguém o que sabemos, vamos ter o mesmo fim que o Elliot. A melhor maneira de nos proteger é não guardar esse segredo.

Aquelas palavras me fazem ficar quieta. Têm uma lógica horrível.

— Além disso — ele acrescenta —, acho que devemos aos outros a chance de se proteger. E se souberem de alguma coisa que nem se deram conta? E se forem a próxima pessoa a tomar um café batizado?

Engulo em seco. Mas o que ele diz é verdade. Dito assim, é difícil justificar não avisar as sete pessoas inocentes no chalé, mesmo que signifique um alerta para o assassino.

Assassino. A palavra que paira sem ser dita na minha boca parece irreal. Isso está mesmo acontecendo? Estamos realmente passando por isso?

— Ok — digo, por fim. Olho pela janela e, vendo a tempestade, tenho um mau pressentimento que começa a me apavorar só de pensar no encontro com os outros. — Ok... talvez você tenha razão. Então... como vai ser? Como vamos contar para eles? O que vamos contar?

— Vamos contar a verdade — diz Danny, com a expressão decidida e séria agora. — Vamos dizer que achamos que a morte de Eva pode não ter sido um acidente, afinal, e que alguém pode ter matado Elliot pelo que ele estava prestes a contar para Topher. Vamos dizer para eles andarem em pares o tempo todo, para cada um preparar o próprio drinque, só comer o que você ou eu servirmos para eles. Somos os únicos que não podem ser suspeitos. Não conhecíamos nenhum deles até chegarem aqui. Não estávamos lá no topo da montanha. Não temos nenhuma ligação com ninguém nesse grupo.

Faço que sim com a cabeça. Só que... Não tenho coragem de dizer isso para Danny, não agora... Mas o problema é que, no meu caso, isso não é bem verdade.

LIZ

ID no Snoop: ANON101
Ouvindo: off-line
Assinantes snoop: 1

Estou no meu quarto, com as mãos na cabeça, tentando bloquear a realidade do que está acontecendo, e ouço o gongo no hall de entrada.

Levo um susto.

Abro a porta com cuidado. A voz de Erin paira escada acima.

— Vocês podem descer e se reunir aqui na entrada um segundo. Não vai demorar, e depois serviremos o almoço.

Não estou preparada para encarar os outros. Mas preciso saber o que está acontecendo lá embaixo. Talvez a polícia tenha entrado em contato. Talvez possamos sair de helicóptero.

Respiro fundo. Flexiono os dedos. Abro a porta do quarto e desço.

Os outros estão todos esperando no hall de entrada, reunidos em volta da lareira. Esfriou bastante agora. O resto do calor de ontem do aquecimento central se dissipou, e agora só os dois fogareiros das lareiras ali de baixo estão evitando que o lugar congele lentamente.

Erin está alguns degraus acima na escada em caracol, muito pálida, e sua cicatriz mais chocante do que nunca, um corte lívido na pele clara. Danny ao lado dela como um tenente. Tenho de passar por eles para chegar ao térreo. Há poças de água onde o monte de neve vaza pela porta torta da frente, estragando o assoalho.

Quando estamos todos diante deles olhando para cima, ansiosos, Erin pigarreia.

— Ok, estão todos aqui?

Ela conta cabeças e percebo, com um arrepio, que está pensando na nossa reunião abortada aquela manhã que terminou com a descoberta da ausência de Elliot. Sinto gosto de sangue e vejo que estou mastigando a cutícula de novo. *Menininha nojenta*. Eu me encolho e enfio as mãos nos bolsos.

— Vamos servir o almoço na sala de estar, se estiverem de acordo. A sala de jantar está ficando muito fria. É salada... eu sei que não é o mais apropriado, mas, sem eletricidade, Danny fica muito limitado em relação ao que pode cozinhar e precisamos utilizar os legumes e verduras frescos, agora que a geladeira não funciona.

Topher reclama baixinho, mas Miranda olha feio para ele e todos meneiam a cabeça. Sabemos que não temos o direito de reclamar.

— Mas... o verdadeiro motivo de pedirmos para que vocês se reunissem aqui...

Erin para de falar e parece nauseada. Como se estivesse se preparando para dizer alguma coisa que não quer dizer. E, de repente, não quero ouvir o que ela vai falar.

— Danny e eu, nós...

Ela olha para Danny. Ele olha para ela, não sei se encorajando ou com impaciência, mas parece que anima Erin a continuar.

— Nós temos algumas preocupações — ela completa rápido — sobre a morte de Elliot. Temos certeza de que... de que ele foi envenenado.

Soaram suspiros de espanto de todos os cantos da sala. É o que todos estavam pensando, mas ouvir as palavras ditas em voz alta é pavoroso.

— Há restos de comprimidos esmagados no café dele — diz Erin —, e, apesar de poder ter sido uma overdose proposital, o computador destruído desfaz grande parte dessa teoria...

Danny resmunga alguma coisa. A voz dele sai muito baixa, e eu não ouço. Mas Erin suspira. Ela cerra os punhos ao lado do corpo.

— Talvez seja até provável que Elliot tenha sido assassinado. E isso nos leva de volta à possibilidade de Eva também ter sido assassinada, e de que Elliot morreu por saber de alguma coisa.

Outra reação em cadeia na sala, mas não é exatamente de surpresa. Ela está apenas pronunciando o que a maioria ali já havia começado a suspeitar.

É mais um tipo de horror: não são mais medos paranoicos, e sim uma possível realidade.

— Danny e eu debatemos muito intensamente esse aviso — continua Erin —, porque, afinal, é apenas especulação. Não temos nenhuma prova disso. Ainda é possível que a morte de Eva tenha sido um acidente e a de Elliot, suicídio ou uma overdose acidental. No entanto, persiste o fato de que as duas mortes aconteceram, e isso é... Bem, preocupante não basta para descrever. Então, mesmo com a esperança de que isso seja...

Ela para. Imagino que a continuação fosse "exagero", mas achou melhor não falar.

— Mesmo esperando que isso seja excesso de cuidado — ela refaz a frase —, nós ainda insistimos para todos aqui tomarem precauções. Se souberem de alguma coisa que possa ameaçá-los, contem para mim ou para Danny, o mais rápido possível. Fiquem em pares ou grupos o tempo todo. Isso inclui na hora de dormir. Preparem os próprios drinques e não os deixem por aí. Só aceitem comida de mim ou de Danny. Não há necessidade de ficarmos paranoicos, mas...

Carl interrompe. Sua risada brusca parece o latido de um cão.

— Não há necessidade de ficarmos paranoicos? Isso é uma piada?

— Entendo que tudo isso... — Erin começa a falar, mas ele a interrompe de novo:

— Você está nos dizendo que há uma merda de um maníaco homicida correndo solto por aqui e que a resposta é fazer nosso próprio café?

— Não estou dizendo nada disso — diz Erin, com a voz bem calma. — Estou apenas explicando o que aconteceu. Se você vai concordar com as minhas conclusões e seguir meus conselhos, é com você.

— Isso é um show de horrores — diz Carl zangado —, e eu deveria processar vocês. Milhares de libras para ficar num lugarzinho de merda desorganizado com um psicopata...

— Ei — Danny interrompe e fica cara a cara com Carl —, já basta, amigo. Erin e eu não temos culpa se vocês trouxeram um louco psicótico com vocês do aeroporto.

— Você está acusando os funcionários da Snoop? — Agora Carl está praticamente gritando, ele e Danny medindo forças. — Porque isso, amigo, é difamação e a gente se vê no tribunal.

— Não estou acusando os funcionários da Snoop de nada — rosna Danny —, estou dizendo que já hospedamos centenas de pessoas e que foi só quando vocês apareceram que...

— Ei.

Erin se adianta. Ela se dirige aos dois, mas segura o braço de Danny, gentilmente.

— Ei. Isso não está ajudando.

— Carl — Tiger põe a mão no ombro de Carl —, calma aí, Erin tem razão. É muito compreensível que você esteja zangado, mas precisa canalizar essa energia de forma mais positiva. Erin e Danny não têm culpa de nada aqui. Estão tentando ajudar. Vamos lá, respire fundo.

Carl continua resmungando quando vai para o outro lado da sala. Cai sentado no sofá, de braços cruzados, mas percebo que ele sabe que Tiger está certa.

— Inigo — diz Erin —, você teve sorte com o sinal do celular?

Inigo balança a cabeça.

— Nada, sinto muito. E agora estou só com 12% de bateria, por isso ligo só de vez em quando para verificar.

— Mais alguém? — pergunta Erin.

A voz dela tem um quê de desespero. As pessoas balançam a cabeça. De qualquer forma, a maioria já deve estar sem bateria mesmo. Eu desliguei meu celular quando chegou a 4%.

— E o que eles disseram quando você falou com eles? — pergunta Erin virando para Inigo.

Ele franze a testa.

— O que quer dizer?

— Quero dizer, eles deram alguma previsão de quanto iam demorar? Alguma indicação de como fariam para chegar até aqui? Sei que naquele momento não sabiam da dimensão do estrago, mas sabiam que alguma coisa estava errada, não é? Imaginei que estaríamos bem no topo da lista de prioridades.

— Eu... — Inigo franze a testa, tentando lembrar. — Sim, eu contei que Eva estava desaparecida e que estávamos presos no nosso chalé no topo do funicular. E eu disse... Falei do seu tornozelo. Eles só fizeram algumas perguntas sobre os suprimentos e então disseram que viriam até nós o mais rápido possível.

— Só isso? Não falaram em quanto tempo?

— Nã-não... — Inigo parece inseguro. — O sinal estava péssimo. Estou tentando lembrar, mas acho que não mencionaram nada.

— Ok — diz Erin, com certa frustração na voz que sua educação e calma não mascaram bem —, é compreensível. Bem, vamos ter de esperar, eu acho. Então é isso, pessoal. Vão para a sala de estar que Danny vai trazer o almoço daqui a pouco.

O grupo se dispersa. Carl continua resmungando, furioso. Tiger conversa com ele tentando acalmá-lo. Miranda e Rik são os últimos a sair do hall de entrada. Estou logo na frente deles. Ouço a conversa dos dois em voz baixa indo para a sala de estar.

— Suponho que Inigo realmente tenha falado com a polícia, não é? — sussurra Rik.

— Como assim? — Miranda parece surpresa.

— Quis dizer que Erin parecia muito preocupada porque não soubemos mais deles. E entendo isso. Era de se esperar que já tivessem mandado alguém aqui para cima, não é? Mesmo se fosse apenas uma pessoa para reconhecimento.

— Mas nós ouvimos, Rik, ouvimos quando ele fez a ligação.

— Nós ouvimos uma parte da conversa, sim. Mas como saber se ele fez mesmo a ligação? É bem suspeito que só ele tenha conseguido sinal quando ninguém mais conseguiu. O que foi aquilo?

Miranda não responde. Mas noto que, quando nos reunimos na sala de estar, ela se senta o mais longe possível de Inigo e não olha para ele.

ERIN

ID no Snoop: LITTLEMY
Ouvindo: off-line
Assinantes snoop: 10

— Droga.

Estou na cozinha vendo Danny dar os últimos toques nos grandes potes de salada. Ele fez um trabalho espantoso com latas e vidros, mas não teve como disfarçar o fato do pão estar mofado e da alface não estar nos seus melhores dias. Vinte e quatro horas sem eletricidade começam a gerar um prejuízo no frescor da comida.

— O que quer dizer com droga?

Danny não olha para mim. Está amassando nozes com a mão sobre um grande prato de fatias de peras maduras e queijo Bleu d'Auvergne um pouco passado.

— Eu só sinto que... as coisas não correram tão bem, não é?

Danny experimenta o molho e dá de ombros.

— Não sei. Você disse para eles coisas que não queriam ouvir. O que esperava que fizessem? Aplaudissem?

Dou de ombros também. Não sei o que dizer.

Finalmente Danny está com tudo pronto. Cada um de nós pega dois potes para levar para a sala. Vou mancando atrás de Danny pelo hall de entrada do chalé e vejo migalhas de croissant do café da manhã espalhadas sobre o espesso tapete de pele de carneiro. Não há muito que eu possa fazer com o aspirador de pó sem luz, mas no meu estado de humor atual a sensação é de que aquilo é um sinal de como as coisas estão começando a se deteriorar, que estão desmoronando, enquanto Danny e eu tentamos desesperadamente seguir em frente.

Na sala de estar o silêncio é ensurdecedor. Não tem mais a música agradável de fundo para mascarar as tensões do grupo, apenas o barulho suave da lenha queimando na lareira e da neve batendo na janela. Rik e Miranda estão sentados um do lado do outro. Parece que abandonaram o esforço de não parecerem um casal e, quando me aproximo, vejo que estão de mãos dadas no colo de Miranda.

Tiger continua conversando baixinho com Carl, como se pudesse acalmá-lo.

Liz está sentada, tensa, na pontinha da cadeira. Está roendo as unhas, mas, quando chego, tira os dedos da boca e flexiona as mãos nervosas, estalando as articulações. O ruído dos estalos parece muito alto na sala silenciosa, e Ani, sentada entre Liz e Topher, faz uma careta involuntária diante do som.

Só Inigo está sozinho e, quando ofereço o último pote de salada, ele descarta com um aceno.

— Obrigado, mas não estou com fome.

— Você precisa comer, Inigo — ordeno, mas a expressão dele me preocupa mais do que o apetite.

A última coisa de que precisamos é alguém afundando na depressão.

— Não estou com fome — ele repete com mais ênfase, e ergo as mãos.

— Ok, ok. Não estou tentando forçar ninguém. Vou deixar aqui, está bem? Se não quiser, tudo bem.

Eu viro para voltar para a cozinha e então ouço a voz dele bem baixa.

— Sinto que todos estão me culpando.

— Culpando você? — digo, surpresa. — Por que fariam isso?

— Pelo que você disse antes, sobre não ser capaz de entrar em contato com a polícia. Ouvi comentarem.

A voz dele vira um cochicho, e eu preciso me inclinar para ouvir o que está dizendo.

— Ouvi Rik e Miranda, eles estavam dizendo... — ele para, engole em seco criando coragem e vejo que tem lágrimas nos olhos. — Acho que eles pensam que eu estava inventando. Que não falei com a polícia, ou, se falei, não manifestei a urgência da situação. Mas por quê? — Ele olha para cima, seus extraordinários olhos azuis cheios de lágrimas. — Por que eu faria isso? A não ser que eu... a não ser que eu tivesse ma... ma...

Mas ele não consegue falar. "A não ser que eu tivesse matado Eva."

— Eu a amava — ele diz, e a voz falha na última sílaba. — É isso que ninguém entende. Eu a *amava*!

Ai, merda. Lembro-me dos rumores da primeira manhã, Inigo chegando para dormir tarde, Topher dizendo arrastado: "Isso de novo, não. Eva devia saber que não dá certo."

— Eu a amava! — Inigo repete, e eu sinto uma vontade enorme de mandá-lo calar a boca.

Porque ele parece acreditar que essa confissão vai exonerá-lo. Mas, se vai acontecer alguma coisa, é exatamente o contrário. Porque é preciso ter um motivo muito poderoso para matar alguém, e um desses motivos é dinheiro, o que todos temos assumido que está na raiz da situação. E Inigo não tem esse motivo para matar Eva. Só Topher e Elliot se encaixam nesse, até onde sabemos. Mas a outra coisa que faz com que as pessoas matem é o amor. E Inigo acabou de se candidatar sozinho a essa categoria.

— Tenho certeza de que sim — falo baixinho, então ele levanta e sai da sala, sem conseguir se recompor na frente dos colegas.

Na cozinha, me jogo na cadeira, apoio meu pé dolorido no descanso que Danny improvisou e espero por ele.

— O que foi aquele escândalo do Inigo? — ele pergunta, e eu explico.

— Que merda... — Ele passa a mão na cabeça. — Que cara burro. Tem Eva dormindo com Inigo e Topher seduzindo Ani... eles não ouviram falar do Me Too? Não dá mais para andar por aí transando com seus funcionários. Não é certo.

— Dá a ele um motivo, não é? — pergunto meio relutante, e Danny dá de ombros.

— Não sei, poderíamos arranjar motivos para todos eles, se fosse necessário. Miranda podia estar loucamente apaixonada pelo Inigo. Rik podia ser um incel furioso que odeia ter chefe mulher. Vai saber... Eu poderia arranjar motivos para todos eles, se precisasse. Se quer saber, o que precisamos procurar são álibis. Devem haver alguns deles que podemos riscar da lista.

— Não na morte de Elliot. Seriam todos. Estávamos todos aqui, todos indo e vindo da sala de estar.

— Ani levou o café para ele. E todos sabemos que ela se amarra no Topher.

— Ela levou um café, mas não sabemos se foi a mesma xícara que o matou. Teria de ser muito burra para anunciar ao mundo que estava levando café para alguém que pretendia envenenar.

— Podia ser um blefe duplo — diz Danny não muito convencido, mas percebo que só está bancando o advogado do diabo —, mas tudo bem, verificar os álibis para Elliot vai ser complicado, entendo isso. Mas e Eva? Se aceitamos que mataram Elliot por saber de alguma coisa sobre o que aconteceu com Eva...

— Bem...

Tento lembrar o que cada um disse sobre onde estava quando conversamos sobre o desaparecimento de Eva.

— Ani e Carl viram Eva bem na metade da pista La Sorcière. Então, se alguém a matou, devia estar na montanha antes de Ani e Carl. E devia saber esquiar muito bem para interceptar Eva na metade da descida. Certo?

— Ceeeerto... — Danny ecoa, meio desconfiado. — Só que... nesse caso, Carl nunca disse que viu Eva. Foi só a palavra de Ani.

— Ok, mas ela realmente viu, deve ter visto. Isso foi antes da informação do GPS do Elliot chegar. Ani não tinha como saber que Eva tinha descido La Sorcière, não é? Se estivesse mentindo, teria dito que Eva desceu a Blanche-Neige, o que seria de imaginar e o que a pessoa diria se quisesse tirar alguém do seu rastro.

— Ok, aceito isso. Então Ani e Carl estão limpos, é essa sua ideia?

— Sim, e a Liz também, porque já tinha descido no bondinho. Ela saiu antes de Eva chegar ao topo. Estamos procurando as pessoas que estavam no topo da pista antes de Eva, ou seja, Topher, Rik, Tiger, Inigo e Miranda.

— Miranda, não — Danny diz de repente e franzo a testa.

— Por que não?

— Bem, se estamos aceitando a visão de Ani, Eva foi morta mais ou menos na metade de La Sorcière. Isto é, estamos procurando alguém que seja muito bom para descer aquela pista.

Meneio a cabeça lentamente. Ele tem razão. E então... ora, é um grupo bem pequeno de pessoas nesse caso. Tiger. Inigo. Talvez Rik, mas não tenho certeza. Ele é bom, mas não precisaria só ser bom, teria de ser muito, muito bom. E Topher.

Voltamos sempre para Topher. Não é nenhuma surpresa, porque Topher tem o motivo mais forte de todos aqui. E agora também teve oportunidade.

— Eles se separaram no topo, não é? — digo, pensando em voz alta. — Quando os *pisteurs* fecharam a Blanche-Neige. Alguns voltaram no bondinho, e outros desceram esquiando. As pessoas que pegaram o teleférico para descer não podem ter nada a ver com isso. Quais foram?

— Acho que ninguém disse. — Agora Danny está intrigado. — Sei que Topher e Inigo desceram esquiando, mas não tenho certeza sobre os outros. Quer que eu pergunte?

Faço que sim com a cabeça, meio relutante. Seria melhor eu ir lá. O jeito de Danny lidar com o grupo está ficando cada vez mais agressivo. Ele quase saiu no tapa com Carl mais cedo, e isso é... Bem, é simplesmente inconcebível. A última coisa que precisamos é de uma briga ampliando essa bomba-relógio de luto e tensão. Mas meu tornozelo está doendo. Muito. E não consigo me forçar a botar peso nele agora.

Quando Danny fecha a porta, pego no bolso a cartela de ibuprofeno e conto as horas desde que tomei o último comprimido. Três. Devia esperar mais uma hora. Mas, em vez disso, me apresso, antes de Danny voltar, e engulo dois comprimidos.

Estou bebendo chá frio para engolir os comprimidos, e a porta abre.

— Topher, Inigo, Tiger e Rik desceram a Blanche-Neige — diz Danny. — O restante desceu no bondinho e encontrou Liz, que já esperava lá embaixo.

— Ok. Bom... se alguém ficou para trás, poderia voltar para o topo da pista e descer La Sorcière. Mas teria de ser rápido. Muito rápido. Eva era uma esquiadora veloz e já estava na metade da descida quando Ani a viu. Isso não dá muito tempo para alguém interceptá-la antes de chegar ao fim da pista.

— A não ser que... a não ser que... — diz Danny, falando devagar, quase dá para ver seu cérebro avaliando as possibilidades. — E se ela caiu? E se a pessoa a alcançou, ela estava machucada, a pessoa finge ajudar com as fivelas e...

Faço que sim com a cabeça. Há muita possibilidade de ter acontecido assim. Se isso foi oportunista e não planejado... mas então me ocorre uma objeção, e é uma bem séria.

— Não tem precipício na parte de baixo da pista — eu digo —, não tem como alguém poder empurrá-la.

— Não, mas, se ela não pudesse se defender, a pessoa poderia matá-la e deixá-la no meio das árvores. Elliot disse que não tinha certeza de como a montanha afeta o sinal do GPS. O que ele descobriu pode ter sido isso, que ela não estava no vale. Que alguém a matou na pista.

— Pode ser...

Mas o comentário de Danny deu um clique no meu cérebro.

— Mas espere um segundo, tem outro problema em tudo isso.

— O que é? Achei que estávamos indo muito bem.

— Tudo se encaixa, exceto uma coisa. Como é que alguém soube que Eva estava esquiando na La Sorcière? Estamos falando como se alguém tivesse ido atrás dela deliberadamente, com a esperança de alcançá-la. Mas ninguém a viu sair. Ninguém sabia que ela estava esquiando naquela pista.

— Porra, você tem razão.

Danny franze a testa de novo, e as sobrancelhas escuras se juntam.

— A única pessoa que sabia que ela estava naquela pista era Ani. E se ela contou para alguém o que viu?

— Se ela contou para alguém... — Danny fala devagar, mas, quando termina a frase, não é o que eu esperava que dissesse. — Se contou para alguém, ela pode estar correndo um perigo enorme. Precisamos descobrir para quem contou. E rápido.

LIZ

ID no Snoop: ANON101
Ouvindo: off-line
Assinantes snoop: 1

— Puta merda!
Topher está no meu quarto. Topher (!) está no meu quarto. Andando de um lado para o outro sem parar, entre mim e a porta. Está enlouquecido. Não sei o que fazer. Meu quarto sempre foi meu refúgio, o único lugar em que podia fechar a porta e me isolar dos outros, do cheiro de cerveja, do som do choro da minha mãe, da voz do meu pai aos berros. *Vá para o seu quarto, Elizabeth.* Ele ordenava como se fosse um castigo. Mas era uma forma de escapar daquilo.
Agora meu quarto foi invadido e minha fuga, bloqueada.
— Puta merda, Liz, isso é um pesadelo. Estão todos olhando para mim. Todos pensam que fui eu!
— Topher...
Tento imaginar o que Tiger faria naquela situação. Poria a mão no braço dele? Daria um abraço? Essa segunda opção me deixa meio nauseada, mas eu poderia experimentar tocar o braço.
Estendo a mão sem jeito, mas Topher continua andando de um lado para o outro. Ele esbarra na minha mão como se eu estivesse fazendo sinal para um táxi, que já tivesse passageiro. Começo a roer as unhas e, então, enfio a mão no bolso para parar.
— Meu Deus, acho que estou enlouquecendo. Meu Deus, Eva. Eva!
Topher para e cai sentado na minha cama. Apoia o rosto nas mãos e, para meu horror, começa a chorar.

Pelo menos agora está parado. Estendo a mão e procuro lembrar como Tiger acalmou Carl. Encosto no ombro dele.

Mas, nesse momento, ele soluça e suspira tão forte que parece que vai vomitar. Tiro a mão.

— Topher — sussurro —, deixe-me...

Olho em volta do quarto procurando inspiração. Vejo o copo vazio ao lado da cama.

— Deixe-me pegar um copo de água para você.

Não sei bem se ele ouve quando vou para o corredor na ponta dos pés. Fecho a porta e encosto nela, ofegante de nervoso.

Meu Deus, eu não sou nada boa nisso.

Sou boa em arquivar, tomar nota e verificar se a conta está certa. Sou boa em cuidar de coisas inacabadas e em manter tudo em ordem. Sou eficiente, controlo bem o tempo e me concentro em detalhes. Sou muito, muito boa em me tornar invisível.

Resumindo, eu era a assistente pessoal perfeita. Mas não fui feita para esse tipo de situação.

ERIN

ID no Snoop: LITTLEMY
Ouvindo: off-line
Assinantes snoop: 10

Danny e eu devíamos estar lavando a louça do almoço... Sério, estamos sem lava-louça. A única água quente que temos agora é das chaleiras que pomos para ferver no fogareiro da lareira, e está se tornando tarefa de tempo integral manter a louça limpa para servir as refeições. Os pratos engordurados do almoço estão empilhados no escorredor e os talheres de molho na água morna que esfria muito rápido. Mas o importante é manter os hóspedes alimentados, mantê-los vivos é crucial, e nenhum de nós quer se afastar do outro, por isso nem discutimos quem vai ou quem fica quando proponho conversar com Ani. Já está resolvido que os dois vão falar com ela. A única dúvida é onde e como.

— Agora — diz Danny com firmeza. — Se ela conversou com o assassino, disse onde Eva estava, é só uma questão de tempo para ele descobrir isso. E, quando descobrir...

Ele não completa a frase. Eu engulo em seco. Sei que ele tem razão.

— Mas e se ela estiver com um dos outros? — pergunto. — Qual será a nossa desculpa para conversar só com ela?

Danny balança a cabeça.

— Não, vamos falar com ela na frente de todos. É melhor botar as cartas na mesa. Se todos souberem a verdade, ótimo. Não podem matar todos nós.

Ele diz isso como se fosse trivial. Parte de mim sente vontade de rir histericamente. Como é que chegamos a esse ponto, de conversar sobre assassinato como se fosse um jogo? Mas ele está certo. Não tem sentido manter qualquer coisa que Ani diga escondido. Quanto mais pessoas souberem a verdade, melhor.

Não temos de ir muito longe para encontrá-la. Saímos da cozinha, atravessamos a sala de jantar gelada e lá está ela, sentada no hall de entrada na frente da lareira, jogando cartas com Carl, Rik e Miranda, os óculos enormes sobre a cabeça, examinando sua mão.

— Trinca — diz Carl muito satisfeito, baixando três reis.

— Oi — diz Danny meio brusco, diante do grupo. — Podemos conversar um minuto?

— Claro — diz Miranda suspirando e empilhando suas cartas. — Carl está acabando com a nossa raça de qualquer maneira, por isso salve-nos de mais uma derrota, por favor.

Ela passa a mão no cabelo comprido e faz uma careta. Sei o que sente. Não ter água quente significa não tomar banho, e todos estão meio sujinhos nas dobrinhas, inclusive Danny e eu.

— Vocês têm alguma notícia?

A esperança no rosto dela provoca em mim uma pontada de culpa quando percebo o que nossa chegada deve ter parecido. Balanço a cabeça.

— Não, sinto muito. Nada ainda.

— Que merda — diz Rik —, ainda não? Isso não está ficando meio... preocupante?

— Bem, tenho de admitir que estava com esperança de que eles já estivessem aqui a essa altura.

Espio as janelas altas do hall de entrada que tem pé-direito duplo. Estamos no meio da tarde, mas cai tanta neve que escurece tudo, parece o anoitecer, não dá para ver as luzes de St. Antoine Le Lac lá embaixo, que dirá os picos das montanhas mais distantes. Só que me dou conta de que talvez estejam sem luz lá no Lac também. As pilhas do rádio do Danny acabaram, e agora não temos ideia do que está acontecendo lá embaixo. Pode ser muito pior do que imaginamos.

— São mais de vinte e quatro horas depois da avalanche — insiste Rik —, alguém já não devia ter entrado em contato conosco?

— Não sei — respondo.

A preocupação dele me deixa cada vez mais inquieta. Talvez ele esteja certo. Talvez haja mesmo alguma coisa errada.

— Imagino que estejam muito ocupados.

— Aonde você quer chegar, amigo? — diz Carl olhando para o colega. — Se tem alguma ideia, fale.

Rik e Miranda se entreolham, e então ele fala, quase relutante:

— Olha, isso não é uma acusação, por favor, não pensem isso. Estou só dizendo que... bem, que foi falta de sorte ninguém mais ter conseguido falar com a polícia além do Inigo.

— O que quer dizer? — pergunta Carl, espantado.

— Só estou dizendo... que seria bom ter alguma confirmação do que rolou. Nós só ouvimos uma parte da conversa. E pareceu meio estranho ele ser a única pessoa que conseguiu sinal.

— Está dizendo que ele não ligou para a polícia? — Carl arregala tanto os olhos que suas sobrancelhas vão até a raiz do cabelo raspado.

Rik não diz nada, apenas dá de ombros, podendo significar sim ou não, mas o gesto legitima a possibilidade.

— Porra — diz Carl soprando a palavra como se estivesse rezando.

Danny lança um olhar espantado e preocupado para mim, e lembro que nunca contei para ele a minha conversa com Inigo, nem as suspeitas de Rik, talvez porque nunca tenha acreditado que fossem reais. Agora me sinto assustadoramente ingênua. E se Rik estiver certo? E se ninguém vier nos resgatar?

— O que vocês queriam conversar conosco? — pergunta Miranda, trazendo-nos de volta para a nossa missão inicial, e volto a me concentrar na tarefa com muito custo.

— Ah. Sim. Bem, nós queríamos conversar com Ani, temos uma pergunta rápida.

— Ah, é? — Ani levanta a cabeça. — Sim! É claro, posso ajudar em alguma coisa?

— Quer um pouco de privacidade? — pergunta Carl e começa a levantar, mas Danny balança a cabeça.

— Fique aí. É melhor manter todas as cartas na mesa, se sabe o que eu quero dizer.

Carl pensa um segundo, então vê a sabedoria do que Danny está dizendo, faz que sim com a cabeça e se senta de novo.

— Ani — eu digo, procurando uma forma de introduzir a pergunta sem causar alarme, mas com a maior clareza possível no que quero dizer. —

Você viu Eva esquiando na La Sorcière quando estava subindo no teleférico, certo?

— Sim — afirma Ani. — Definitivamente. Mas eu já disse isso, não é?

— Sim, mas o que eu quero perguntar é se você contou para alguém naquele dia.

— Ah... — Ela franze a testa, tenta lembrar. — Não lembro. Posso ter dito alguma coisa para Carl... Como, ah, ei, lá está Eva. Você lembra, Carl?

— Sinceramente, não me lembro — diz Carl, impassível —, acho que você não disse nada, mas não posso jurar que sim ou que não.

— Ah!

Ani exclama de repente. Fica ruborizada e parece uma criança satisfeita de dar a resposta que estavam esperando. Percebo essa mudança inesperada de Ani pensando que estamos fazendo um teste com ela, verificando sua história, e que ela acha bom confirmar.

— Esperem, eu contei, sim, para alguém. Descemos do teleférico no topo, e Topher estava falando de descer esquiando, e Inigo disse que não podíamos porque estávamos esperando Eva, e eu disse: "Ah, não. Ela não avisou vocês? Ela já foi. Eu a vi esquiando na pista preta." Não tenho certeza se Topher ouviu, mas Inigo definitivamente sim. Ele pode confirmar isso.

Ele pode confirmar isso.

Ela olha para mim com olhos arregalados e brilhantes e sua confiança causa um nó na minha garganta.

Mas Carl... Carl está olhando para ela horrorizado, e sei que ele ligou os pontos do que Danny e eu já tínhamos pensado.

— Confirmar porra nenhuma — ele diz abruptamente —, você não entendeu?

— O quê? — retruca Ani.

Ela parece surpresa, como se tivéssemos pegado de volta sua estrelinha. Ela não entende por que Carl não está satisfeito com ela, feliz porque a história tinha sido confirmada.

— Inigo sabia — diz Carl —, ele sabia onde ela estava esquiando. Eva. Você disse para ele onde poderia encontrá-la.

— Ai, meu Deus... — diz Ani, e o sangue se esvai do seu rosto, sua pele fica branca e translúcida, o azul das veias aparece nas têmporas. — Ai, meu Deus, você está dizendo... você está dizendo...

— Eu estou dizendo que alguém desceu aquela pista e matou Eva. Então a pergunta é: quem sabia que ela estava esquiando naquela pista?

— Inigo, não! — diz Ani, e sua voz é um grito angustiado. — Não, o Inigo, não, ele era... Eva e ele...

Ela para e cobre a boca com a mão como se tivesse falado demais.

— Eva estava transando com ele — diz Carl brutalmente. — Ora, vamos, querida, todos nós sabemos disso. Não precisa ser um Sherlock Holmes para descobrir. Mas transar com alguém não é álibi, você sabe disso.

— Não!

Ani fica de pé. A cor volta para seu rosto, ela fica corada e furiosa.

— Não! Eu não estou dizendo isso! A morte de Eva... foi um acidente. E Elliot... eu simplesmente... Não! Não vou... não posso pensar assim. Não posso!

Ela deixa as cartas caírem da mão e sai trôpega da sala.

LIZ

ID no Snoop: ANON101
Ouvindo: off-line
Assinantes snoop: 1

Estou do lado de fora do meu quarto, encostada na porta, e alguém sobe a escada. Não enxergo logo quem é. Sem luz, o corredor fica muito escuro. Mas, quando ela se aproxima, vejo que é Ani. Parece que andou chorando.

Meu primeiro instinto é voltar para o meu quarto, mas não posso. Topher está lá. Estou encurralada. Ela vem na minha direção. Vou ter de interagir com ela.

— Você está bem? — pergunto.

— Eles... eles estão dizendo coisas horríveis... — Ela engole o choro. — Sobre Inigo. Eu não acredito, Liz, não posso acreditar!

— Que tipo de coisas?

Sinto um frio na barriga.

— Que ele... — Ela engole outra vez e se esforça para continuar. — Que ele matou Eva. Que ele não ligou para a polícia.

— Ele não ligou para a polícia? Está dizendo que não vem ninguém nos resgatar?

— Mas ele ligou! — geme Ani. — Nós vimos! É a maior injustiça ficarem dizendo essas coisas sem dar a chance de ele se defender. Trabalhei ao lado dele dois anos, pelo amor de Deus. Eu o conheço!

Ela passa por mim e bate na porta do quarto dele.

Carl seguiu Ani escada acima. E os outros vêm atrás. Vejo Rik e Danny segurando uma lanterna, Miranda e, por último, Erin, ainda mancando.

— Ani, espere — diz Carl.

Nesse momento, a porta do meu quarto se abre de repente e eu quase caio para trás, porque ainda apoiava meu peso nela. Topher passa por mim e vem para o corredor. Ainda está com o rosto inchado, mas parou de chorar.

— O que está acontecendo? — ele pergunta bruscamente.

— Inigo! — Ani continua batendo na porta.

Ninguém responde.

— Cadê ele?

— Meu Deus... — diz Rik, que olha para Miranda e depois para Erin. — Vocês não acham que...

— Ah, não, não — Danny se apressa em responder —, não teremos outro cadáver. Não comigo aqui.

Ele passa por Ani, tira uma chave mestra do bolso e abre a porta. Então vira a lanterna para o quarto.

Não tem ninguém lá dentro.

Por cima do ombro de Danny, vejo as coisas de Carl jogadas pelos cantos e a cama de Inigo toda arrumada e alisada.

No centro do travesseiro tem uma folha de papel dobrada.

Ninguém sabe o que fazer, então Erin passa mancando por Danny e pega o papel.

— É um bilhete — diz ela, examinando com a lanterna, e de repente se espanta. — Ah... merda.

É a primeira vez que ouço Erin xingar diante de nós. Danny já perdeu as estribeiras algumas vezes, mas Erin sempre foi completamente profissional. Agora o rosto dela está branco. Ela olha para Danny e articula os lábios querendo dizer alguma coisa para ele que não consigo decifrar.

— O que diz aí? — Topher fala em tom autoritário.

Não fosse por uma leve rouquidão na voz, ninguém saberia que ele andara chorando de soluçar no meu quarto poucos minutos antes.

— Eu tenho o direito de saber, ainda sou o CEO dessa empresa.

Ele puxa o bilhete da mão de Erin. Ela não resiste. Ele lê em voz alta:

— Queridos, eu cometi um erro terrível. Saí para tentar consertar isso. Por favor, não venham atrás de mim. Inigo.

— Ai, merda — diz Miranda, imitando Erin. — O idiota.

Ela está parada na porta. Dá meia-volta e espia pela janela no final do corredor, a janela diante da qual Inigo estava para tentar captar algum sinal.

Agora já está tudo escuro. A neve bate no vidro como se tentasse entrar. Não consigo evitar um arrepio involuntário diante daquela visão.

— Olhem só lá fora. Ele vai acabar se matando.

— Mas o que realmente significa? — pergunta Erin, confusa. — O bilhete. Ele está dizendo que não ligou para a polícia e que agora vai procurá-los? Ou ele foi à procura de Eva?

— Vai saber... — Carl diz, irritado. — É um idiota. Ele já saiu?

— Boa pergunta — diz Danny —, vou ver.

Ele dá meia-volta e segue rapidamente pelo corredor, levando a lanterna. Ficamos no escuro quando ele desaparece. Ouvimos seus passos na escada em caracol e depois a batida da porta que dá para a área de serviço, onde ficam os armários de esqui. Ele volta andando mais devagar e muito sério.

— Sim, ele saiu — diz Danny quando se aproxima do grupo —, os esquis dele não estão mais lá. Nem o casaco.

— Merda — diz Carl zangado. — Idiota de merda. Quando foi que ele saiu? Quem o viu por último?

Alguns do grupo sacodem os ombros.

— Eu o vi na hora do almoço — diz Miranda, e outros meneiam a cabeça.

— Também o vi no almoço — afirma Erin, consternada —, ele estava... ele não comeu nada. Não estava bem. Levantou e saiu, imaginei que fosse para o quarto, mas pode ter ido para os armários de esqui. Alguém o viu depois do almoço?

Todos balançam a cabeça. Então Erin franze a testa.

— E Tiger?

Olhamos em volta e vejo medo espelhado no rosto dos outros. Onde está Tiger?

Danny segue na direção do quarto dela sem dizer nada. Nós o acompanhamos como um rebanho de ovelhas angustiadas.

Ele bate na porta. Nada. Sinto a tensão aumentando.

— Ah, que se dane — diz Danny tenso e enfia a chave mestra na fechadura.

A porta abre, e todos entram, se acotovelando para ver. Estou atrás da fila, com a visão bloqueada pelos ombros largos de Topher. Ouço a voz angustiada de Ani.

— Tiger?

E então uma voz sonolenta.

— Oi. O que aconteceu?

Dá para ouvir um suspiro de todos, misto de alívio com exasperação.

— Meu Deus, Tiger! — diz Miranda, com seu sotaque que costuma ser arrastado, elitista, e que agora está agudo e irritado. — Não faça isso conosco! Você não ouviu o que Erin disse? Temos de ficar juntos!

— Eu tranquei a minha porta — diz Tiger.

A voz normalmente inabalável está menos serena.

— O que houve?

— Inigo saiu — diz Miranda.

Então, para minha surpresa, sua expressão sempre perfeita se anuvia e ela cai no choro.

ERIN

ID no Snoop: LITTLEMY
Ouvindo: off-line
Assinantes snoop: 10

Vamos todos para a cama muito cedo, exaustos com aquele dia horrendo. Alguns formam pares e certificam-se de que todos saibam com quem cada um está. Miranda e Rik param de fingir. Depois da crise de Miranda fora do quarto de Tiger mais cedo, eles ficaram inseparáveis. Agora Rik diz sem rodeios que vai dormir no quarto de Miranda essa noite, e não é novidade para ninguém.

O que talvez seja mais surpreendente é que Tiger e Ani se juntam, deixando Carl e Topher como os últimos homens solteiros. Eu pensava que Ani e Topher fossem ficar juntos também... mas alguma coisa mudou entre eles desde a morte de Elliot. O que não entendo é quem se afastou. Elliot morreu tentando contar alguma coisa para Topher, e Topher nunca lhe deu uma chance de falar. Não é preciso ser um gênio para concluir que talvez haja um motivo para Topher não querer que ele espalhasse suas suspeitas.

Por outro lado, foi o fato de Topher estar na cama com Ani que impediu Elliot de conversar com Topher. Não seria surpresa se Topher, até certo ponto, por mais irracional que fosse, tivesse ficado ressentido com isso. E Ani foi, sem dúvida, a pessoa que levou o café para cima. Ou, pelo menos, um café, lembro a mim mesma. Só que foi Topher que pediu a ela que fizesse isso, pelo que ela me contou na cozinha. Supondo que ela estivesse falando a verdade. Meu Deus. Estou pensando em círculos aqui.

É Miranda que faz a pergunta sobre algo que ninguém percebeu.

— E a Liz?

O silêncio que segue é constrangedor quando todos nos damos conta de que mais uma vez nos esquecemos de Liz. Olhamos todos para ela, e ela se retrai, se abraçando como se pudesse se proteger dos olhares.

— Você quer ficar comigo e com a Tiger? — pergunta Ani sorrindo, mas Liz balança a cabeça.

— Não, obrigada, ficarei bem sozinha.

— Não, Liz — diz Miranda, preocupada —, eu realmente não acho que isso seja uma boa ideia. Erin está certa, nós devemos ficar juntos.

— Sinceramente — diz Liz obstinada, cabeça-dura —, não gosto de dividir um quarto. Vou trancar a porta.

— Transparência total — diz Danny, secamente. — Erin e eu temos chaves mestras. Podemos entrar em qualquer lugar. Agora, não estou dizendo que vamos invadir no meio da noite, mas essas portas não são exatamente do Forte Knox, se entendem o que quero dizer.

— Vou por uma cadeira embaixo da maçaneta — diz Liz.

Ela cruza os braços e troco olhares com Danny, dando de ombros discretamente. Não podemos obrigá-la a seguir nosso conselho.

— Está certo, então — Danny finalmente cede —, você está cavando a própria cova.

Só depois de dizer aquelas palavras, ele percebe que não soam nada bem.

LIZ

ID no Snoop: ANON101
Ouvindo: off-line
Assinantes snoop: 1

Sei o que estão pensando quando caminhamos lentamente para os nossos quartos. Estão achando que sou louca. E talvez tenham razão. Entro no quarto, fecho e tranco a porta e não consigo evitar pensar se isso não é uma ideia terrível, perigosa, de ser a única sozinha. E se despertar ideias em alguém?

Mas não posso explicar para eles que fico apavorada só de pensar em dividir um quarto com Tiger e Ani. Já tem sido bem ruim durante o dia ter de fazer malabarismos com esses rostos do passado em um pesadelo com gente que eu mal conheço.

Preciso do meu refúgio. Preciso poder fechar a porta. A ideia de passar a noite em um colchão no chão do quarto de Tiger, ouvindo sua suave respiração, e Ani se mexendo dormindo... Estremeço só de imaginar.

Posiciono uma cadeira embaixo da maçaneta e deito na cama com a roupa que estou. Está frio demais para trocar de roupa. Fico ali deitada, de olhos fechados, tentando relaxar meus músculos enrijecidos, tentando me convencer de que é seguro mergulhar na inconsciência, e então ouço um barulho na porta. Levanto a cabeça. No mesmo instante, meu coração acelera para 150 batidas por minuto.

— Que-quem é? — minha voz treme de tanta adrenalina.

Mal consigo ouvir um sussurro atrás da porta grossa.

— Sou eu, Ani.

— Espere um pouco.

Ponho os pés no chão, vou até a porta e tiro a cadeira. Então, abro com cuidado.

Ani está parada ali. Usa um suéter grosso cor-de-rosa que vai quase até os joelhos. Seus olhos parecem enormes na escuridão.

— Ani, o que está fazendo? Quase me matou do coração.

— Desculpe — ela sussurra —, não consegui dormir, fiquei muito preocupada com você e acho que Erin tem razão. Nós devemos ficar juntas. Venha ficar comigo e com a Tiger, por favor.

— Não, sinceramente, estou bem — digo.

Ani fica ali no corredor escuro torcendo os dedos. Olha para mim de um jeito que eu não gosto. Olhos arregalados e muito preocupada.

— Estou bem! — falo com mais ênfase. — Vá para lá, Tiger deve estar se perguntando onde você se meteu.

— Tiger já dormiu — ela diz com uma risadinha trêmula. — Apagou e já está roncando. Não sei como faz isso, ela é muito zen. E eu fico pensando nas coisas, repassando tudo na cabeça.

— Acho que ela tomou alguma coisa para dormir — digo —, estava falando sobre isso no café da manhã. Mas o que quer dizer com pensando em coisas?

— Ah... não é nada.

Ela dá aquela risada nervosa de novo, mas há algo nos seus olhos. Como súplica e preocupação. E eu sou tomada pela apreensão.

— Ani, você sabe de alguma coisa que não contou para ninguém?

Ela balança a cabeça, mas não parece uma negativa firme, é mais um não sei preocupado.

— Preste atenção — eu digo, cochichando com urgência, porque não sou de insistir tanto, mas estou muito preocupada —, você ouviu o que Erin disse, se sabe alguma coisa, conte para alguém. Guardar segredos é a coisa mais perigosa que você pode fazer. Você viu alguma coisa? Foi quando Elliot entrou no quarto de Topher? Alguma coisa sobre Inigo?

— Não, eu não... — ela diz, com a voz meio embargada. — Eu só... eu fico sentindo que tem alguma coisa errada... alguma coisa que eu vi... eu só... é que não consigo descobrir o que é.

Ai, meu Deus. Sinto um frio na barriga de estresse. Tenho a terrível sensação de que o que Ani não consegue lembrar pode ser muito, muito importante. Pode ser a pista para a identidade do assassino. Pode ser a única coisa que leva a ele ou ela.

— Ani, conte para mim — eu imploro —, não guarde isso só para você.

Nossos olhos se encontram, e vejo alguma coisa ali. Alguma coisa que ela sabe. E de repente fico apavorada, com muito medo.

— Ani, por favor.

Estou suplicando, sei que estou, e não me importo mais. Mas ela só balança a cabeça de olhos arregalados e tão assustada quanto eu.

— Não posso — ela murmura —, eu preciso... eu preciso pensar...

Então ela desaparece no escuro e me deixa lá parada no corredor, observando a porta do quarto de Tiger fechar com um mau pressentimento. Espero um pouco, só para garantir, então ouço o clique da chave na fechadura e volto para o meu quarto. Não há nada mais que eu possa fazer.

ERIN

ID no Snoop: LITTLEMY
Ouvindo: off-line
Assinantes snoop: 10

— Merda. — Danny está deitado em um colchão que arrastou para o meu quarto, cobrindo o rosto com as mãos. — Por que eu tinha de falar aquilo sobre cavar a própria cova? Eu não tenho tato mesmo! Os amigos acabaram de morrer e devem estar pensando que acho graça disso.

— Danny, eu realmente acho que essa é a última preocupação que eles têm.

Estou muito cansada, meus olhos ardem e tenho certeza de que Danny deve estar assim também, mas também sei que não vou conseguir dormir de jeito nenhum. Está tudo muito errado. A presença de Danny, por mais segurança que dê, é estranha. O quarto está frio demais. A situação é muito séria. E estou preocupada porque, se eu dormir, terei aquele sonho recorrente sobre cavar a neve, vou acordar Danny e ele fará perguntas que não posso responder.

Acima de tudo, estou tremendamente assustada.

E não ajuda meu pé estar doendo de novo. Muito. Estou começando a achar que deve ter mesmo algum osso quebrado.

— Alguém já devia ter vindo — diz Danny no silêncio do quarto, e eu sei do que ele está falando.

— Nós não sabemos se Inigo não fez a ligação.

— Então o que ele quis dizer com cometi um grande erro?

— Eu não sei, mas não faz sentido, Danny. Por que ele não ligaria? O único motivo seria ele ter matado Eva, e, se for verdade, estamos mais seguros aqui sem ele, não é?

— Talvez faça sentido. Talvez esteja fugindo antes que a polícia chegue. Nós não sabemos, não é?

A observação de Danny me faz parar para pensar, e realmente não sei como responder. A verdade é que eu simplesmente não acho que Inigo seja um assassino. Ele é gentil e pareceu desesperado, genuinamente triste com a morte de Eva. Mas então penso em todas as matérias de jornais que já li na vida sobre "pessoas muito gentis" que mataram os filhos, ou os parceiros, ou desconhecidos. E sou forçada a me lembrar do que Danny estava tentando dizer, que essas pessoas são completamente estranhas para nós. Seja qual for a intimidade esquisita que essa situação criou, é ilusória. Conhecemos Inigo e todos os demais há menos de três dias.

Ficamos em silêncio por um bom tempo, e chego a pensar que Danny adormeceu, mas então ele respira fundo.

— Merda, o que nós vamos fazer, Erin?

— Eu não sei!

As três palavras englobam todo o desespero que tem aumentado desde o desaparecimento de Eva. Isso é simplesmente aterrador. Primeiro, Eva, depois Elliot, agora Inigo. Nossos hóspedes estão desaparecendo um por um, como em um péssimo filme de terror.

— Se Inigo realmente foi buscar ajuda...

— Eu não acredito — diz Danny, convencido. — Se ele ligou para a polícia como disse, então não há necessidade de sair atrás deles. E, se não ligou, por que virar de repente o herói corajoso? Não faz sentido. Ele não foi procurar a polícia. Ele é um encrenqueiro, e esse é o jeito de encobrir isso.

As palavras de Danny me dão uma tristeza, mas não há como negar a lógica do raciocínio. O fato é que, se Inigo desapareceu ou não, isso não muda nossa situação. Estamos presos aqui e não temos como saber se Inigo vai conseguir ajuda, nem mesmo se ele vai tentar. Todas as análises complicadas do mundo não podem mudar isso. Só nos resta esperar sentados. E, subitamente, tenho uma ideia.

— Espere aí, tem uma coisa que podemos fazer.

— O que é?

— Você pode ir. Pode ir a pé até Haut Montagne e soar o alarme.

Danny fica em silêncio por um bom tempo. Depois simplesmente responde:

— Não.

— Eu sei que é perigoso, mas não posso ir com o meu tornozelo...

— Que se dane o perigo. Não estou nem aí para a porra do perigo. Mas você está certa, não pode ir, e não vou deixá-la aqui sozinha com um bando de psicopatas.

— Não sabemos se alguém aqui é psicopata... Se for verdade que Inigo...

— Não vou deixar você.

Alguma coisa no tom de voz dele deixa claro que o assunto está encerrado. Ouço o barulho das cobertas quando ele vira no colchão.

— E ponto final. Agora vamos dormir.

Mas fico muito tempo sem conseguir.

LIZ

ID no Snoop: ANON101
Ouvindo: off-line
Assinantes snoop: 1

Volto para a cama. Estou tão tensa que nem sei se vou conseguir dormir, mas quando finalmente adormeço é um sono profundo sem sonhos, da mais completa exaustão. Quando acordo está muito frio e, apesar da minha roupa estar amassada e suada, fico satisfeita de não ter tirado. Levantar da cama seria doloroso demais. Mesmo de roupa não sinto coragem de sair da cama, fecho os olhos e continuo deitada. Meu celular está descarregado, e não tenho ideia da hora.

Então um grito corta o silêncio. É demorado e alto, não para.

Eu me sento num pulo, com o coração acelerado, e levanto da cama. O movimento é rápido demais. Sinto o sangue saindo da cabeça e voltando num jorro de formigamento. Meu coração ainda bate no ritmo da adrenalina.

Ouço portas batendo no corredor. Vozes chamando em pânico.

— Vem do quarto da Tiger — ouço alguém gritar.

Com as mãos tremendo, pego meus óculos e ponho sobre o nariz. O frio é tanto que solto fumaça condensada enquanto destranco a porta.

No corredor, Rik, Miranda, Topher e Carl estão na frente da porta de Tiger. Miranda de gorro e luvas.

— Abram a porta! — grita Topher. — O que está acontecendo? Ani? Tiger? Abram a porta!

O berro se transformou em um choro baixinho. É impossível dizer quem está chorando.

Ouço passos correndo, então Danny, o chef, chega derrapando na virada do corredor, de calça de moletom e um blusão amassado.

— Que merda está acontecendo aí? Por que essa gritaria?

— Nós ouvimos um grito — diz Rik — do quarto de Tiger e Ani. Não conseguimos fazer com que abram a porta.

— Afastem-se — diz Danny, pondo a mão no bolso à procura da chave mestra, mas não acha. — Puta merda, devo ter deixado na outra calça. Ei! — Ele soca a porta. — Abram essa porta! Não podemos ajudá-las se não abrirem a porta!

Ouvimos um clique. A porta abre.

Com tanta gente no caminho, não vejo quem é. Então ouço a voz espantada de Miranda:

— Tiger! Qual é o problema?

Tiger soluça tanto que mal consegue falar.

— Ani, meu Deus, p-por favor, ajudem-me. É a Ani. Acho que ela está morta.

ERIN

ID no Snoop: LITTLEMY
Ouvindo: off-line
Assinantes snoop: 10

Levo muito tempo para percorrer o corredor mancando. Meu tornozelo inchou à noite e dói quando apoio o peso no pé. Quando viro o corredor, o vozerio aumenta em tons de pânico.

— O que está acontecendo? — pergunto, mas ninguém ouve, estão se acotovelando diante da porta do quarto de Tiger e Ani. Tiger está de cócoras no corredor com os braços em volta da cabeça, chorando descontroladamente. Liz está ao lado dela, apavorada e, de vez em quando, põe a mão de leve no cabelo de Tiger, como se tivesse explodido em chamas.

— O que está havendo? — repito e, dessa vez, Danny aparece, saído do quarto de Tiger, com o rosto pálido.

— Puta merda — ele diz —, pegaram a Ani.

— Pegaram? Quem pegou? O que quer dizer? — Sinto o medo me invadindo.

— Quis dizer que tenho certeza de que ela está morta.

Meu Deus. O medo me consome quando abro caminho para entrar no quarto.

Ani está deitada em um colchão no chão. Está de barriga para baixo, mas, quando puxo seu ombro para virá-la, ela vem inteira, como um manequim, articulações rígidas com o rigor mortis. Nem preciso sentir seu rosto frio e lívido para saber que está muito, muito morta.

De repente minhas pernas cedem e vou trôpega para a cama de Tiger, ainda quente e desarrumada. O quarto fica entrando e saindo de foco, ponho a cabeça entre os joelhos para não desmaiar.

— Não pode ter sido Inigo — comenta Danny, com a voz embargada.

Assinto. Isso está claro. Meu Deus, que pesadelo é esse em que nos meteram?

— E então éramos seis — diz uma vozinha da porta.

É Liz, horrorizada e branca como um fantasma, olhando para Ani.

— O quê? — pergunta Danny, confuso, achando que não ouviu direito.

— Nada — diz Liz.

Ela dá uma risada nervosa. Parece à beira de um ataque histérico. Sei bem como se sente. Então dá meia-volta e some. Ouço a porta do quarto dela bater e a tranca engatar. Não a culpo. Uma parte significativa de mim gostaria de poder fazer o mesmo. Mas não posso. Tenho de...

Levanto, vou até o corpo e movo gentilmente para virar, dessa vez me forçando a olhar para o rosto de Ani.

Quase parece que morreu dormindo. Quase. Não exatamente. Há manchas minúsculas de sangue nos lábios, ela deve ter mordido a língua. E, no rosto, alguns pontinhos vermelhos. Sei o que são, ou melhor, sei o que significam, mas levo alguns minutos revirando a memória até meu cérebro oferecer o termo médico. Petéquias. Alunos do primeiro ano de medicina não se deparam com muitos homicídios, mas eu vi fotos suficientes de livros para reconhecer.

Não há marcas no pescoço e nenhum outro ferimento à vista, tirando os sinais minúsculos de sangue nos lábios. Quando me curvo para deixá-la na posição em que a encontrei, de bruços, vejo que há manchas no travesseiro também. Uma frase soa na minha cabeça: lábios vermelhos como sangue, pele alva como a neve.

— Acho que ela morreu sufocada — falo discretamente para Danny. — Quem fez isso apertou seu rosto contra o travesseiro, ou segurou alguma coisa em cima do rosto e a pôs de bruços depois. Não há manchas roxas nem marcas de defesa que eu possa ver, ela devia estar dormindo.

— Ai, meu Deus... — O rosto de Danny vira uma careta de horror.

Ele parece um homem décadas mais velho do que seus vinte e cinco anos.

— Mas você não está dizendo que... Tiger...?

Balanço a cabeça, mas não discordo dele, só não tenho ideia do que dizer. Não acredito que a gentil e zen Tiger poderia ter feito isso. Mas, por outro lado, a porta estava trancada. E será que alguém poderia mesmo ter se esgueirado e sufocado Ani sem acordar Tiger? Penso no seu corpo tonificado pela ioga, nas mãos elegantes e fortes. A sensação é de que o mundo se inclina e sai do eixo.

No corredor, os outros aguardam, abatidos e preocupados. Tiger chorou até não poder mais e continua encolhida contra a parede, apoiada no braço protetor de Miranda. Liz ainda está trancada no quarto. Carl e Rik de pé, amargurados, um de cada lado da porta feito sentinelas. Topher anda de um lado para o outro, parece possuído por demônios. A expressão no rosto dele causa medo.

— Que. Porra. É. Essa — ele cospe quando Danny e eu saímos do quarto e fechamos a porta.

— Ei, cara.

Danny levanta as mãos, mas eu peço que se cale. Cinco pessoas estão assustadas e de luto. Uma... Mas não posso pensar nisso. É surreal demais, horrível demais.

— Vamos descer para a sala de estar — digo —, acho que todos precisamos de um drinque.

Não são nem nove horas da manhã, mas sirvo uísque puro e todos bebem em silêncio, exceto Tiger, que deita no sofá tremendo, em um estado que só posso chamar de choque pré-catatônico.

— Então — diz Rik largando o copo —, o que aconteceu?

— Só um segundo — diz Miranda —, onde está Liz?

Sinto uma onda de pânico seguida por outra de racionalidade. Não é possível que alguém tenha matado Liz enquanto estávamos todos no corredor.

— Acho que está no quarto dela — respondo —, vou chamá-la.

— Sozinha, não — Danny rosna e me segue escada acima como cão de guarda, enquanto vou mancando pelo corredor para bater na porta do quarto de Liz.

— Quem é? — ouço a voz dela, tão assustada quanto eu.

— Sou eu, Erin, e Danny. Temos de conversar sobre isso, Liz. Sobre o que aconteceu. Precisamos tentar resolver o que fazer agora. Você pode vir?

Ouço o barulho da tranca, a porta abre bem devagar e Liz aparece muito pálida e com olheiras fundas. Parece apavorada, como se não quisesse descer e encarar seus colegas de jeito nenhum, e não posso condená-la por isso. Sinto a mesma coisa. Mas é o que precisamos fazer.

Quando chegamos lá embaixo, Miranda já acendeu o fogo e Rik serviu outra rodada generosa de uísque para todos. Sinto vontade de dizer qualquer coisa sobre o risco de acrescentar mais álcool a essa mistura, mas, como fui eu que sugeri a bebida inicialmente, acho que não tenho o direito de me opor.

— Então, o que aconteceu? — Rik pergunta outra vez, oferecendo um copo para Liz.

A voz dele beira a agressividade, mas acho que é medo.

— Não me diga que ela simplesmente morreu dormindo.

— Não vou dizer — respondo, baixo, e todos ficam em silêncio imediatamente. — Ela teve o que chamam de hemorragia petequial. Sabem o que significa?

Todos na roda balançam a cabeça, menos Carl, que faz que sim.

— Pontinhos vermelhos, certo? É, eu assisto CSI. Pode perguntar.

— Exatamente. Pontinhos vermelhos de vasos estourados na pele. Em geral significa que a pessoa morreu de algum tipo de asfixia, sufocada ou enforcada. Nesse caso, como não havia nenhuma marca no pescoço, acho que Ani deve ter sido sufocada enquanto dormia.

— Ai, meu Deus — geme Miranda, que cobre o rosto com as mãos.

— Ela... ela sabia de alguma coisa — diz Liz bem baixinho, e tenho de pedir silêncio para os outros para ouvir o que ela está dizendo. — Ela foi ao meu quarto ontem à noite para tentar me persuadir a não dormir sozinha. Quando perguntei por que ela ainda estava acordada, disse que estava com uma coisa na cabeça, algo que tinha visto... Implorei para que me contasse... — ela interrompe a frase, com a voz embargada.

É praticamente o mais longo discurso que ouvi de Liz, e ela se encolhe quando todos os olhares se concentram nela.

— Ai, que merda. — Danny se zanga, levanta e não consegue conter o que sente. — O que foi que Erin disse para vocês? Se souberem de alguma coisa, contem para alguém!

— Eu sei! — diz Liz com voz de choro. — Implorei para ela falar, pedi mesmo, mas ela disse que não tinha certeza...

— Tiger — Miranda sacode Tiger suavemente —, Tiger, Ani disse alguma coisa para você ontem à noite antes de dormir?

— Eu estava dormindo. — A voz de Tiger está falhando e muito rouca.

É difícil entender o que ela diz, as palavras estão partidas, quebradas. Eu consigo entender "sinto muito... dormindo... tomei sonífero..."

— Espere aí, você toma remédio para dormir? — pergunto.

Olho para Danny, ele ergue uma sobrancelha e sei o que está pensando, o mesmo que eu, os comprimidos amassados no café de Elliot. Tiger dá um suspiro de choro.

— Normalmente não, mas não conseguia dormir. Desde que cheguei aqui. Comecei a tomar no primeiro dia. Eva disse que era a altitude e me deu alguns dos seus comprimidos.

— É verdade — diz Miranda olhando em volta, procurando apoio. — Foi depois do café da manhã naquele primeiro dia, eu me lembro dessa conversa. Rik, você ouviu, não é?

— Desculpe — diz Rik dando de ombros, na defensiva —, tenho certeza de que você está certa, mas eu não lembro.

— Estávamos todos lá — insiste Miranda —, foi logo antes de irmos para a sala de reunião. Eva disse para Tiger que parecia que ela não tinha dormido e Tiger confirmou que não tinha mesmo. E Eva disse que era a altitude. E completou: "lembre-me de te dar uns comprimidos para dormir." Carl estava lá também, e Liz. E Topher.

— Eu também não lembro. Acho que estava ocupado demais pensando na apresentação — diz Topher bruscamente. — O que está querendo dizer?

Ele está irritado, deve achar que Miranda está tentando responsabilizá-lo por alguma coisa. Mas eu sei por que Miranda está insistindo tanto nisso. Ela sabe que Tiger é a primeira suspeita da morte de Ani. Tiger estava no quarto quando Ani foi sufocada e não acordou. O que é bem improvável, a não ser que tenha tomado remédio para dormir. Miranda está tentando mostrar que todos sabiam disso. Que qualquer pessoa poderia aproveitar o estado de Tiger para entrar no quarto e matar Ani enquanto Tiger dormia. De certa forma, eu a admiro por isso, ela está defendendo a colega diante de uma evidência horrível.

Mas ainda tem a questão da porta trancada.

— Quem chegou primeiro ao quarto de Ani? — pergunto.

— Fui eu — diz Topher.

Ele está de pé, encostado na lareira e, nesse momento, cruza os braços.

— Mas estava trancada. Você viu — ele diz e vira para Danny, que confirma dando de ombros.

— Eu tentei abrir a porta, sim. Estava trancada.

— Então como foi que alguém entrou? — Topher pergunta. — Com uma chave mestra? Quantas dessas coisas têm aqui?

— Só duas — eu digo e mostro a minha. — Essa ficou comigo a noite toda. Tenho certeza disso. Danny?

Mas Danny está preocupado, batendo nos bolsos.

— Pensei que a minha estava aqui. Essa é a roupa que eu estava usando ontem. Eu pensei... Espere aí.

E, sem esperar que alguém o acompanhasse, ele se levanta num pulo e sai da sala.

— Danny! — chamo.

— Só um segundo — diz ele.

Todos ficam em silêncio. Meu coração bate rápido demais mesmo sabendo que é irracional. Estamos todos aqui. Estou vendo todos eles agora. Mas isso está começando a parecer o *Senhor das moscas*.

Quando Danny volta, está muito sério e olha para mim como se dissesse que não está gostando do que vai falar.

— Bem, não tem por que disfarçar — diz ele —, minha chave desapareceu. Alguém a furtou.

— Puta merda — diz Rik, a voz como um tiro no silêncio. — Puta merda! Quer dizer que alguém tem acesso a todos os quartos da casa? Que ninguém consegue trancar suas portas?

— É por aí — diz Danny, desanimado.

— Você — Topher cospe — é um idiota irresponsável, tinha o dever de cuidar de nós e...

Danny levanta para ficar cara a cara com Topher.

— Não use esse tom comigo, cara.

— Isso é muito conveniente para você, não é? Antes, se alguém conseguisse entrar em qualquer um dos quartos, você e Erin seriam os principais suspeitos, mas agora você inventou...

— Eu não inventei nada — Danny rosna —, e trate de não meter Erin e eu nisso. Não fizemos nada e nunca tivemos problema até vocês aparecerem e começarem a se matar. Não conhecemos nenhum de vocês. Então o fato de que um dos seus funcionários furtou a minha chave...

— Bom, isso é outra coisa — diz Topher com raiva. — Quem é exatamente Erin? Porque ela me parece meio superqualificada para uma *hostess*, se quer saber minha opinião. Essas "petecas", sei lá o que, isso faz parte do treinamento do chalé de esqui?

Merda. Eu sabia que ia dar nisso. Suspiro e levanto também, apoiada na perna boa.

— Não. Não é. O fato é que... — Olho para Danny me perguntando se vou conseguir me safar dessa. — A verdade é que estudei medicina antes de vir para cá. Larguei a faculdade, mas é por isso que sei das petéquias.

— Mas não é só isso, é? — Topher cutuca. — Ando intrigado desde que cheguei aqui. Eu conheço você. Sei que conheço.

Merda. Merda.

Não dá mais para ficar enrolando.

— Sim, você deve me conhecer, sim. Meu sobrenome é FitzClarence. Meus amigos me chamam de Erin, mas esse é meu segundo nome.

— Eu sabia! — Topher grita triunfante — Eu sabia que a conhecia. Dorothea FitzClarence. Estudei com seu irmão, Alex... aquele que...

Ele para e eu assinto relutante, porque não há nada mais que eu possa fazer.

— O quê? — diz Danny, em choque. — Erin, que história é essa? Dorothea... você o quê?

— Deixe-me apresentá-los — diz Topher com maldade — a Lady Dorothea de Plessis FitzClarence, filha mais jovem do Marquês de Cardale.

LIZ

ID no Snoop: ANON101
Ouvindo: off-line
Assinantes snoop: 1

Vejo os cenhos franzidos naquele círculo e percebo que não sou a única muito confusa. Erin parece bastante abalada. Topher parece satisfeito. Mas todos os outros parecem tão espantados quanto eu. O que acabou de acontecer? O que isso tem a ver com a morte de Ani?

Não há tempo para descobrir. Danny gira tão rápido que derruba uma cadeira fazendo um barulhão e quebrando um copo de uísque.

— Danny — Erin chama, desesperada.

— Sua mentirosa... — ele diz já de costas para ela e sai da sala.

Erin olha furiosa para Topher.

— Muito obrigada — diz ela, e também sai mancando atrás de Danny.

— Rá — diz Topher, sentando numa poltrona com ar de satisfação.

— Topher, o que foi tudo isso? — pergunta Miranda, espantada. — Ani está morta, pelo amor de Deus. Você esqueceu?

— Não — diz Topher na defensiva, mas acho que esqueceu, sim, só por um ou dois minutos. — Não, de jeito nenhum. Me magoa muito você insinuar isso, Miranda. Mas eu já não aguentava mais aquele chef abusado espalhando acusações. Não somos as únicas pessoas escondendo coisas.

— Fale por você, cara! — diz Carl. — Eu não estou escondendo nada! Que raio tem a ver se Erin é mais refinada do que deixa transparecer?

— Porque ela tem interesse nesse jogo também — sibila Topher zangado. — Estou de saco cheio desses dois bancando os maiorais.

— Eu me lembro do Alex FitzClarence — Rik fala devagar —, ele estava duas turmas abaixo da nossa. Ele não... ele não morreu alguns anos atrás?

— É ele mesmo — diz Topher —, era um cara legal, aliás. Mas não era essa a questão, o que eu queria mostrar é que Erin está um pouco mais envolvida nisso do que parece. E o que aconteceu com o Alex...

Ele para de falar. De repente sua expressão muda e ele agarra o braço de Rik com tanta força que o funcionário faz uma careta. Parece que recebeu um presente de Natal muito generoso.

— Esperem um segundo. Alex morreu em uma avalanche. Com o melhor amigo.

— O que você está falando? — Rik parece desconfiado.

— Lembro que li sobre isso no boletim. Alex FitzClarence morreu numa avalanche nos Alpes com seu melhor amigo Will Hamilton. A única sobrevivente foi a namorada de Will, Erin FitzClarence.

— Topher... — Miranda está tão assustada quanto Rik agora. — Topher, aonde quer chegar?

— Estou dizendo que essa não é a primeira vez que nossa pequena Erin se envolve num acidente fatal de esqui.

ERIN

ID no Snoop: LITTLEMY
Ouvindo: off-line
Assinantes snoop: 10

— Danny! — ninguém responde, mas sei que ele está lá dentro. — Danny, por favor, eu sinto muito. Por favor, deixe-me explicar.

Bato na porta pela vigésima ou trigésima vez, mas já sem muita esperança. É óbvio que ele não quer abrir.

Mas, então, ele abre.

— É melhor que isso seja bom — ele diz, e a expressão em seu rosto é tão furiosa que me faz recuar.

— Danny, eu sinto muito — repito, desesperada.

— Você disse que ia explicar — ele cruza os braços, mal controlando a fúria —, então comece. Explique. Explique por que mentiu para mim.

— Eu não menti para você...

Ele tenta fechar a porta na minha cara.

— Ei! — eu grito e instintivamente ponho o pé na fresta, esquecendo que é o pé do tornozelo ruim.

A porta esprime meu pé e solto um grito de pura agonia. Danny cobre a boca com as mãos.

— Que merda, Erin, desculpe... sinto muito... está tudo bem! — ele berra, sabendo que os outros devem ter pulado de susto, em pânico, achando que o pior tinha acontecido. — Erin está bem, ela só bateu o tornozelo.

— Estou bem — grito com a voz meio rouca, piscando para afastar as lágrimas de dor que brotaram e, seja porque acreditaram em nós, ou porque não ouvem nada do outro lado da porta dos quartos da equipe, ninguém chega correndo.

De qualquer forma, alguma coisa se partiu no impasse entre nós, porque Danny abre mais a porta e inclina a cabeça para a cama dele.

— É melhor entrar e tirar o peso desse pé.

Entro mancando e me sento.

Ficamos em silêncio um bom tempo.

— E aí? — Danny finalmente pergunta.

Cada músculo do corpo dele berra antagonismo, mas pelo menos ele me deu a chance de explicar.

— Você tem razão, mesmo não tendo mentido para você, eu não contei exatamente a verdade.

— Achei que fôssemos amigos.

A raiva está diminuindo no rosto bondoso e quase aos prantos, mas o que resta é pior, mágoa e perplexidade.

— Eu pensei... Eu pensava que você e eu estivéssemos do mesmo lado.

— E estamos... estamos! — respondo, desesperada. — Isso não muda nada. Tudo que contei para você, sobre mim, sobre largar a faculdade, tudo isso é verdade. Eu só não contei por quê.

— Então por quê? — questiona Danny.

Ele cruza os braços e recosta na pequena cômoda, transmitindo, com sua linguagem corporal, que não vai ser fácil para mim. Eu tenho de cavar muito para sair desse buraco.

Engulo em seco. Não conversei com ninguém sobre isso, desde os dias e semanas de pesadelos depois do acidente. Mas devo ao Danny a verdade.

— É verdade que meu pai é marquês, mas sinceramente, Danny, soa muito mais importante do que é. Ele não mora em um castelo. Minha família não é particularmente rica. Alex foi para o internato dos ricos, mas eu estudei na rede pública porque meus pais não podiam pagar duas mensalidades. Eu não sou diferente de você.

Ele olha para mim quando digo isso, como se comentasse, "claro que é, porra", e eu faço uma careta, sabendo que ele tem razão. Danny foi criado em uma propriedade do governo na periferia de Portsmouth, filho único de mãe solteira que lutou anos a fio para pagar as contas. Ele melhorou de vida por conta própria, sem ajuda de ninguém. Por mais longe que tenham caído as fortunas FitzClarence, nossa criação foi diferente e a verdade é essa. Fingir qualquer outra coisa é ofensivo.

— Ok, desculpe, isso foi bobagem. Não era o que eu queria dizer. Eu só disse... estou tentando explicar...

Paro e apoio a cabeça nas mãos. Isso é tudo que eu preciso... Danny era a única pessoa do meu lado, a única pessoa em que eu sentia que podia confiar. Será que realmente estraguei tudo isso, graças ao Topher?

— Quando eu tinha dezenove anos — recomeço, mais devagar dessa vez —, fui esquiar nas férias com o meu namorado Will e com meu irmão Alex, o melhor amigo do Will. Estávamos esquiando fora das pistas e fizemos uma burrice. Fomos pegos por... — Engulo em seco, não sei como falar disso, como explicar o horror do que aconteceu, palavras não bastam. — Fomos pegos por uma avalanche — consigo dizer finalmente —, que nós provocamos. Estávamos todos com o kit de avalanche, mas Alex não conseguiu disparar o dele. O de Will foi implantado, mas não o salvou, ele ficou enterrado muito fundo e eu não consegui cavar e tirá-lo de lá a tempo. Eu fui a única sobrevivente.

Não consigo mais falar. Não consigo descrever aquelas horas de pesadelo na montanha, chorando enquanto cavava com as mãos congeladas e sangrando as camadas compactas de neve para alcançar Will, preso de cabeça para baixo sob mais de cinquenta quilos de neve e gelo. Eu cavava e chorava, chorava e cavava, usando qualquer coisa que encontrava na mochila, meu passe de teleférico, minha garrafa de água, qualquer coisa que substituísse uma picareta, porque meus bastões de esqui já tinham desaparecido, arrancados de mim em algum ponto da encosta lá em cima.

Era tarde demais. Eu sabia disso. Sabia antes mesmo de começar a cavar, eu acho, e, à medida que as horas iam passando, com toda aquela neve em volta, imóvel e silenciosa, eu tive força para aceitar isso. Mas, mesmo assim, continuei cavando. Não só por Will, mas pela minha sobrevivência. Porque Will tinha o sinal do localizador GPS na mochila dele. E, se eu não o ativasse, morreria assim como ele.

A equipe de busca e resgate acabou nos encontrando. Ou melhor, eles me encontraram. Quando chegaram, eu estava com hipotermia, com o corpo de Will nos braços. O corpo de Alex só foi resgatado na primavera seguinte.

— Eu não podia voltar — falo bem baixo —, você entende isso? Eu não podia voltar para a minha vida antiga. Era completamente sem sentido. Fui para casa para enterrar Will e depois voltei para as montanhas, no início por não suportar a ideia de sair sem o Alex e, depois, porque...

Paro de falar. O fato é que não sei por que fiquei. Só que não suportava ficar em casa, com a piedade dos meus amigos me sufocando e a terrível e avassaladora tristeza do luto dos meus pais. E parecia uma espécie de penitência ficar aqui na terrível e austera beleza dos Alpes, e continuar me forçando a olhar para as montanhas que mataram Will e Alex.

— É por isso que você não esquia fora das pistas — Danny diz, emocionado.

Ele olha diferente para mim agora. A raiva passou. Só resta um tipo de... pena. Machuca ver isso no rosto dele, então viro para o outro lado e meneio a cabeça.

— Sim, é por isso. Ainda adoro esquiar, o que é perverso, eu sei. Meus pais acham que sou louca. Meu pai me chamou de masoquista quando aceitei esse emprego. Mas não consigo deixar as montanhas, e ninguém vive aqui o ano todo sem esquiar. Mas acho que nunca mais vou esquiar fora das pistas.

— Que merda, Erin. Por que não me contou?

Danny pergunta, mas não como se esperasse resposta. Acho que ele sabe que não foi porque eu não queria contar para ele, foi porque eu não suportaria ser uma vítima para ele também.

Ficamos em silêncio, ele me abraça, encosto o rosto no seu ombro quente e musculoso e fecho os olhos sentindo o cheiro bom dele, de Danny. Minhas lágrimas molham a lã macia e gasta do suéter dele.

— Quer dizer que você é da elite? — ele provoca com uma risadinha gostosa, respondo com uma risada nervosa e levanto a cabeça, secando as lágrimas do meu nariz com a manga. — Seu lugar é lá embaixo, com aquele pessoal, não aqui em cima nos quartos dos empregados, com a ralé.

— Não é, não! — digo com mais ênfase do que pretendia, e Danny ri outra vez, mas falo sério. — Não mesmo, Danny, meu lugar não é mais com eles. Nem tenho certeza se um dia já foi. O que eles defendem...

Interrompo a frase pensando no Topher e na sua vida confortável, endinheirada, com tudo dado para ele de bandeja, ele que nunca teve de ralar por nada, nunca precisou engolir sapo do chefe no trabalho, nem recolher a roupa de baixo suja de um estranho, nem cumprir nenhuma das tarefas humilhantes, os empregos entediantes que são rotina para o restante de nós.

Concluo que eles são arrogantes, Liz e Carl talvez não tanto, mas todos são sim, até certo ponto. São protegidos pela magia de suas ações da empresa e seus status e suas PI — propriedade intelectual. Acham que não há nada acima deles, como eu costumava achar.

Só que agora aconteceu. Agora a vida os pegou de jeito. E não vai largar.

LIZ

ID no Snoop: ANON101
Ouvindo: off-line
Assinantes snoop: 1

— Você está dizendo que Erin está por trás disso?

Miranda parece cética. Ela cruza os braços e encara Topher semicerrando os olhos pretos. Topher se defende.

— Não. Não, não foi isso que eu disse... eu apenas...

— Mas foi o que insinuou — diz Miranda.

Percebo uma coisa: Miranda não gosta de Topher. Não sei por que não tinha notado isso até agora. Talvez pelo fato de ser tão formal e educada. Agora não está se esforçando para esconder sua opinião.

— Só estou dizendo que uma vez é azar, duas vezes é uma baita de uma coincidência. Em quantas mortes de esqui alguém pode se envolver?

— Ah, por que não paramos com essa ladainha? — diz Miranda, irritada. — Todos nós sabemos por que você está tão desesperado para lançar suspeitas sobre as outras pessoas.

— O que você está sugerindo? — diz Topher, e a voz dele soa perigosa de repente.

— Não estou sugerindo nada — diz Miranda.

Ela chega perto dele. Mesmo sem salto alto, eles têm quase a mesma altura.

— Estou afirmando os fatos. A maioria das pessoas nessa sala já ia ganhar muito dinheiro antes da morte de Eva. Poucas tinham motivo para querer Eva fora da jogada. Você era uma dessas.

Rik e Carl trocam olhares nervosos. Nenhum dos dois toma a iniciativa de defender Topher.

— Primeiro, isso é uma porra de uma calúnia e segundo, você está falando da minha melhor amiga.

Topher começa a ficar furioso, mas então Tiger levanta a cabeça e diz alguma coisa. É quase inaudível, mas todos se viram para ela, e Topher para no meio da frase.

— O que você disse? — Miranda dá meia-volta, e Tiger se endireita, afastando o cabelo da testa, com o rosto manchado de vermelho e branco.

— Ela disse alguma coisa... — ela repete com a voz ainda embargada e rouca de tanto chorar.

— Quem? — Rik se aproxima e ajoelha ao lado dela.

Ele agarra o braço de Tiger com expressão aflita. O gesto é mais brusco do que pretendia, porque ela faz uma careta.

— Quem disse o quê? — ele pergunta.

— Ontem à noite, a Ani. Acabei de lembrar. Ela disse alguma coisa. Tentou me acordar, mas eu estava... — ela engasga tentando controlar os soluços de choro. — Ela disse: "Eu não a vi." Se eu tivesse acordado direito... se não tivesse tomado aquele calmante... — ela não consegue mais falar, e duas lágrimas escorrem em seu rosto.

— Tiger — diz Miranda abaixando ao lado de Rik —, você tem certeza disso? Antes você disse que não tinha acordado.

— Eu sei, sei que disse isso, mas estava enganada, agora eu lembro, lembro que ela me sacudiu. Lembro-me do que ela disse.

Miranda olha intrigada para Rik e ele sacode os ombros discretamente em resposta.

— Ora... — diz Topher com uma nota de triunfo na voz. — Ora, ora, ora... Eu não *a* vi. Quem tem motivo agora para falar mal dos outros, Sra. Khan? Afinal de contas, parece que isso exclui a metade da sala, não é?

— O que exclui metade da sala? — pergunta uma voz grave vinda do hall de entrada.

Todos viramos para ver Danny e Erin parados na porta, lado a lado. Erin parece que andou chorando. Não tenho certeza se fizeram as pazes completamente, mas devem ter sanado suas diferenças a ponto de formar uma frente unida. Topher parece meio irritado.

— Tiger afirma que... — Miranda começa a explicar, mas Tiger interrompe com um soluço de raiva.

— Eu não afirmo nada. Tenho certeza de que ouvi quando ela falou. Ani tentou me contar alguma coisa ontem à noite, ela sacudiu meus ombros e disse: "Eu não a vi." Só que eu não acordei completamente. Mas isso encaixa com o que Liz disse, que Ani tinha alguma coisa que estava tentando resolver, algo que não tinha certeza.

— Eu não a vi — repete Erin lentamente. — Tem certeza disso, Tiger?

— Sim — diz Tiger, com mais ênfase desta vez —, sim, eu estava deitada no sofá agora mesmo repassando a noite passada, pensando se tinha ouvido alguma coisa, e de repente me lembrei de Ani chegando ao meu lado e sacudindo meus ombros. Foi como um flashback.

— Quer dizer então que estamos procurando uma mulher, não é? — diz Topher satisfeito com ele mesmo. — "Não *a* vi", foi o que Tiger disse. Ani estava tentando descobrir alguma coisa sobre uma das mulheres do grupo.

Ele olha feio para Miranda.

— Não necessariamente... — diz Danny pensativo, franzindo a testa e coçando a cabeça. — Talvez ela não estivesse falando do assassino. Ani foi a única pessoa que viu Eva na pista. Certo? Carl era a única outra pessoa no bondinho, e ele não a viu, certo?

— Certo — diz Carl. — Mas o que você conclui?

— Concluo que Ani pode ter descoberto que se enganou. E se Eva nunca desceu aquela pista esquiando afinal?

— Mas ela desceu, sim — diz Miranda exasperada —, o programa de busca do Elliot prova isso.

— Prova que o celular dela está lá — diz Danny —, mas a única prova que tínhamos de que Eva estava com seu celular naquela pista era o fato de Ani ter visto. E se ela descobriu que estava enganada? E se... Olhem só, que tal isso... E se Eva forjou a própria morte?

Essa última sugestão provoca uma comoção geral. O grupo se anima. Querem acreditar nisso. A sugestão de Danny é uma solução que não precisa de assassino, e todos devem estar querendo muito que seja verdadeira.

Mas tem um problema. Na verdade, dois problemas. É uma solução que não explica as mortes de Elliot e de Ani. Não se sustenta nem um minuto.

Eles chegariam a essa conclusão se pensassem um pouco. Mas posso ver que não estão pensando.

Falar na frente de todos eles faz meu estômago revirar, mas preciso dizer alguma coisa. Não posso ficar calada.

— Eva estava naquela pista — afirmo com relutância —, eu a vi também.

Todos olham para mim. Aqueles olhares são como projéteis. Enrubesço. Sinto vontade de afundar no chão.

— O que você disse? — pergunta Miranda como se me acusasse.

— Eu disse que também vi Eva. Eu estava no bondinho descendo e também a vi esquiando na pista, mais acima de onde Ani viu. Eu vi. Ela estava na La Sorcière. Ani não se enganou. Ela devia estar falando de outra coisa.

— E você não achou que devia mencionar isso antes?

— Eu não... não parecia...

Paro de falar.

— Não falava de outra coisa. Falava de outra pessoa — diz Danny friamente, e todos ficam em silêncio.

O grupo se entreolha. Estamos todos pensando na mesma coisa. Se Tiger está certa, Ani podia estar falando de poucas pessoas. Topher cruza os braços. A expressão dele diz "é a sua vez" para Miranda.

— Tiger, você tem certeza? — pergunta Miranda, agora com um tom de desespero na voz. — Tem certeza absoluta de que Ani se referiu a uma mulher?

— Tenho certeza — afirma Tiger, determinada.

Agora o silêncio se prolonga. Miranda levanta e sai da sala.

— Eu não ligo — ela diz quando sai. — Não me importo com o que Ani disse. Uma pessoa nessa sala tinha motivo para querer a morte de Eva. Uma pessoa. Parem de fingir que isso não é verdade!

E aí restam apenas silêncio e as batidas do salto dela nos degraus da escada quando sobe correndo para o quarto.

Depois que ela sobe, o silêncio constrangedor permanece. Topher continua encostado no mantel da lareira, furioso e aflito. Rik parece estar sendo rasgado ao meio. Tiger fica encolhida com a mão sobre o rosto. Erin e Danny parecem tremendamente incomodados. Carl rompe o silêncio.

— É, mas ela está certa, não está?

É como se a voz dele quebrasse um tipo de encanto, Topher se endireita e vira para a porta.

— Foda-se — diz ele —, não vou mais fazer isso.

— O que você quer dizer? — Rik olha fixamente para ele, confuso. — Não vai mais fazer o quê?

— Isso. Não vou ficar aqui sentado feito uma merda de sapo na panela de pressão. Eu não matei Eva, por mais que Miranda e Carl queiram acreditar, e certamente não matei meu melhor amigo, nem nossa assistente pessoal. E não vou ficar aqui esperando para provar isso sendo a próxima pessoa a ser assassinada. Vou dar o fora. Vou descer fora da pista até St. Antoine le Lac.

— Você está louco — diz Rik —, a pista está destruída, há árvores e pedras por todo lado. E olhe o tempo, pelo amor de Deus! Você vai morrer congelado.

Topher dá de ombros.

Fazem uma breve pausa.

— Você está louco! — repete Rik, desesperado, então diz: — Eu vou com você.

ERIN

ID no Snoop: LITTLEMY
Ouvindo: off-line
Assinantes snoop: 10

É quase meio-dia, e o grupo passou a última hora ou mais discutindo a decisão de Topher, indo e voltando sobre a estupidez, ou não, da ideia. Topher, por sua vez, está se preparando com muita determinação. Até o momento, ele já está com a mochila de avalanche, água, lanterna, algumas barras de cereal, uma corda, e procura uma pá, mas não tenho certeza de como imagina usá-la. Se houver mais uma avalanche, a pá na mochila não vai salvá-lo. Só que, se ele não conseguir chegar a St. Antoine antes de anoitecer, vai precisar de um abrigo, então talvez nem seja uma má ideia. Há táticas de sobrevivência piores do que um abrigo de neve.

Mas, acima de tudo, ele parece determinado a simplesmente ir embora, por mais idiota ou arriscado que seja seu plano. A afirmação de Miranda foi o gatilho para uma coisa que as pessoas se recusavam a encarar: Topher é, sim, a pessoa que mais se beneficia com a morte de Eva. Ele fica com tudo que sempre quis, controle exclusivo da Snoop. Rik e Liz, por outro lado, podem perder milhões de libras se a aquisição não acontecer, e não posso imaginar que Miranda e Carl sobreviverão a esse fim de semana com seus postos intactos.

Aconteça o que acontecer, é difícil acreditar que eles vão continuar trabalhando para Topher depois de praticamente acusá-lo de ser assassino. Algumas coisas não têm volta.

Então entendo por que ele sente que não pode continuar aqui. Como Inigo sentiu que não tinha escolha, que precisava ir quando o grupo se virou contra ele. O mais surpreendente é que Rik também parece decidido a partir, mas sinceramente não sei o que Topher pensa sobre isso. Ele tentou dissuadir Rik, mas é difícil negar que duas pessoas terão mais chance do que uma. É uma descida traiçoeira, e, se alguém torcer o tornozelo, pode morrer sem um celular. Pelo menos com duas pessoas existe uma chance de procurar socorro.

Meio-dia e quinze, Rik e Topher estão no hall de entrada consultando o mapa em grande escala da estação que pregamos na parede e debatendo as possíveis rotas, quando Tiger desce a escada em caracol. Ela está paramentada para esquiar e parece decidida.

— Vou com vocês também — ela diz sem preâmbulo.

Topher franze a testa.

— Tiger...

— Não, não tente me impedir. Esquio tão bem quanto você na snowboard e sou melhor do que o Rik — ela diz sem falsa modéstia —, e não posso ficar aqui depois do que... — ela engole em seco, para e tenta de novo — de-depois do que aconteceu...

Mas não consegue terminar a frase. Vejo que, sob o casaco maior do que ela, está de punhos cerrados.

Rik e Topher se entreolham, e não sei o que estão pensando. Tiger ainda é a pessoa que teve a melhor oportunidade para matar Ani, essa parte é inquestionável. As duas estavam trancadas no quarto e nenhuma delas acordou. Mas ela também foi muito específica sobre as últimas palavras de Ani, que afastavam a suspeita de Topher, coisa que parece um comportamento estranho para uma assassina. Além do mais, Rik e Topher são homens grandes, cada um deles deve pesar quase o dobro de Tiger. Se Tiger fosse a assassina, não conseguiria dominar um deles, que dirá os dois. Por outro lado, e quase posso ver Rik e Topher calculando isso mentalmente, se um deles for o assassino, não é melhor ter uma terceira pessoa de testemunha?

Esse raciocínio surreal faz com que eu tenha de abafar uma risada histérica e depois cubra a boca com a mão.

— O que você disse? — pergunta Rik, virando para mim de testa franzida, e eu balanço a cabeça.

Lágrimas escorrem dos meus olhos, mas não posso contar por quê.

— Nada. Desculpe. Ignorem-me.

— Tudo bem, você pode vir — diz Topher bruscamente para Tiger.
— Rik.

Viramos para a voz que vem do andar de cima e vemos Miranda descendo a escada. Está pálida, mas segura. Rik se desespera. Sabe o que está por vir e já começa a balançar a cabeça.

— Rik, você não pode fazer isso — diz Miranda.

Sua voz áspera parece embargada. Ela segura o braço dele, aperta os dedos no casaco.

— Isso é a maior estupidez.
— Miranda, sinto muito — diz Rik.

A voz dele, grave, soa muito baixa, ele tenta manter isso só entre os dois, mas é impossível, estamos todos muito próximos.

— Eu não quero ir... mas não podemos ficar aqui sendo mortos assim, um por um. Acho que Topher está certo. Precisamos chegar até a polícia.

— Mas não com ele — ela sussurra, só que a acústica naquela sala é excelente, eu consigo ouvir, por isso tenho certeza de que Topher também consegue —, por favor, por favor, estou implorando. Não vá com ele. Tenho medo de que você não volte.

— Mir...
— Nós vamos juntos. Vou botar meus esquis...
— Você não esquia tão bem assim — ele sussurra para ela —, por favor, querida, acredite em mim, eu a levaria se pudesse, mas é muito...
— Não vou ficar aqui sem você!
— Ei, e o outro chalé?

É Carl parado na porta da sala de estar com as mãos nos bolsos. Miranda franze a testa, surpresa, claro.

— Que outro chalé?
— Aquele chef, Danny, ele não ia caminhar até algum outro chalé mais cedo? Antes de tudo isso começar.

Faço que sim com a cabeça.

— Ele ia — respondo —, é o Chalet Haut Montagne. É uma cadeia de chalés com mais chance de estar ocupada do que os dois que ficam mais perto daqui, mas é uma boa caminhada de uns seis ou sete quilômetros subindo o vale. Por isso, ele deixou para tentar por último.

— Estão vendo? — diz Carl, triunfante. — Seis ou sete quilômetros é nada. Dá para fazer em uma manhã.

— Eu não diria que é nada — explico. — Para começar, não é caminhar, tem de ser com raquetes de neve nos pés, e isso é uma habilidade completamente diferente. Com a avalanche e sem mencionar quase uma semana de neve sem limpeza... eu diria que levaria umas três horas com raquete de neve. Talvez mais, se vocês nunca fizeram isso.

— Acho que é uma aposta melhor do que a estação de St. Antoine — diz Carl. — Quer dizer, fica a o quê, uns vinte e sete quilômetros? E íngreme à beça. Se perder um esqui naquela pista cheia de pedras, vocês estão ferrados.

— Eu não vou perder um esqui — rosna Topher. — Para começo de conversa, faço snowboard, não esqui. Além disso, sou bastante competente. De qualquer forma... o que vai acontecer se chegarmos ao chalé e estiver fechado? Voltamos à porra da estaca zero. Pelo menos sabemos que na estação tem gente que pode nos ajudar. Não, eu já resolvi e vou seguir meu plano.

A irritação dele não afeta Carl, que apenas dá de ombros.

— Talvez não seja uma escolha.

Silêncio geral, todos intrigados.

— Por que não? — Rik acaba perguntando.

— Estou dizendo que não é uma situação de escolher isso ou aquilo. Olhem só, os melhores esquiadores, você, Toph e Tiger, tentam chegar à cidade e dar o alarme lá. O restante de nós vai até o chalé. Quem conseguir alguma coisa envia um grupo para resgatar os outros.

Realmente... não é um plano ruim. Vejo Topher e Rik olhando um para o outro, pensando nessa possibilidade, chegando à mesma conclusão. Finalmente, Topher meneia a cabeça, como se Carl estivesse pedindo permissão, embora eu não ache que estivesse. Já passamos muito do ponto em que Topher tinha esse tipo de autoridade.

— Sim, está bem — diz ele meio irritado, cedendo ao inevitável.

— Miranda? — diz Rik, e ela dá de ombros, desanimada.

— Acho que sim... Se não vai me levar com você, isso é melhor do que eu ficar aqui esperando sentada.

— Liz? — diz Carl. — O que acha?

Liz hesita por um segundo, confusa, como se estivesse espantada de ser chamada pelo nome. Fica um tempo sem reagir, como um animal assustado e paralisado sob o facho de luz do capacete da atenção de Carl.

Então, abre um sorriso minúsculo e meneia a cabeça trêmula, sem firmeza.

Pela primeira vez naqueles dias, sinto uma fagulha de esperança no peito.

Talvez tudo fique bem.

Talvez tudo realmente dê certo.

LIZ

ID no Snoop: ANON101
Ouvindo: off-line
Assinantes snoop: 1

Depois de tantos dias reagindo a acontecimentos, ter um plano é uma sensação boa. No meu quarto, visto meu macacão azul desbotado e calço meias e luvas de esqui. Meu capacete e óculos estão lá embaixo no vestíbulo. Vou pegá-los quando estivermos prontos para sair. Uma espiada pela janela me diz que não vou precisar de óculos escuros. É meio-dia, mas está quase escuro. O sol mal permeia as nuvens e o vento uiva como algo querendo entrar.

Quando acabo de me vestir, sinto, pela primeira vez em dois dias, calor, fico esbaforida. É estranho sentir calor demais de novo, depois do gelo no chalé. Eu me jogo na cama e fico alguns minutos recuperando o fôlego.

Agora que está quase no fim, posso me lembrar do pesadelo acordado dos últimos dias. Como chegamos a isso? Como? De todas as formas que eu esperava que fosse essa semana, nunca imaginei aquele horror.

Vou ticando mentalmente a macabra lista de chamada de escola.

Eva — morta.

Elliot — morto.

Inigo — desaparecido e só Deus sabe o que aconteceu com ele. Será que chegou a St. Antoine? Ou está caído congelado com hipotermia em algum barracão isolado, longe da pista?

Ani — morta.

Só sobramos nós seis. Eu, Rik, Miranda, Carl, Tiger e Topher.

Topher. Tudo sempre volta para ele. Porque é verdade o que Miranda disse, por mais que muita gente tente ignorar o fato, Topher tem um motivo muito forte para querer a morte de Eva. Aliás, ele tem o melhor motivo entre todos aqui.

A ideia devia me dar uma dor no coração. Topher, que me contratou entre outras recém-formadas magricelas e eficientes e que me deu minha primeira chance. Topher que me defendeu, ficou do meu lado e garantiu que eu recebesse aquelas ações que, desde então, estão penduradas no meu pescoço feito um albatroz. Topher, a razão de eu estar aqui.

E talvez seja por causa desse último fato, mas meu coração não dói. Não sinto nada, absolutamente nada.

Porque Topher é a razão de eu ter sido arrastada para isso, para algo que eu nunca quis e nunca pedi. Topher e Eva, os dois me empurrando, me puxando, me manipulando como uma peça de xadrez em sua batalha pelo controle da empresa Snoop.

Eu sei o que Topher pensou quando me deu aquelas ações. Ele achou que estava entregando dois por cento da empresa para alguém que ele podia controlar. Eu era sua apólice de seguro, caso Eva e Rik um dia se unissem contra ele. Uma maneira de inclinar a balança a favor dele.

Topher pensou que eu seria como massinha de modelar nas mãos dele. Macia. Maleável. Dócil. E pensou assim por conta do tipo de pessoa que ele via, alguém submissa e reservada, que usava roupas feias, tímida demais.

No mundo de Topher, as pessoas são conchas duras e polidas, o exterior brilhante esconde a inadequação e as ansiedades que estão no interior.

Mas Topher cometeu um erro. Ele não entendeu que algumas pessoas são o contrário disso. Mas Eva... acho que Eva sabia disso. E talvez tenha sido isso que a matou, afinal.

ERIN

ID no Snoop: LITTLEMY
Ouvindo: off-line
Assinantes snoop: 10

São 13h. Todos estão reunidos no hall de entrada vestidos para esquiar, menos Liz. O grupo de Topher vai de snowboards, esquis e bastões. Miranda e Carl estão com raquetes de neve nos pés. E meu coração bate forte. Porque chegou a hora. Porque talvez esse longo pesadelo tenha chegado ao fim. Claro que um grupo terá sucesso, não é?

— Que diabos Liz está fazendo? — pergunta Miranda, irritada.

Ela está assim desde que Rik disse que ela não podia descer até a aldeia com eles. A ideia dos dois grupos é sensata e ela sabe que é, mas mesmo assim preferia estar com Rik, e percebo como fica olhando para ele o tempo todo.

— Estou aqui — diz uma voz tímida do topo da escada, e vemos Liz parada lá no topo da escada caracol.

Ela está com o macacão azul, tamanho maior do que ela, que usou no primeiro dia, segurando os bastões de esqui na mão com luva de lã. Usa um gorro com pompom e seus óculos estão embaçados. Parece que está com calor e suada, mas, como o resto de nós, aliviada de poder finalmente fazer alguma coisa.

Ela começa a descer, e então acontece. Alguma coisa... um bastão?... uma correia solta?... prende na balaustrada e ela tropeça. Seus pés calçados com meia voam pelo ar. Tenta segurar no corrimão, mas a luva escorrega e a madeira simplesmente desliza na lã sintética.

Impotentes, assistimos Liz despencar na escada em caracol com uma série de pancadas horríveis. Então cai no pé da escada, sinistramente imóvel.

LIZ

ID no Snoop: ANON101
Ouvindo: off-line
Assinantes snoop: 1

Não consigo respirar.

Fico lá caída com o pânico pulsando em mim, tentando respirar e fracassando. Não ouço meus estranhos suspiros que parecem de um peixe fora d'água.

— Liz! — grita Erin, que se aproxima mancando, pálida, e se abaixa ao meu lado. — Liz! Meu Deus, você está bem?

Não consigo responder. Não tenho fôlego para falar nem uma palavra. Faço um movimento com a cabeça que é meio sim, meio não. Se eu estou bem? Não tenho certeza.

— Puta merda. — Carl cai ajoelhado ao meu lado. — Liz? — Ele se vira para os outros. — Bem, pelo menos ela está viva. Consegue falar, Liz? — ele pergunta muito alto, como se eu estivesse surda.

— Acho que está só sem ar — comenta Erin.

Ela alisa minha testa. Resisto à vontade de afastar a mão dela. De qualquer modo, nem sei se poderia.

— Está tudo bem, não lute contra isso. Apenas tente respirar devagar. Vou contar com você. Um, dois, três, quatro, cinco... respire. E agora um, dois, três, quatro, cinco, e solte o ar.

Com Erin contando lenta e ritmicamente, eu consigo encher o pulmão de ar. E de novo. E acabo sentando, toda trêmula.

— Você está bem? — Erin pergunta outra vez. — Sente alguma dor?

— Meu joelho — consigo dizer.

Puxo a perna do macacão para cima, mas esqueço que estou de legging por baixo. Não dá para ver nada, mas sinto meu joelho quente. Erin aperta de leve e uma dor latejante sobe pela perna. Eu me encolho.

— Que merda — diz Rik com a voz trêmula —, pensei por um momento...

Ele para. Nem precisa falar. Sei exatamente o que ele pensou. Eu também pensei, por um segundo. Naquele instante éramos quase cinco.

Erin me ajuda a levantar. Estou tremendo.

— Você consegue andar? — ela pergunta.

Faço que sim com a cabeça e dou alguns passos mancando. Atrás de mim, Carl expressa preocupação.

— Bem, você não vai conseguir andar sete quilômetros na neve — ele não pergunta, afirma.

— Então nós vamos sozinhos? — questiona Miranda.

Agora é a vez de Rik ficar preocupado. Eu sei o que ele está pensando. Três pessoas deviam estar seguras juntas. Mas, se Carl for o assassino, ele está enviando Miranda para a neve sozinha com um criminoso.

— Eu não sei... — ele diz e Erin interrompe.

— Danny vai com vocês.

ERIN

ID no Snoop: LITTLEMY
Ouvindo: off-line
Assinantes snoop: 10

"Danny vai com vocês."

As palavras saem da minha boca antes que eu tenha tempo de avaliá-las, mas, assim que falo, sei que fazem sentido. Não se trata apenas do cálculo de enviar duas pessoas para a neve juntas. Danny conhece o caminho. Carl e Miranda não.

— O quê?

A voz vem de trás de mim. Dou meia-volta e vejo Danny lá parado, muito aborrecido comigo.

— Erin, podemos conversar, por favor? — ele diz, tenso. — Na cozinha?

Dou uma olhada para Liz, que está branca como um fantasma e que parece que vai cair a qualquer momento. Sigo Danny e, quando a porta vai e vem fecha atrás de nós, ele exclama.

— Você enlouqueceu? Nós já falamos disso. Eu não vou deixar você aqui com o tornozelo quebrado e um psicopata à solta.

— Não me referi a você sozinho — explico, procurando manter a voz baixa.

É esquisito articular nossas suspeitas assim, para todo o grupo ouvir.

— Eu quis dizer que vocês três devem ir. É óbvio, não é? Não posso acreditar que não pensamos nisso antes. Carl e Miranda não têm ideia para onde estão indo. Mesmo com um mapa, as rotas estão cobertas pela avalanche. É mais provável que eles acabem saindo do caminho, se embrenhando na mata e se perdendo. Você sabe onde é o chalé. Você fala francês. E sabe como andar com as raquetes de neve. Faz todo o sentido. Eles terão uma chance muito maior de chegar lá e voltar se você estiver junto. Eu ficaria tremendamente preocupada se os dois saíssem sozinhos.

— Ah — Danny fica surpreso, vendo a lógica do meu argumento —, então... o que vai ser, você e aquela Liz ficam aqui sozinhas?

— Isso mesmo. Pense, Danny, ela não vai a lugar algum com aquele joelho luxado, está tão inválida quanto eu. E, de qualquer maneira, ela nunca foi uma candidata a assassina. Não sabe esquiar, sabemos que ficou presa no bondinho quando Eva morreu e, entre todos aqui, ela tem um dos motivos mais fortes para não querer Eva morta. Quem sabe o que poderia acontecer com todos nessa situação da aquisição? No mínimo, devem perder seus empregos. Mas Liz não tem emprego para perder. E ela ganharia alguns milhões de libras com a aquisição. Esse é um contra-argumento muito poderoso.

— Sim... entendo isso... — Danny fala devagar.

— Por favor — eu digo e ponho a mão no braço dele —, Danny, faça esse favor. Leve Miranda e Carl para aquele chalé e conte para a polícia o que está acontecendo aqui. Não podemos ter mais uma morte, e não confio em Carl e Miranda sozinhos.

— Está bem — resolve Danny —, você deve estar certa. Eu vou pegar meu equipamento. Mas trate de trancar tudo quando a gente sair e não abra a porta para ninguém, exceto para mim ou a polícia. Entendeu? Não importa se Topher voltar se arrastando com uma história dramática de ter sido abandonado na neve pelo Rik. Não importa se alguma fivela de Tiger arrebentar. Trate de não deixar ninguém entrar. Nenhum deles. E sabe lá o que aconteceu com Inigo, mas não me agrada a ideia desse cara estar rondando à espreita por aí na neve, esperando todos saírem.

As palavras dele são uma ducha de água fria na minha cara. Inigo. Nós estávamos achando... *eu* estava achando que Inigo estava fora da cena agora. E se não estiver?

A preocupação quase me provoca náuseas, mas mantenho a cabeça erguida.

— Ficaremos bem. Mesmo se alguém aparecer, coisa que eu duvido, nós somos duas e essa pessoa é uma só. E estará lá fora na neve, congelando.

— É, então... — diz Danny, preocupado. — Desde que você tome esse cuidado, ok? Conheço você. Alguém aparece, diz que se arrastou catorze quilômetros na neve com queimadura de frio e você abre a porta porque fica com pena. Não comece com esse negócio de coração mole. Ponha-se em primeiro lugar.

Sinto uma pontada doída de culpa, mesmo sem ter feito nada, porque Danny tem razão. Esse é exatamente o tipo de coisa que eu faria. Tento me imaginar sentada no chalé quente e seco enquanto Inigo, ou Topher, ou até um desconhecido morre lentamente lá fora na porta da frente, implorando para deixá-lo entrar, e não consigo ver isso acontecendo. Eu cederia. Deixaria entrar. Sei que deixaria.

— Ficaremos bem — repito, mas minha voz não é muito convincente, nem para mim. — Então vá e volte o mais rápido possível.

LIZ

ID no Snoop: ANON101
Ouvindo: off-line
Assinantes snoop: 1

Depois que os outros foram embora, Erin tranca a porta da frente. Da melhor maneira que pode, mas não fica perfeitamente fechada porque ficou muito torta com a avalanche e a tranca de baixo não prende direito, a neve derretida entra pela abertura. Mas a tranca de cima funciona. Então, ela verifica o vestíbulo que continua coberto de neve, e a porta que dava para a piscina.

— Tudo arrumado e seguro — ela avisa quando volta do hall de entrada.

Ela sorri de orelha a orelha, mas parece um pouco artificial. E agora o silêncio fica meio opressivo, pesado, parece que nos põe para baixo.

— Como está se sentindo?

— Ah... bem, eu acho.

Esfrego a parte de trás da cabeça que bateu na balaustrada da escada e toco de leve no joelho por baixo do macacão acolchoado. Está ruim, mas menos do que eu temia.

— Ainda meio manca, mas acho que o pior foi o choque.

— Que dupla... — diz Erin, sorrindo para mim, e a cicatriz no rosto entorta com o movimento. — Eu com o meu tornozelo, você com seu joelho. Dois patos mancos.

— É, eu sei — tento rir, mas a risada não soa natural.

— Acho que o grupo do Danny vai levar umas seis horas para chegar no Haut Montagne e voltar. E vai saber o grupo de Topher... Não tenho ideia do estado da pista. Se não estiver boa para esquiar, eles podem levar dias.

Faço que sim com a cabeça. Andar com neve até a cintura de raquetes nos pés não é brincadeira. Eu sei.

— Então eu penso que temos pelo menos seis horas antes de começar a nos preocupar — diz Erin —, a questão é como vamos matar o tempo?

ERIN

ID no Snoop: LITTLEMY
Ouvindo: off-line
Assinantes snoop: 10

Já passam das 15h. Depois que os outros saíram, Liz e eu comemos um almoço frugal de sopa rala de lata. O pão estava quase proibitivo de tão dormido, mas, molhado na sopa, amolecia e dava para mastigar. E, desde então, temos jogado cartas. O chalé está completamente silencioso, fantasmagórico. Nunca percebi antes como o silêncio podia ser tão sufocante, talvez porque em Perce-Neige raramente tenha silêncio. Está sempre cheio dos ruídos de passos dos hóspedes, crianças brincando nas férias, o barulho de esquis, de Danny na cozinha. Enquanto Topher e os outros estavam ali, havia sempre alguém ouvindo música e depois o vozerio das conversas. Mesmo nos dias de arrumação, há o barulho do aspirador de pó e do rádio de Danny.

Agora não tem música. Nossos celulares estão mudos faz tempo. A TV e o rádio calados sem eletricidade. Nenhum som além dos estalos da lenha na lareira. Até as batidas da neve caindo lá fora são silenciosas, atrás da proteção tripla dos vidros.

Espio pela janela a todo minuto para ver o tempo. Não está grande coisa. Não tem por que mentir. Mas não está tão ruim como poderia estar. Pelo menos, o vento diminuiu. Mas a neve continua caindo, e as nuvens descem a encosta da montanha e envolvem o chalé com um embaçado espesso, gelado e cinzento, de modo que a visibilidade cai a menos de um metro. Estou muito aliviada de saber que Danny está com Miranda e Carl, porque ele sabe para onde está indo. Mesmo assim, comecei a pensar se ele vai conseguir chegar a Haut Montagne e voltar antes da noite cair. Talvez Liz e eu fiquemos presas aqui sozinhas essa noite. Não é uma ideia totalmente confortável.

Como se ecoasse meu desconforto, Liz estala os dedos, nervosa, *crac, crac, crac*. O barulho parece tiro no silêncio, e eu aperto os dentes, tensa.

— Afinal, como você se envolveu com a Snoop? — pergunto.

Minha voz sai aguda demais, na tentativa de cobrir o barulho das articulações dela. Liz se ajeita na cadeira. Não sei se o joelho está doendo ou se a pergunta a incomodou.

— Eu só me candidatei a um emprego. Na época, eles eram só uma startup, apenas Topher, Eva, Elliot e Rik. Eu fui a primeira... secretária, acho que podemos chamar assim. Talvez assistente pessoal. Eles não tinham aqueles títulos esquisitos de funções naqueles dias.

Ela fica em silêncio de novo, como se aquele discurso atípico fosse exaustivo. Eu já ia fazer outra pergunta, e ela me surpreendeu recomeçando a falar:

— Sinto falta. Sinto falta deles. Foi divertido... por um tempo.

— Por que você saiu? — pergunto, mas ela se fecha novamente, com a expressão neutra e indecifrável.

— Por nada — ela diz e olha para suas cartas —, eu só queria mudar.

No silêncio, eu pego uma carta e jogo fora um rei. Liz pega o rei e franze a testa. Eu consegui perturbá-la, mas não sei exatamente como. Penso na observação de Danny sobre a natureza incestuosa da força de trabalho na Snoop, Eva dormindo com Inigo, Topher com Ani. Eles não ouviram falar do movimento Me Too? Alguma coisa aconteceu entre Liz e Topher? Alguma coisa da qual ela está fugindo? Mas não, acho que não é isso. De todas as pessoas na empresa, Liz é a que parece se dar melhor com Topher. E Topher, apesar de todos os defeitos, não parece o tipo de homem que assediaria ninguém sexualmente. Seja o que for que aconteceu entre ele e Ani, eu tive a impressão de que foi consensual.

Mas Ani acabou morta...

As palavras sussurram em minha mente, uma lembrança desagradável do fato de Liz e eu não estarmos sozinhas nesse chalé, de haver dois corpos lá em cima conosco. E em algum lugar lá fora, nos picos congelados, tem um terceiro, de Eva, e talvez um quarto, porque ninguém sabe o que aconteceu com Inigo depois que ele saiu. Parece que a morte está fechando o cerco. Liz ou eu podemos ser as próximas.

Mas não. Sacudi a mim mesma para voltar à razão. Isso é mórbido, ridiculamente mórbido.

— É a sua vez — diz Liz.

Espio o jogo e percebo que não tenho noção de quando ela jogou. Pego uma carta qualquer do descarte sem pensar em nenhuma estratégia.

— Rummy — diz Liz, abaixando uma sequência de quatro cartas de espadas e três reis.

Eu me forço a sorrir.

— Boa.

Liz pega as cartas e distribui de novo. Pego a minha mão. Está boa, uma trinca, logo de cara. Mas não consigo me concentrar nas cartas.

— A morte de Eva...

Começo a falar, cautelosa, Liz levanta a cabeça. Ela ainda está com seu macacão azul maior do que seu número, e não posso condená-la por isso. Mesmo com o aquecedor a lenha, o chalé agora está muito frio e posso ver o vapor da minha respiração quando falo.

— Aquilo... deve ter sido um choque e tanto. Imagino que agora não vai mais haver a aquisição, não é? Qual foi a sensação de ter todo aquele dinheiro e de ficar sem ele depois?

Fico esperando que Liz me diga que não é da minha conta, e é verdade, não é mesmo. Mas já passamos e muito do ponto de hóspede e anfitriã do chalé, e nós duas sabemos disso.

— Foi... estranho... — diz Liz, pensativa.

O fogo da lareira refletido nos óculos faz com que a expressão dela fique ainda mais difícil de interpretar do que de costume, mas vejo sua testa enrugar quando ela fecha a cara.

— Você se aborreceu com Topher? — pergunto. — Por condenar a venda? Acho que eu ficaria aborrecida.

Mas Liz balança a cabeça.

— Para ser franca, eu nunca quis esse dinheiro mesmo. Nunca achei que fosse meu. Aquela quantia estúpida, e por quê?

— Por estar no lugar certo, na hora certa, talvez? — respondo rindo, mas Liz não sorri.

Ela balança a cabeça de novo, mas não sei bem o que está negando. Qualquer que seja o lugar em que todos nós acabamos, definitivamente não é o certo.

Outra vez o silêncio. Olho o meu relógio. Dez para as quatro. Meu Deus, esse dia que não passa... De repente não consigo mais ficar sentada, levanto, apoio meu peso cuidadosamente no tornozelo inchado e vou até a janela comprida que dá para o vale.

Lá fora está quase completamente escuro, mas o chalé também está, de modo que não preciso proteger os olhos da luz quando espio a neve, me perguntando onde Danny e os outros estão. Será que já chegaram ao Haut Montagne? E Topher e o grupo dele? Desejo com mais força do que já desejei qualquer coisa até hoje ter um celular com uma única barrinha de sinal. Ou um rádio receptor-transmissor. Ou qualquer coisa... alguma forma de comunicação com o mundo lá fora.

— Quatro ases — diz Liz por cima do meu ombro, eu suspiro e volto para a sala escura.

LIZ

ID no Snoop: ANON101
Ouvindo: off-line
Assinantes snoop: 1

São 15h58. Estamos na nossa... sei lá. Vigésima partida de rummy, talvez. Não estou contando. Pensamentos se agitam no meu cérebro feito ratos. Perguntas como: o que vai acontecer? Quando é que eles vão voltar? O que vai acontecer quando a polícia chegar aqui?

Erin olha para o relógio acima da lareira. Dá para ver que está aflita como eu.

— Mais uma partida — ela diz —, depois vou inventar alguma coisa para o jantar. Eles já deviam estar de volta.

Se é que chegaram lá...

As palavras pairam no ar sem ser ditas quando Erin começa a distribuir as cartas.

Eu falo mais para afastar as dúvidas veladas do que para saber realmente.

— Topher disse que você esteve em uma avalanche. Como foi?

Erin ergue a cabeça. Eu a peguei de surpresa e, por um segundo, ela parece estar com a guarda baixa, tremendamente vulnerável. Parece que eu lhe dei um soco. Lamento ter perguntado. Então, ela se recompõe. Dá as últimas cartas antes de responder.

— É, estive. Há três anos. Foi... — ela para, olha para o restante do baralho na mão. — Foi a pior coisa que já aconteceu comigo.

— Sinto muito — eu digo, e então me vem uma coisa à mente. — Mesmo considerando esse fim de semana?

Ela dá risada, um riso trêmulo e sem alegria, e meneia a cabeça.

— Sim, por incrível que pareça. Mesmo considerando esse fim de semana. Não posso explicar o horror que foi. O barulho, o choque, a sensação de impotência... — A voz dela falha como se procurasse palavras. — Eu pensei... pensei que o tornaria ainda pior, sabe? Ser pega no mesmo horror outra vez. Mas, por mais estranho que seja... acho que estava esperando que acontecesse. Como se por ter escapado da montanha uma vez, ela voltaria para me pegar.

Ela olha fixo para a escuridão. Está de frente para mim, então devia parecer que olha para mim, mas tenho a sensação esquisita de que não é isso, que ela está vendo através de mim, como se eu não estivesse aqui. É uma sensação muito estranha. Como se eu já tivesse morrido.

— Foi quando você... quando sofreu esse... — não consigo falar, toco meu rosto com os dedos e ela faz que sim com a cabeça.

— Sim. Cortei o rosto em alguma coisa quando caí, provavelmente no meu esqui.

— E foi por isso que você saiu da faculdade? — pergunto, e ela, lentamente, faz um gesto afirmativo com a cabeça.

— Foi. Não consigo explicar por que, nem agora. Eu sentia... senti que tinha me tornado outra pessoa, sabe o que quero dizer?

Meneio a cabeça também. Sei exatamente o que ela quer dizer. Tenho a impressão de que ela está falando sobre isso talvez pela primeira vez.

— Eu tive de cavar para tirá-lo de lá — sua voz é só um sussurro, preciso me esforçar para ouvir —, eu não estava com um localizador GPS. Precisei desenterrar meu namorado para ativar o sinal dele, sabendo que ele já estava morto.

Ela olha para a mesa, corta o baralho e abre a primeira carta do monte, com movimentos automáticos.

E então eu não quero mais falar desse assunto. Gostaria de nunca ter perguntado. Afinal, eu tenho os meus segredos, os meus assuntos que não quero debater. E se Erin perguntasse sobre o meu passado? E se ela quisesse saber da Snoop outra vez? Sobre a minha saída de lá? E se perguntasse sobre os amigos que eu não tenho, os colegas que me atormentaram por catorze anos, sobre a família da qual me afastei?

Ouço mais uma vez a voz arrastada do meu pai, os choros da minha mãe... Sinto gosto de sangue. Estou mordendo as pelinhas das unhas de novo. Enfio as mãos nos bolsos do macacão.

Mas Erin não pergunta nenhuma dessas coisas. Parece estar em outro lugar, um lugar muito distante. Quando fala, sua voz tem uma característica estranha. É como uma confissão.

— Foi culpa minha — ela diz, segurando suas cartas com as mãos um pouco trêmulas —, eu sugeri que fôssemos esquiar fora da pista. Eu é que queria fazer isso. Fui eu quem os matei — ela engole em seco —, e isso muda a gente.

Ela olha para mim como se esperasse que eu entendesse. Sinto uma vontade peculiar de segurar a mão dela e de dizer que sei como se sente.

Mas isso seria loucura. Então eu não faço. Em vez disso, olho para as minhas cartas. Pego um três de copas e descarto um valete.

— Sua vez — digo.

ERIN

ID no Snoop: LITTLEMY
Ouvindo: off-line
Assinantes snoop: 10

Não sei o que deu em mim para me abrir com Liz daquele jeito. Foi uma coisa muito estranha. Eu nunca falei sobre aquela época com ninguém, nem com meus pais, nem com os pais do Will, até mesmo o médico-legista e a equipe de salvamento só queriam os fatos, não queriam saber da minha angústia e do meu sofrimento.

Não é que não tive chance, minha mãe insistia para que eu procurasse um terapeuta e perdi a conta do número de amigos que ligavam para mim dizendo: "Se quiser conversar, pode me ligar." Mas eu não queria conversar sobre aquilo. Não queria ser essa pessoa. Alvo de pena. Uma vítima.

Porque sei como Topher e os outros devem se sentir, de certa forma. Porque eu senti também. E foi isso que nunca contei a ninguém, que nos minutos e as horas que passei procurando Will e Alex depois da avalanche não era terror nem medo que dominavam minha mente, era uma espécie de choque de incredulidade que aquilo estivesse acontecendo comigo, conosco. Eu não era essa pessoa. Não era a pessoa que sofria coisas terríveis. Esses eram os outros, outras famílias. Eu era iluminada, deslizava pela vida com charme, isolada pela segurança da minha família, pela boa aparência e pela sorte de ter encontrado o amor do Will.

Porque, sim, isso era sorte. Tudo isso. E eu sabia. Mas também era como devia ser, porque eu devia ter sorte.

E agora, de repente, essa sorte tinha mudado.

E, depois dessa mudança, eu descobri que não suportava ficar lá com as pessoas que continuavam andando sob o perpétuo sol dourado, enquanto eu vivia num lugar que era obscuro de culpa e sofrimento. Não suportava ver a piedade nos olhos deles.

Agora está quase totalmente escuro na sala de estar e, quando chego perto do relógio acima da lareira, vejo que são quase seis horas da tarde. Danny e os outros deviam ter chegado ao Haut Montagne umas duas horas atrás. É possível que estejam voltando. É possível que tenham conseguido falar com a polícia e que um helicóptero esteja a caminho.

Possível. Não certeza. Possível.

É também possível que a estrada esteja bloqueada e que eles ainda estejam se arrastando nos detritos do gelo, ou, então, que Haut Montagne estivesse vazia e trancada.

Meu Deus, as possibilidades vão me deixar louca.

Não sei por que, mas, com Danny e os outros fora, parece que a atmosfera do chalé está se fechando em volta de mim e de Liz. Consigo sentir o peso da neve apertando o telhado e as paredes, sinto as toneladas ainda na encosta, à espera de um novo gatilho. Posso sentir a escuridão penetrando os quartos e corredores.

Eu conheço o limite da resistência, porque já estive nesse lugar, sentada congelada numa encosta fria com o corpo do meu amor, sem saber se a ajuda ia chegar. Passei por isso e sobrevivi. Eu voltei. Voltei para a segurança. Voltei para a normalidade.

Mas há momentos em que me sinto sendo arrastada de volta para aquela fronteira, em um lugar onde nada mais importa, onde cada batida do coração nos leva para mais perto do precipício, e acho que vou cair no abismo de novo, e dessa vez não poderei escapar.

Fecho os olhos e vejo o rosto dele, o rosto de Will, frio e branco como mármore, em paz, terrivelmente em paz.

— Erin.

A voz vem de muito longe. Balanço a cabeça.

— Erin!

Abro os olhos. Liz está parada na minha frente, angustiada.

— Erin, você está bem? Vamos comer alguma coisa?

Eu me forço a sorrir.

— Sim. Claro. Vamos para a cozinha ver o que encontramos.

Vou na frente mancando, e Liz me segue para a caverna gelada e escura da cozinha, olhando em volta admirada quando entramos, como se fosse a caverna de Aladim e não uma velha cozinha industrial muito comum.

— Tem uma lata de cassoulet aqui — digo, tentando ler o rótulo, apesar da pouca luz.

Está tremendamente frio longe da lareira, e estou me controlando para não bater os dentes.

— Eu acho que é ca-cassoulet... Pode ser cozido de pato. É difícil saber. Isso serve?

— Claro — diz Liz, ainda olhando para mim, preocupada —, você está bem, Erin?

— Estou bem, só... só preocupada com Danny. Aflita para saber de alguma coisa.

Liz assente, e me dou conta de que ela deve estar tão preocupada quanto eu, apenas disfarça melhor com sua aparência calma e distante. Fico me perguntando o que deve estar pensando e, quando o conteúdo da lata (era mesmo cassoulet) é jogado na panela e fica aquecendo na fornalha a lenha da sala de estar, reúno coragem para fazer a pergunta que não fui capaz de fazer antes.

— Liz, o que você acha que aconteceu? Com Eva, digo.

Sua expressão é de angústia, e compreendo que está controlando o impensável com a mesma força que eu.

— Não sei. Andei pensando e pensando... não consigo acreditar que tudo isso seja verdade. Não parece real. Fico imaginando que Eva morreu em um acidente, mas e quanto ao Elliot e à Ani?

Sim, pois é.

— O que acha que Ani quis dizer? — pergunto, mexendo lentamente o feijão do cozido, sentindo o calor do fogo no rosto e o frio gelado da sala nas costas. — Quando ela disse: "Ela não estava lá."

Ou foi "eu não a vi"? Não lembro agora, e isso me incomoda. Ouço o farfalhar do casaco impermeável quando Liz dá de ombros.

— Eu não sei. Fico pensando nisso sem parar. Primeiro, pensei que pudesse estar se referindo à Eva, mas não faz sentido. Ela estava lá, na pista, eu também a vi.

— Será que podia ser alguém lá no topo?

Faço um esforço para lembrar as palavras certas. Merda. Isso pode ser importante e não consigo lembrar.

— Fico pensando... Quando ela chegou ao topo do teleférico, já faltava mais alguém lá além de Eva? Alguém que já tinha descido esquiando depois dela?

— Mas quem? — indaga Liz. — Não sobravam muitas mulheres no topo. Eu já tinha descido no bondinho. As duas outras mulheres no topo eram Tiger, e seria muito estranho ela dizer aquilo que Ani disse, e Miranda. Mas Miranda não teve oportunidade de ir atrás de Eva. Ela desceu no bondinho com Ani.

— Talvez não tenha descido — meu coração dispara —, talvez Ani tenha lembrado exatamente isso. Que Miranda não estava no teleférico. Afinal, é fácil se confundir, lá no topo as pessoas circulam, pessoas vão para uma cabine, está lotada, vão para outra. Quem sabe Ani tenha se lembrado disso, que Miranda não pegou o bondinho?

— O que você está dizendo? — Liz fica nervosa, as sobrancelhas se juntam sob os óculos grossos e, no escuro, ouço os estalos das suas articulações, quando aperta os dedos.

— Talvez ela esquie melhor do que diz. É bem fácil fingir ser pior do que você é. Talvez tenha se separado quando todos estavam embarcando no bondinho e, em vez de descer nele, ela seguiu Eva esquiando na La Sorcière.

— Eu... eu acho... — diz Liz lentamente, perturbada.

Estou servindo o cozido em dois potes de sopa e penso em uma coisa. Se for verdade, se meu palpite estiver correto, então enviei Danny com a assassina. E meu coração aperta como se estivesse numa prensa.

Porque, sim, é verdade, são dois contra um. Mas o caminho para Haut Montagne passa por lugares bem traiçoeiros. Não seria muito difícil esperar até alguém ficar perto do precipício e dar um empurrão.

Não tenho prova de nada disso, lembro desesperada. É só uma teoria. É só uma teoria.

Mas minha garganta aperta, meu estômago embrulha, sinto náusea e de repente não consigo comer a mistura de feijão e carne que já esfria diante de mim. Fico enjoada com o que posso ter feito.

Porque eu insisti para ele ir. Com meu instinto de organizar tudo, minha certeza de que sei o que é melhor para os outros, eu disse a Danny que fosse sozinho com Miranda e Carl.

Será verdade?

Será que mandei outro amigo para a morte?

LIZ

ID no Snoop: ANON101
Ouvindo: off-line
Assinantes snoop: 1

Erin quase não come. Passou de profissional e simpática para outra coisa bem diferente no intervalo de meia hora. Não entendo. Quando pergunto o que houve, ela só resmunga sobre estar preocupada com Danny, mas não sei ao certo se isso é toda a verdade.

Como quase toda a porção dela, além da minha. Então, levanto e vou para a cozinha passar os potes na água fria da pia. Não tem sentido tentar lavar direito. Já passamos dessa fase. Está começando a parecer questão de sobrevivência. Mas abro a torneira e nada acontece. Experimento a outra. Nada também.

Volto para a sala de estar, e Erin está toda encolhida, olhando para o fogo. Sento ao lado dela flexionando de leve o joelho, mas já está bem melhor.

— Estamos com um problema — digo.

Ela levanta a cabeça como se tivesse se assustado com a minha voz.

— Oi? O que você disse?

— Temos um problema — repito —, estamos sem água. Acho que os canos congelaram.

— Merda.

Ela fecha os olhos e esfrega o rosto como se estivesse tentando acordar de um pesadelo, e de certa forma está mesmo.

— Bom, não há nada que possamos fazer exceto esperar. Danny e os outros devem estar lá, a essa altura. Só precisamos resistir até amanhã de manhã. Se conseguirmos, sem congelar até a morte.

O que ela diz é preocupante, ainda mais porque, mesmo com minha roupa de neve, o frio no chalé está quase insuportável agora. Minha respiração na cozinha formava uma nuvem branca. Lá em cima deve estar abaixo de zero.

— Quem sabe... não dormirmos aqui embaixo? — sugiro.

— É... pode ser. Sim. Faz sentido.

— Vou pegar minha roupa de cama — eu decido, e Erin concorda.

— Vou abrir os sofás-camas. São dobráveis.

Estou quase saindo da sala, e ela chama.

— Liz?

Olho para trás, ansiosa, imaginando o que vai dizer.

— Sim?

— Liz, eu só queria dizer... obrigada. Obrigada por ficar aqui comigo. E sinto muito a situação ter ficado assim.

— Tudo bem — digo, mas é difícil dizer isso, não sei por quê.

Tem alguma coisa na minha garganta... incomodando.

— Tudo bem. Não é culpa sua.

Então dou meia-volta mancando pelo hall de entrada e subindo a escada, antes que ela possa ver as lágrimas nos meus olhos.

ERIN

ID no Snoop: LITTLEMY
Ouvindo: off-line
Assinantes snoop: 10

Quando não dá mais para ouvir os passos de Liz no corredor, eu me jogo na cadeira suspirando e passo a mão no rosto. Eu sinto muito. Não sei o que deu em mim para dizer isso, a não ser que Liz, de todos que estão no chalé, é de quem sinto mais pena. Nem sei direito por quê, talvez por ficar tão claro, desde o início, que ela não queria estar aqui. Mas Topher e Eva, por mais horrível que acabou sendo esse fim de semana para eles, de uma forma ou de outra atraíram isso quando resolveram vir para cá ostentando seu dinheiro, jogando as pessoas para um lado e para o outro como peças de xadrez em sua batalha pelo controle da Snoop.

Mas Liz... Liz é apenas um peão, como eu, envolvida em algo que nunca pediu, nunca quis.

E, no entanto, ela nunca reclamou, nem uma vez. Topher reclamou da comida, Carl bateu o pé, rosnou e ameaçou com processo, Rik soltou a ladainha sobre saúde, segurança e responsabilidade empresarial, e Miranda fez acusações; enquanto isso Liz ficava quieta, enfrentando tudo aquilo, e tenho certeza de que, por baixo da sua postura recatada, estava assustada como qualquer um.

Meu tornozelo lateja quando me forço a ficar de pé, e afasto as almofadas do sofá para puxar o colchão que tem dentro da armação. Mas, quando pego a última almofada, vejo que tem alguma coisa embaixo, bem onde Liz e eu estávamos sentadas. Brilha com a luz do fogo e por um segundo acho que é um broche ou alguma outra joia, mas quando pego vejo que é uma chave. Uma chave bem familiar.

É a chave mestra.

Verifico automaticamente o meu bolso, achando que deve ter caído quando sentei, mas a minha chave continua lá, em segurança, no bolso traseiro.

Só que isso não me tranquiliza de modo algum.

Porque, se minha chave está no meu bolso, quer dizer que aquela... ai, meu Deus, quer dizer que... é a chave do Danny.

A chave mestra do Danny que foi furtada.

A chave que o assassino pegou.

Fico ali um bom tempo, paralisada, olhando para a chave na palma da mão e tentando fazer meu cérebro desvendar isso tudo. Alguém se apossou dessa chave, provavelmente durante a confusão para abrir a porta do quarto de Tiger depois do desaparecimento de Inigo. Não é difícil imaginar alguém tirando a chave da fechadura dissimuladamente enquanto estávamos todos preocupados querendo ver se Tiger estava bem. Quem a pegou usou para entrar naquele mesmo quarto no meio da noite e matar Ani. E depois disso, provavelmente essa manhã enquanto estávamos distraídos falando do plano de esquiar até a aldeia, caiu do bolso dessa pessoa e ficou lá entre as almofadas.

A única dúvida é quem pegou aquela chave. Quem estava sentado naquele lugar do sofá de manhã? Porque eu não consigo lembrar de jeito nenhum.

Fecho os olhos e tento ver a cena, Tiger deitada no sofá, chorando de soluçar, Miranda tentando consolá-la, Rik servindo uísque... tenho de localizar todos na sala, um por um, para descobrir.

Danny e eu estávamos de pé. Lembro-me disso claramente. Topher... Topher estava encostado na lareira. Miranda ajoelhada no chão ao lado da mesinha de centro. Liz estava em uma das poltronas perto do fogo. Rik e Carl estavam em um sofá, mas qual? Aperto os olhos fechados e tenho uma visão repentina de Rik se inclinando para a frente, enchendo os copos de uísque na ponta da mesa. Era o outro sofá, o que fica embaixo da janela. Então... abro os olhos.

Então Tiger estava deitada no sofá em que achei a chave, com o quadril bem no lugar onde as almofadas se encontram. Faria sentido... a chave poderia ter saído do bolso dela enquanto estava lá deitada chorando. Só que... não faz sentido. Tiger é a única pessoa que não precisava de chave para matar

Ani. Ela já estava no quarto. E, se quisesse um álibi, teria simplesmente dito que se esqueceu de trancar a porta.

Mas ninguém mais ocupou aquele assento depois que a chave sumiu, só eu... e Liz.

Como se estivesse hipnotizada, olho para cima, para o teto, para o ponto no andar de cima em que Liz se move pelo quarto pegando edredons e travesseiros. Ouço o fraco estalar das tábuas do assoalho e, então, o barulho da porta fechando.

Ouço o farfalhar dos edredons arrastando no corredor.

Depois ouço quando ela para de andar no topo da escada em caracol, agora com muito cuidado porque não quer escorregar de novo.

Então ela aparece na porta da sala de estar carregando as cobertas, com o rosto indecifrável na pouca luz, o brilho do fogo faiscando em seus óculos grandes de coruja, e, com uma sensação estranha, eu me lembro daquele primeiro dia, o dia em que ela me fez lembrar de uma coruja, paralisada em uma emboscada.

Ela continua parecendo uma coruja, mas, de repente, a semelhança fica diferente e outro tipo de sensação se apodera de mim quando percebo que eu estava certa o tempo todo... mas muito, muito equivocada.

É o seguinte. Nós achamos que conhecemos as corujas. São as criaturas doces, amigáveis que piscam nas histórias infantis. Podem ser sábias, mas também são lentas e confusas.

O problema é que nada disso é verdade. Corujas não são lentas. São rápidas... muito rápidas. E não são confusas. Em seu habitat, a escuridão, são caçadoras hábeis e impiedosas.

Corujas são aves de rapina. Predadoras.

Foi isso que eu vi em Liz, bem naquele primeiro dia. Só que estava cega pelos meus preconceitos para reconhecer isso.

No escuro, as corujas não são as presas, são caçadoras. E agora já escureceu.

— Oi — diz Liz e ela sorri, um sorriso indecifrável por trás daquelas lentes faiscantes. — Tudo bem com você?

LIZ

ID no Snoop: ANON101
Ouvindo: off-line
Assinantes snoop: 1

Quando desço carregando edredons e travesseiros, Erin está imóvel, de pé no meio da sala, se apoiando na estrutura do sofá-cama como se tivesse acabado de lembrar-se de alguma coisa.

— Oi — digo e jogo a roupa de cama numa poltrona.

Ela não se move, e acrescento:

— Tudo bem com você? — Não sei por que pergunto isso, só que ela está realmente estranha. — O sofá-cama prendeu?

— O quê?

Ela parece acordar, dá um sorriso e uma breve risada.

— Não, desculpe. Estava só pensando. Estava... estava pensando no Danny. Eles devem estar lá agora. Estava me perguntando se teremos notícias deles esta noite.

Olho para o relógio acima da lareira. Está tão escuro agora que praticamente não dá para ver os ponteiros, mas acho que são quase oito horas.

— Acho que você tem razão. Quanto tempo disse que levariam para chegar lá?

— Calculei umas três horas. Mas, como Miranda e Carl nunca andaram de raquetes de neve antes, pode demorar mais. Mesmo assim, eles saíram pouco depois de uma da tarde. Mesmo com paradas para descansar e coisas assim, já deveriam estar no Haut Montagne a essa hora facilmente. Talvez voltando, mas não sei se vão querer andar de raquete à noite.

Ela dá uma cutucada na estrutura metálica. O sofá-cama abre com um guincho.

— Espero que esteja certa.

Ponho meus travesseiros no colchão e ajudo Erin a tirar as almofadas do outro sofá e a abrir a cama.

— Ficar sem água parece o fim da linha.

— Teremos de derreter neve — diz Erin.

Ela está pálida e tensa naquela luz fraca, mas não é nenhuma surpresa.

— Não acredito que se passaram só dois dias desde a avalanche. Parece uma eternidade.

— Dois dias? — Eu nem acredito, mas então conto mentalmente e vejo que está certa.

Dois dias e quatro horas. Parece muito tempo atrás. Realmente, a sensação é de que estamos presas aqui desde sempre. E agora está quase acabando. O mais estranho é que não tenho certeza se estou pronta para encarar a realidade de novo. Estou começando a compreender que o que parecia prisão pode ser uma tranquilidade idílica. Perce-Neige é cena de um crime. E nós somos suspeitos. Quando voltarmos para o mundo real, vamos ter de encarar os holofotes. Haverá a investigação da polícia, repórteres, histórias no noticiário. Entrevistas. Visualizo até as manchetes: CHALÉ DA MORTE.

Vão surgir todos os tipos de interesses.

Agora é a minha vez de ficar parada olhando fixamente para a escuridão, pensando.

— Vou pegar minha roupa de cama — diz Erin, quebrando o silêncio. — Pode pôr mais lenha no fogo?

— Claro — respondo, voltando para o aqui e agora.

Vejo Erin pegar uma lanterna, passar pelo hall de entrada, e o estreito facho de luz rodando quando ela sobe a escada, com a mão no corrimão fazendo *clique, clique, clique*, alguma coisa dura, talvez um anel, batendo no metal.

Clique. Clique. Clique.

Ouço mais uma vez minha mãe sem fôlego, nervosa, dizendo *ah, Liz, você sabe que papai não gosta disso...*

Tique. Tique. Tique. Desaparecendo no escuro.

Talvez seja a lembrança da polícia e de tudo que vai desabar, mas, de repente, não sei por quê, parece um relógio em contagem regressiva até zero.

ERIN

ID no Snoop: LITTLEMY
Ouvindo: off-line
Assinantes snoop: 10

Meu coração bate descompassado enquanto caminho pelo corredor em direção à área dos funcionários e entro no meu quarto. Está completamente escuro, iluminado apenas pelo facho estreito da lanterna, mas não quero me arriscar a ficar sem pilha e desligo. Na escuridão, me jogo na minha cama. Preciso pensar.

Aperto a chave na palma da mão como uma lembrança concreta da loucura que é essa situação e, agora sentada, tentando desesperadamente entender esse dilema, descubro que estou apertando tanto que a chave machuca meus dedos, deixa marcas que ainda sinto quando abro a mão.

O que significa isso? O que significa isso?

Se Liz pegou aquela chave... ela é a assassina? Mas como?

Recorro à lembrança do tumulto no corredor quando Danny entrou no quarto de Tiger. Liz estava lá, tenho certeza. Mas lembro que, enquanto todos entravam no quarto, ela ficou para trás. Na hora, pensei que fosse por causa do seu jeito reservado. Parecia combinar com ela, comparado com o jeito de todos se acotovelando para ver o que estava acontecendo. Mas agora fico em dúvida. Será que ela se distanciou para poder pegar a chave sem ser vista?

Mas *por quê*? É isso que não entendo. Liz não pode ter matado Eva. Deixando o motivo de lado, ela é uma das poucas pessoas, além de Ani e Carl, que não teve oportunidade. Estava presa no bondinho voltando para a base da Blanche-Neige quando Eva foi vista esquiando na La Sorcière.

Mas a chave. Essa chave, que é dura e dentada e que indiscutivelmente está na minha mão, se negando a permitir que eu esqueça essa prova.

E a chave?

Passo a mão no rosto, sinto o tecido fino da cicatriz, a lembrança perene do que eu fiz, o preço que paguei por confiar demais em mim mesma, e de repente percebo que estou sentada ali há... não sei quanto tempo, mas é muito. Demais. Suspeito. Preciso ir lá para baixo, senão Liz vai saber que tem alguma coisa errada.

Ligo a lanterna, pego os edredons e, com a lanterna na boca, apoiada numa pilha de travesseiros, abro a porta com a mão livre.

Liz está parada ali quase encostando em mim, e a luz da lanterna reflete nos óculos dela.

Dou um grito, a lanterna quica nos travesseiros, bate no chão e apaga.

Meu coração dispara e parece uma furadeira de ar comprimido.

— Meu Deus... — consigo exclamar com a voz trêmula. — Liz, você me assustou.

Ponho os edredons no chão tremendo e tateio procurando a lanterna.

— Desculpe — diz ela.

Parece que ela está sorrindo, mas, no escuro, não tenho certeza. Tem alguma coisa muito insensível na voz dela, difícil decifrar.

— Você demorou muito, fiquei preocupada.

— Eu...

Ai, merda, o que posso dizer? Que desculpa vou dar?

— Eu estava só trocando minha blusa.

O quê? Por que diabos eu falei isso? Ela vai ver que continuo com a mesma roupa. Que mentira burra.

Fico nauseada de tão nervosa. Sou péssima para mentir. Mesmo na escola, nunca consegui ter duas caras, tipo: "Ah, você está linda. Eu estou um lixo." Coisa que as outras meninas faziam. A única hora que consigo é quando estou no modo equipe do chalé. Então sou educada e animada com todos, não importa o que esteja sentindo. Não por gostar deles, mas porque são hóspedes, eu sou da casa e essa é a minha função.

O pensamento me acalma.

É o meu trabalho. Consigo fazer isso. Liz é hóspede e é minha função ser simpática com ela. Só preciso canalizar isso direito.

Ligo a lanterna e me forço a sorrir.

— Vamos descer? Está frio demais aqui em cima.

Liz faz que sim com a cabeça e vira para a escada.

LIZ

ID no Snoop: ANON101
Ouvindo: off-line
Assinantes snoop: 1

Tem alguma coisa errada com a Erin. Não sei o que é. Ela disse que estava preocupada com Danny, mas, se for assim, não sei por que esse medo surgiu tão de repente. Ela estava bem animada até duas horas atrás. Então ficou nervosa e tensa.

Estamos deitadas no escuro há uma hora ou mais, mas ela não dormiu. Não é só que não está roncando, com o canto do olho vejo que ainda está de olhos abertos, refletindo a luz das brasas na lareira quando pisca. Ela está lá deitada no escuro me observando em silêncio. Está pensando em alguma coisa. Mas não sei o que é.

O que será que ela está pensando?

Fecho os olhos e procuro parecer o mais normal possível.

Alguns minutos depois, ouço o ruído das molas do colchão. Erin está sentando na cama com todo o cuidado.

— Onde você vai? — pergunto.

Ela pula como um criminoso pego no meio de alguma coisa e põe a mão no peito.

— Meu Deus! Liz, você me assustou!

— Desculpe.

Não falo mais nada. Pela minha experiência, se ficamos calados, as pessoas ficam nervosas. Elas falam. Preenchem o silêncio com a conversa delas. Podemos descobrir muita coisa assim. Dito e feito, depois de uma pausa, Erin responde à minha pergunta sem que eu tenha de pronunciá-la.

— Eu não queria acordá-la. Não consigo dormir. Vou ao banheiro.

Ela está tremendo. Dá para ouvir seus dentes batendo. Agora está muito, muito frio naquela sala. O fogo virou cinzas com algumas brasas.

— Tudo bem — viro para o outro lado e me cubro até o queixo —, não esqueça que os canos estão congelados.

— Eu sei — ela põe mais lenha no fogo —, vou usar um dos banheiros lá em cima. Acho que já usamos a descarga nos dois banheiros aqui de baixo.

Não digo nada. Só observo quando ela fecha o casaco e sobe a escada. Então viro de novo e apalpo o bolso procurando a chave.

Sumiu.

ERIN

ID no Snoop: LITTLEMY
Ouvindo: off-line
Assinantes snoop: 10

Que inferno. Subo a escada na ponta dos pés com o coração na boca. Não sei de onde surgiu aquela mentira sobre os banheiros, mas nunca achei tão bom ter canos congelados. Eles me deram exatamente o que eu precisava: uma desculpa para ir lá para cima.

Não tenho ideia de qual seja a verdade sobre a chave. Será que Liz pegou? Não ouso perguntar. Talvez outra pessoa tenha sentado no sofá quando eu não estava por perto. Ou talvez Liz tenha encontrado a chave e ficado com medo de contar, para ninguém suspeitar dela. Poderia haver uma dúzia de explicações inocentes. Ou poderia haver uma, muito incriminadora.

De qualquer modo, eu não podia ficar lá deitada no escuro ouvindo sua respiração suave e regular nem mais um segundo. Precisava fazer alguma coisa. E finalmente meu subconsciente atropelou meus pensamentos galopantes para me avisar de uma coisa que eu tinha esquecido por completo.

O carregador do Elliot. O carregador portátil gigante que ele estava usando para carregar seu laptop, antes de morrer e do seu computador ser destruído. Se eu conseguir chegar até aquela bateria e ligar meu celular nela, talvez consiga alguma conexão. Vale tentar. E Liz não poderia se opor a isso de jeito nenhum. Mesmo assim, por motivos que não estou disposta a examinar, não quero contar para ela.

Por que não? Meu cérebro sussurra, no ritmo dos meus passos, enquanto caminho na ponta dos pés pelo corredor. *Por que não?*

Porque não confio nela.

Por que não?

Porque... Engulo em seco ouvindo o estalo do meu maxilar no silêncio assustador. Porque lá no fundo eu acho que ela pode ter matado Eva. Não sei como, mas o meu medo nessas últimas duas horas revelou uma coisa que seria inacreditável para mim antes desta noite: eu realmente penso que Liz seria capaz de matar. Não é só pela chave, embora isso já seja muito preocupante. O pânico que senti ao abrir a porta do meu quarto e vê-la ali parada, sorrindo para mim, com o rosto escondido atrás das lentes com reflexos... havia algo profundo, verdadeiro e real naquele pânico que traduzia algo que não admiti antes: tenho medo de Liz. Ela pode ser submissa, discreta e reservada ao extremo, mas, por trás dessa submissão, acho que existe força e, sim, penso que poderia matar alguém. Acredito nisso como nunca aconteceu em relação a Inigo, nem mesmo ao Topher, apesar de todas as provas contra ele.

De todos aqui, acredito que Liz poderia matar a sangue frio e ocultar isso. Ninguém presta atenção nela. E, para uma assassina, isso é uma espécie de superpoder.

Estou quase chegando à porta do quarto de Elliot. Procuro não fazer barulho pois lembro que pude ouvir lá embaixo os passos de Liz no corredor. Tiro as chaves mestras do bolso, escolho uma, enfio na fechadura, giro e abro a porta de Elliot bem devagar.

A porta range um pouquinho, prendo a respiração e torço para que Liz não tenha ouvido. Mas não ouço nenhum barulho lá de baixo. Se ela subisse, eu não teria desculpa para estar nesse ponto do corredor. Seria natural usar o banheiro da equipe, no outro extremo. Ou então, se não quisesse andar tanto, poderia usar um dos quartos de hóspedes mais perto da escada. Não o do Elliot. Não um quarto com...

Sinto o cheiro assim que abro a porta. Um cheiro que me faz lembrar do hospital onde eu estudava.

Tem um corpo nesse quarto. Por trás do fedor de urina e do incongruente cheiro caseiro de café derramado, o lugar cheira a morte. Não demais, o quarto está muito frio, mas é inconfundível. Um tipo de cheiro fétido, animalesco.

Ninguém escolheria esse quarto para nada, se tivesse opção.

O cheiro me dá ânsia de vômito, mas consigo controlar e vou até a mesa de Elliot. Lá está o carregador como um bloco de cimento no chão, com uma única luz vermelha de LED brilhando no escuro. Meu coração pula de alívio. E, quase ao mesmo tempo, noto duas coisas. A primeira é que tem um celular conectado ao carregador, está funcionando e totalmente carregado. Elliot deixou seu celular carregando. Claro que deixou.

Mas a segunda coisa que vejo é que o dele é um Android e o meu é iPhone. Meu celular está no bolso, mas não posso usar o carregador dele.

Sinto vontade de me chutar. Eu devia ter pegado o meu carregador primeiro, foi muita burrice minha. Será que ainda tenho tempo? Normalmente levaria menos de um minuto para correr até o fim do corredor, passar pelas portas da equipe e pegar meu carregador ao lado da cama. Mas agora não posso correr. Não posso passar batendo as portas. Não posso fazer barulho nenhum.

Resolvo experimentar o celular de Elliot primeiro. Dá para digitar alguns números de emergência na tela de bloqueio, só não sei se 112 ou 17 estão entre eles.

Pego o celular, a tela ganha vida, só que me desaponto ao ver que continuamos sem sinal, só aparece um x ao lado das barrinhas. Não posso ligar para ninguém.

Mesmo assim, há muitas notificações de aplicativos na tela de bloqueio e é com uma faísca de esperança que eu rolo a lista, querendo descobrir se houve alguma ligação nas últimas vinte e quatro horas. Se tiver algum sinal, mesmo fraco algumas vezes, talvez baste. Se eu conseguir entrar no celular, poderia enviar uma mensagem de texto que ficaria lá na caixa de saída até o celular conectar outra vez. Eu não teria de fazer nada, apenas esperar que ele envie.

E lá está. Uma mensagem no WhatsApp de seis horas atrás. E, embaixo disso, uma notificação da Snoop. "Anon101 está geopróximo", seja lá o que isso significa. Geopróximo? Nunca tive uma notificação como essa na minha conta Snoop.

Mas não tenho tempo para me preocupar com isso agora. A questão é como desbloquear o celular. Tenho três tentativas antes que ele bloqueie, e aí não terei escolha senão voltar, pegar o meu carregador e esperar enquanto o meu celular carrega, coisa que vai demorar e deixar Liz se perguntando onde estou.

Estou revirando meu cérebro para lembrar se Kate algum dia me disse a data de nascimento do Elliot, e, se disse, me pergunto se devia tentar o ano ou dia e mês, mas, quando volto à tela de bloqueio, me surpreendo ao notar que não é um teclado e sim um scanner de polegar.

Meu estômago aperta de desapontamento, só que então me dou conta do que isso significa e sinto uma onda de outro tipo, de horror e náusea, quando penso no que preciso fazer agora. Meu Deus. Será que sou capaz? E se fizer isso, vou virar que tipo de pessoa?

Olho para a mesa, me forço a olhar para o que vinha tentando ignorar, deixo os olhos verem Elliot. O corpo de Elliot.

A mão dele está aberta sobre a mesa, e sinto meu rosto esquentar, depois esfriar e esquentar de novo, com uma vergonha profunda do que estou prestes a fazer. Mas eu preciso entrar neste celular.

Levanto. Tiro o celular do carregador e dou um passo para mais perto de onde Elliot está caído. E outro. Então estou perto da mesa dele, estendendo a mão para pegar a dele, a mão fria e firme.

Está um pouco grudenta, mas é por causa do frio no quarto, e o braço dele, surpreendentemente pesado para manobrar, mas o rigor já acabou e é sem muita dificuldade que desdobro os dedos dele e seguro o polegar magro e comprido, gelado e rígido como um pedaço de carne.

— Sinto muito — sussurro para ele —, sinto muito mesmo.

Então aperto a ponta do dedo na tela de bloqueio.

Por um minuto, nada acontece e fico arrasada. Será que o celular sabe? Será que reage ao calor do corpo? Será que sabe que é um morto e não o dono dele vivo?

Só tenho um jeito de descobrir. Ainda mais nauseada, largo o celular e esfrego o polegar frio e grudento de Elliot entre as palmas das minhas mãos, bafejo sobre ele para tentar passar um pouco do meu calor para a pele de Elliot.

É incrivelmente difícil. Minhas mãos estão frias também e, por um longo tempo, sinto apenas o gelo profundo de carne morta contra a minha. Mas persisto, bafejo sobre o polegar para tentar aquecê-lo com a minha respiração e finalmente parece haver alguma diferença perceptível na temperatura. Antes que esfrie, pego o celular e aperto depressa na ponta do dedo dele, prendendo a respiração.

Dessa vez ele acende com o cor-de-rosa forte da tela do aplicativo Snoop. E estou dentro do celular do Elliot.

Estou quase fechando o Snoop para ir para o aplicativo de mensagens, mas paro. Tem uma coisa muito estranha no Snoop do Elliot.

Ele é seguido por 1,2 milhões de pessoas. Isso nem é grande surpresa, acho eu. Ele é conhecido como um dos cofundadores da empresa e sua identidade Snoop é pública.

Mas a coisa esquisita é que ele segue só duas pessoas. Uma delas é Topher, lembro-me do seu avatar e ID de quando o segui: Xtopher e uma foto dele equilibrando uma colher no nariz com o "v" de verificado. *Bisbilhotando Xtopher há 3 anos* diz o texto ao lado do nome dele. Mas essa não é a parte esquisita.

A parte esquisita é que a outra pessoa que Elliot seguia é um usuário totalmente anônimo, Anon101. Anon não tem foto e, quando clico no espaço em branco onde devia estar o avatar para chegar ao perfil, não tem nada na bio tampouco. *Vá embora* é a única coisa que essa pessoa escreveu no campo "sobre", o que talvez explique por que tem apenas um seguidor. É isso.

Mas em "localização", tem um registro. Uma série de coordenadas de GPS e um minúsculo logotipo dizendo "beta" entre parênteses.

Essa deve ser a atualização em que Elliot estava trabalhando antes de morrer, a atualização do geosnooping com a qual ele e Topher estavam tão animados, a que permitiu localizar Eva. Mas quem é Anon101 e por que Elliot segue essa pessoa? Será que Anon é Eva? Mas não, isso é ridículo, não com um seguidor. Além disso, eu xeretei Eva. Não lembro qual era seu ID, mas me lembro do avatar: um leopardo da neve usando óculos Ray-ban.

Clico em voltar para a tela anterior.

Bisbilhotando Anon101 há 2 dias, diz o texto embaixo do nome.

Elliot seguiu Anon101 logo antes de morrer.

Agora meu estômago está embrulhando e meu polegar paira sobre a aba geosnoop (beta) no topo do menu. Lembro-me daquela notificação na tela, a notificação que descuidei e deixei de lado. *Anon101 está geopróximo*.

Aperto a aba geosnoop.

O texto que aparece no alto do menu é *Na sua área*. E então, logo embaixo, tem uma lista de apenas duas pessoas:
Littlemy
Anon101
Eu sou Littlemy. O que significa que... Anon101 deve ser... Liz.

LIZ

ID no Snoop: ANON101
Ouvindo: off-line
Assinantes snoop: 1

Tem alguma coisa errada. Erin não voltou do banheiro. Está lá há muito tempo e, mais do que isso, não ouço nada. Nenhuma porta abrindo. Nenhum passo na escada. Nenhum barulho de descarga. Alguma coisa aconteceu? Será que ela dormiu?

Fico ali deitada mordendo o lábio, pensando no que fazer. A última vez fui atrás dela. Fiquei preocupada quando ela demorou demais para trocar a camiseta, mas agora não tenho certeza se foi uma boa ideia. O pânico na cara dela quando abriu a porta do quarto e me viu ali, eu prestes a bater na porta, me convenceu de que eu tinha cometido um erro. E agora me pergunto: foi então que ela mudou de atitude? Talvez esteja com medo de mim. Talvez pense que sou uma stalker.

As pessoas têm o hábito de se afastar de mim. Notei isso ao longo dos anos. Começou com as meninas na escola, elas eram amigáveis no início, eu tentava corresponder, então elas começavam a esfriar, por razões que nunca descobri. Então eu me esforçava mais. Mas, quanto mais tentava, mais elas se distanciavam, até que qualquer coisa que eu fizesse parecia fazer com que me odiassem mais.

No escola, as meninas nem disfarçavam. *Vá embora, Liz, você é muito esquisita.* Ouvia isso sempre. Fomos crescendo e as meninas na minha classe fingiam ser mais gentis, mas no fundo pensavam as mesmas coisas, por trás de "ah, desculpe, estamos guardando esse lugar", ou, "minha mãe diz que só posso chamar três meninas para dormir lá em casa, sinto muito, Liz".

As meninas eram más. Os meninos, piores ainda. O pior de todos era Kevin.

Até o nome dele me faz estremecer.

Eu gostava do Kevin. Pensei que ele pudesse gostar de mim também. Ele tinha acne e seu hálito era meio ruim, e ele não era especialmente bonito. Não parecia inalcançável como alguns dos outros meninos. Peguei um livro na biblioteca que dizia como fazer para os meninos gostarem da gente, mas era confuso e contraditório. *Ria das piadas dele*, dizia. Então fiz isso. Mas Kevin olhava para mim como se eu fosse louca e dizia: "Está rindo de quê?"

Dê alguma coisa para que ele se lembre de você. Dei um par de luvas que eu tinha tricotado. Deixei no armário dele, mas ele nunca usou. Depois encontrei as luvas no achados e perdidos.

Crie encontros por acaso. Eu o seguia. Ficava encostada nos armários para garantir que ele me visse quando saísse do banheiro dos meninos. Esperava no ponto de ônibus dele. Um dia o segui até sua casa.

Era novembro e estava quase anoitecendo. Não pensei que ele tinha me notado, mas tinha. Andei atrás dele por mais de um quilômetro quando ele virou para mim. "O que você quer, sua doida?" Ele disse com a voz desafinada e rouca na última palavra. Só que ele não disse. Ficou cara a cara comigo e berrou. Senti o mau hálito e os perdigotos no meu rosto quando ele gritou.

Tinha escurecido e começado a chover. Estávamos numa parte deserta do parque. Uma pequena parte de mim queria matá-lo. Mas não matei. Em vez disso, me acovardei e me afastei dele, encolhida diante daquela raiva, e então quando ele me empurrou e berrou "você está desesperada ou o quê?" eu corri. Chorando e tremendo.

Quando fui contratada pela Snoop, já tinha aprendido a lição. Ficava quieta no meu canto. Não tentava fazer amigos. Não confiava em ninguém.

Mas Erin... Por algum motivo, Erin parecia diferente. Ela foi muito simpática quando nós chegamos. Eu me lembro dessa simpatia quando perguntei sobre as roupas que devíamos usar, da sua gentileza quando me rebocou até o teleférico de esqui naquele primeiro dia. Parecia realmente gostar de mim. Agora não tenho tanta certeza. E se ela estivesse fingindo o tempo todo?

Sinto vontade de subir e perguntar o que ela pensa de mim, se sente medo, o que está fazendo lá no escuro. Mas não sei qual será sua reação. Será que devo dizer que estou preocupada com ela? Afinal, três pessoas morreram. Isso é o que uma boa amiga faria. Cuidar dela. Ver se está bem.

Mas será que ela vai entender dessa forma? Saberia que eu estava só sendo uma boa amiga? Ou olharia para mim daquele jeito outra vez, aquele olhar de pânico, apavorado, que vi nos olhos de Kevin quando ele se virou contra mim? O que vi nos olhos de Erin quando ela abriu a porta aqui. O olhar que diz *sua doida*. O olhar que diz *estou com medo*.

Dez minutos depois, continuo indecisa. Acabo não suportando mais aquele silêncio. Preciso saber o que ela está fazendo.

Ponho as pernas para fora da cama e levanto. Ainda estou usando a roupa de esqui, por isso não sinto tanto frio. Meu joelho ainda dói, mas agora já posso apoiar o peso nele. Estou muito feliz de não estar indo de raquetes de neve para o outro chalé. Quer dizer, eu nunca teria caído da escada de propósito, seria uma ideia muito estúpida, eu podia ter morrido. Mas funcionou bem.

Mesmo assim, subo a escada com cuidado, segurando o corrimão. A madeira é escorregadia para minhas meias, é até difícil ver os degraus no escuro e não quero outra queda de jeito nenhum.

Paro no topo da escada, prendo a respiração e tento ouvir. Onde ela está? Nos quartos dos funcionários? Estou quase virando para a esquerda para ver se ela foi para o fim do corredor e ouço um barulho. É bem baixo, mas vem da outra direção, do lado do corredor onde ficam os quartos de Miranda e Elliot e o meu. O que ela estaria fazendo lá?

Antes de descobrir, ouço outro barulho do mesmo lado, dessa vez inconfundível. É o barulho de uma descarga de banheiro. A porta do quarto de Miranda abre e Erin sai de lá. Ela não parece tão surpresa de me ver dessa vez, apenas sorri.

— Oi, Liz — a voz dela está meio sem fôlego —, desculpe, você estava preocupada?

— Um pouco — franzo a testa para ela. — O que você estava fazendo no quarto de Miranda?

— Já tinha usado a descarga do banheiro dos funcionários. Achei que Miranda não ia se incomodar, e era o mais próximo. Hum, Liz, valeu...

É difícil dizer no escuro, mas parece que ela está meio vermelha.

— Desculpe, isso é informação demais, mas tive uma dor de barriga. Acho que o cassoulet não foi esquentado direito. Por isso eu... Bem, foi por isso que demorei um pouco.

— Ah! — Não sei ao certo o que dizer, será que dou risada?

Não, isso ia parecer estranho. Componho minhas feições com o que espero seja um sorriso simpático. Então me preocupo de parecer apenas um sorriso, e franzo a testa de novo.

— Ai, que coisa, tadinha.

— Eu sei que você provavelmente não ia querer saber disso, mas achei que devia avisar, caso... Bem, o que estou dizendo é que nós jantamos a mesma coisa...

— Ah, eu estou bem — respondo de imediato.

É verdade, não tive nada. Mas sempre tive uma ótima digestão.

— Ah, que bom — diz ela, com cara de alívio —, detestaria ter provocado intoxicação alimentar além de tudo pelo que estamos passando. — Ela dá uma risada nervosa e então diz: — Bem, vamos?

Na hora, não sei bem ao que ela está se referindo, mas, então, ela inclina a cabeça para a escada e compreendo o que quer dizer.

— Claro — digo eu.

Mas alguma coisa me faz parar.

— Pode ir descendo. Preciso usar o banheiro também.

Ela faz que sim com a cabeça e vai mancando para a escada. Eu a observo descer durante um tempo, depois vou para o corredor que leva ao meu quarto. Destranco a porta e entro, vou até o closet embutido. A porta está um pouco aberta, foi assim que deixei. Mas será minha imaginação, ou está um pouquinho mais aberta do que deveria?

Fico imóvel um tempão olhando para a porta. Está aberta uns quatro centímetros. Parece muito. Parece uma fresta maior do que estava antes. Mas não tenho certeza.

Decido abrir a porta, tirar minha mala e abrir o zíper do forro. Lá dentro, apertado sobre a base da mala, atrás do tecido sedoso e de um pedaço de papelão devia ter um casaco de esqui vermelho. Está escuro demais para ver e deixei minha lanterna lá embaixo, mas, quando enfio os dedos na abertura estreita, sinto que está lá e a maciez acolchoada me acalma. Suspiro de alívio e me agacho, relaxada.

Fecho o zíper do forro e guardo a mala na prateleira. Levanto com dor e vou para o banheiro. Já que estou aqui, posso muito bem tornar minha história mais convincente.

Mas, quando estou tirando o macacão de esqui, uma coisa me surpreende, algo que me faz parar.

Aquela mala estava *em cima* da pilha, sobre minha pequena mala de bordo.

Eu tinha deixado de outro jeito. Tenho certeza absoluta disso.

Alguém esteve dentro do meu closet.

Erin? Ou outra pessoa?

O coração acelera.

Devagar, muito devagar fecho o zíper do macacão, pensando, tentando resolver o que fazer.

Dou a descarga e volto lá para baixo para descobrir o quanto Erin sabe.

ERIN

ID no Snoop: LITTLEMY
Ouvindo: off-line
Assinantes snoop: 10

Ouço Liz apertar a descarga lá em cima e me enfio embaixo do edredom, torcendo para conseguir fingir estar dormindo quando ela voltar. Minha cabeça está a mil, querendo entender o que pode ter acontecido.

Ainda bem que ouvi os passos dela na escada, assim pude sair do quarto do Elliot e ir rapidamente para o de Miranda. Se ela tivesse me encontrado saindo do quarto do Elliot, eu teria de abrir o jogo. E a verdade é que estou assustada demais para fazer isso.

Que diabo significa tudo isso? Liz é a assassina? Mas como? Deixando o motivo de lado, ela tem um álibi incontestável. Estava no bondinho descendo para o vale quando Eva foi morta.

Só que...

Só que ninguém a viu de fato entrar naquele bondinho.

Procuro relembrar aquela última descida da montanha como todos descreveram. Eva estava subindo no bondinho do teleférico Reine. Carl tinha caído lá embaixo, tentando pegar um, e Ani o ajudava. Todos os outros que estavam no topo da pista azul, a Blanche-Neige, se reuniram ao vento uivante, à espera de Eva, Carl e Ani.

Depois foi Liz se recusando a esquiar e a tentativa de Topher de forçá-la a fazer isso.

Todos concordaram sobre o que aconteceu depois, Liz tirou os esquis e subiu a encosta a pé para pegar o bondinho e voltar para o chalé.

Mas e se ela não fez isso? E se ela entrou na pequena cobertura do bondinho e saiu direto pelo outro lado, na direção da pista preta, La Sorcière? E aí, no topo da pista, bem onde fica a parte mais íngreme, ela parou e esperou.

Procuro imaginar como Liz podia atrair Eva até lá. Talvez fingindo ter deslizado sem querer na pista preta, indo para o precipício. Talvez tenha inventado um problema na bota ou no esqui. De qualquer forma, deve ter chamado Eva e, então, quando Eva estava bem perto e sem desconfiar, ela a empurrou no vazio.

Essa teria sido a parte mais arriscada. Não o risco de ser vista, a visibilidade estava ruim demais para isso, e o prédio do teleférico estaria entre elas e os esquiadores lá em cima na Blanche-Neige. Mas o risco de não conseguir empurrar Eva. Se Eva tivesse conseguido se salvar, ou pior, se tivesse agarrado sua atacante e a levado junto na queda, tudo estaria acabado. Mas funcionou. Deve ter funcionado. E agora Liz só precisava providenciar um álibi, garantindo que Eva fosse vista a salvo e bem depois que Liz tivesse supostamente descido no bondinho.

Lembro-me daquela roupa enorme de esqui, lembro-me de Liz suando parada na base do teleférico. Lembro-me até de ter pensado que ela usava camadas demais, e fiquei imaginando por quê, num dia de sol. Agora eu sei por quê. Não era inexperiência nenhuma. Era planejado.

Não teria sido muito difícil ter um segundo casaco de esqui por baixo daquele. Levaria poucos segundos para abrir o zíper do macacão azul largo, tirar o casaco vermelho de esqui de baixo e vesti-lo por cima. De capacete, óculos de esqui e calça de esqui de cor escura, qualquer um que a visse de longe poderia garantir que era Eva.

E assim ela desceu La Sorcière, parando só para garantir que ao menos uma pessoa, a fiel pequena Ani, lá no alto no bondinho, pudesse corroborar sua história.

Penso nas últimas palavras de Ani para Tiger, a frase que disse confusa, *eu não a vi*.

Nós todos pensamos que ela estivesse falando de Eva.

Mas e se... e se estivesse falando de Liz? Liz, que devia estar no bondinho descendo a montanha, ao mesmo tempo em que Ani subia. E se foi isso que Ani compreendeu, que Liz nunca passou por eles descendo? Que ela nunca pegou aquele bondinho, afinal?

É plausível. Tudo é terrivelmente plausível. E é provável que tivesse funcionado, se não fosse por uma coisa: o aplicativo geosnooping de Elliot que estava pegando dados de todos naquele grupo.

Porque Elliot não era burro. Assim que ele soube que Eva tinha morrido, deve ter verificado os movimentos de todos os outros na montanha aquele dia. Ele ia saber que a pessoa que esquiou na La Sorcière não era Eva, e sim Anon101. Só que, mesmo com toda informação à disposição, ele não podia ter certeza de quem era Anon101.

Por isso seguiu Anon no Snoop. E tratou de descobrir por eliminação. Mas foi assassinado antes de poder revelar suas suspeitas para Topher.

Essa teoria explica quase tudo. Explica por que Elliot teve de morrer, por que o computador dele, com todos os dados do geosnooping, foi destruído. Explica por que Ani foi assassinada.

Tem só uma coisa que não explica. *Por quê.*

Por que Eva foi assassinada para começo de conversa.

Porque Liz ainda não tem um motivo.

Ainda assim, eu me lembro das palavras de Danny: não sei, mas nós provavelmente poderíamos arranjar motivos para todos eles, se fosse necessário.

Ele tem razão. Álibi é a chave, não o motivo. E eu acabei de detonar o álibi de Liz. Só tem um problema, se eu estiver certa, esse fato faz com que eu seja a próxima da fila para ser assassinada.

Estou sozinha em um chalé isolado com uma assassina e não há nada que eu possa fazer.

LIZ

ID no Snoop: ANON101
Ouvindo: off-line
Assinantes snoop: 1

Quem mexeu na minha mala?

A pergunta fica me roendo como rato enquanto vou devagar lá para baixo. Entro na sala de estar e vejo Erin encolhida sob o edredom. Está de olhos fechados, a respiração suave e ritmada. Mas parece, e não sei se posso estar sendo paranoica, que há algo de falso no jeito que está deitada. Alguém realmente pode parecer assim tão serena dormindo?

— Erin — chamo baixinho.

Ela se mexe, as pálpebras tremem um pouco, mas não acorda.

Sento no sofá-cama ao lado dela e procuro pensar.

Tenho certeza absoluta da mala. Quer dizer, acho que tenho. Mas não examino aquela prateleira desde domingo. Qualquer pessoa podia ter mexido lá. E, mesmo mexendo, podem não ter espiado dentro do forro. Pode ter sido Elliot, reunindo informação antes de levar suas suspeitas ao Topher. Pode até ter sido uma coisa completamente inocente.

Eu poderia matar Erin. O problema não é esse. Poderia botar um travesseiro no rosto dela, como fiz com Ani, mas essa é a questão: se matar Erin, todos saberão que fui eu. Não tem mais ninguém aqui num raio de quilômetros. Eu teria de torcer para persuadir qualquer um de que um invasor desconhecido a sufocou quando estava dormindo.

Matei Elliot e Ani porque precisei. Agi com rapidez, impulsivamente, trabalhando com o que tinha à mão. Com Elliot, foram os soníferos de Eva amassados numa xícara de café. Ele não suspeitou de nada quando ofereci uma segunda dose. Acho que eu era só isso para ele, alguém que servia café.

Com Ani, foi o travesseiro dela, pressionando nariz e boca. Ela morreu sem alvoroço, o ruído dos seus movimentos abafados pelo edredom pesado em volta. Eu me senti... Bem, gostaria de poder dizer que me senti culpada pelos dois, mas a verdade é que não senti isso. Elliot estava pedindo, xeretando e espionando. Mas senti pena de Ani. Só que ela estava no lugar errado, na hora errada. O que vi em seus olhos quando ela parou, imóvel, à minha porta aquela noite, foi a revelação do que ela tinha visto. O que ela *não* tinha visto. As bolhas de vidro do bondinho voltando vazias para a estação, quando eu devia estar em uma delas.

Ela entendeu o que aquilo significava. Percebi na mesma hora, desde o momento em que nossos olhos se encontraram e os dela se encheram de medo. Ela voltou correndo para seu quarto e trancou a porta. Provavelmente se sentiu a salvo. Ela não sabia que eu tinha a chave mestra.

Mas não sinto remorso, nem por Ani, porque nada disso é culpa minha. Eu estava no lugar errado na hora errada também. Nunca pedi nada disso. Fui pega numa situação sem saída, envolvida no "game of thrones" pessoal de Topher e Eva, nem sequer como personagem importante, apenas um peão para Eva jogar contra Topher quando chegasse o momento certo, usando meu passado contra mim.

Porque o que acontece é o seguinte: eu sou uma boa pessoa. Nunca quis nada disso. Certamente não quero matar ninguém sem necessidade. Se Erin não espiou dentro daquela mala, se ela não descobriu nada, bem, não quero fazer mal a ela.

Não preciso agir com pressa. Tenho tempo para pensar nisso. Não há como socorro chegar aqui antes de amanhã. Posso descobrir com calma se ela sabe alguma coisa e, se for o caso, o que posso fazer quanto a isso. Teria de ser um acidente, ou parecer um acidente. Outro escorregão na escada, talvez? Um vazamento de monóxido de carbono do forno? Mas não sei bem como eu poderia engendrar isso.

Tiro os óculos e deito bem devagar, mas não fecho os olhos. Fico lá quieta, de frente para Erin, observando. Observando enquanto ela dorme.

ERIN

ID no Snoop: LITTLEMY
Ouvindo: off-line
Assinantes snoop: 10

Liz está me observando. Não ouso abrir os olhos, só uma nesguinha, mas, com uma tosse para disfarçar, movo um pouco a cabeça, e a vejo ali deitada de olhos abertos na escuridão.

Sem os óculos, ela fica bem diferente. O olhar de coruja impenetrável desaparece, ela parece mais jovem, mas ao mesmo tempo tem algo ainda mais perturbador no olhar fixo e vazio. Quando fecho os olhos e me ajeito de novo com um ronco como disfarce, sinto o olhar dela direto em mim.

Estou meio zonza de medo. O que eu vou fazer?

Tento me forçar a respirar lentamente, para pensar direito. Estou em perigo? Perigo imediato? Não sei. Se eu estiver certa, Liz matou três pessoas, mas não acho que ela está matando por prazer. Ainda não tenho ideia do motivo para matar Eva, mas Ani e Elliot só foram mortos quando tiveram informação concreta da culpa de Liz. Se eu conseguir manter minhas suspeitas escondidas até de manhã, talvez sobreviva.

Fecho os olhos com força e penso no celular de Elliot, conectado de novo no carregador lá em cima, com a mensagem de texto que enviei para Danny na caixa de saída, à espera do sinal de conexão. "SOS, envie ajuda, por favor. É A LIZ." Mensagem composta com dedos trêmulos, tentando botar uma linha muito tênue entre uma mensagem que Danny entenderia, uma mensagem que serviria de pista se alguma coisa acontecesse comigo antes do amanhecer, e uma mensagem que eu poderia explicar coerentemente se Liz de algum modo a visse.

Não acho que ela tenha acesso ao celular de Elliot. Mas não sei. Esse é o problema. Não sei de nada. Ela estava fazendo alguma coisa lá em cima quando disse que ia ao banheiro. Passou tempo demais no seu quarto e a ouvi andando de um lado para outro, abrindo e fechando portas. Ela foi ao banheiro e logo apertou a descarga, sem nem fechar a porta, até onde eu sei, que dirá sentar no vaso.

Ela sabe de alguma coisa. Ela suspeita de algo. Eu não sei o que é. Só sei que Ani foi assassinada enquanto dormia, por isso não tenho coragem de adormecer.

LIZ

ID no Snoop: ANON101
Ouvindo: off-line
Assinantes snoop: 1

Erin sabe.
    No início não tinha certeza, mas, à medida que o tempo se arrasta no que cada vez mais parece que vai ser uma noite sem fim, fico convencida disso.
    Porque, apesar do que imaginei primeiro, ela não está dormindo. Está fingindo, mas não está dormindo. Está lá deitada de olhos fechados e às vezes, quando acha que não estou vendo, abre os olhos só um pouquinho para verificar se eu ainda estou acordada. Vejo o brilho da luz da lua entre seus cílios, depois ela fecha apertado e finge um ronco.
    É muita injustiça. Deus é muito injusto!
    Eu nunca pedi isso. Nunca quis nada disso. Só queria que me deixassem em paz.
    É tudo que eu sempre quis. Era tudo que eu queria das meninas na escola, com sua implicância, provocação e intrometimento.
    Era tudo que eu queria na faculdade, com as pessoas me enchendo para me associar a clubes e frequentar reuniões de calouros.
    Era tudo que eu queria na Snoop. E, no início, fizeram isso, me deixaram em paz e, então, eu estava muito bem.
    E depois não estava mais. Tudo começou a acontecer. E é por isso que os odeio tanto.
    Odeio Topher por ter me arrastado para isso, me prender a essas ações que pesam uma tonelada nos meus ombros.
    Odeio Eva por se meter tanto, sem parar, quando devia ter me deixado em paz no meu canto. Odiei quando ela perguntou "você está bem?" e "tem alguma coisa que eu possa fazer?" e "vamos consertar isso, Liz, eu juro".

Odeio Elliot por investigar e espionar e por ser o sabichão.

Odeio Rik apenas por ser um deles. Tão elite. Tão esnobe. Nadando com tubarões e nunca se machucando porque é um deles. Porque é homem, aluno de escola de rico e muito, muito charmoso.

E agora odeio Erin também.

Ali deitada com seus falsos ronquinhos e seu sorrisinho, quando o tempo todo esteve ligando os pontos...

Só que é tarde demais. O que eu posso fazer? Se eu tivesse certeza disso mais cedo... Ainda tinha oito comprimidos de sonífero da Eva no bolso. Teria sido possível — não fácil, mas possível — botá-los disfarçadamente no cozido. Eu podia ter trocado nossos pratos quando Erin não estivesse olhando. Agora é tarde demais. Mas talvez isso já tenha acontecido com ela. Talvez ela estivesse fazendo isso mesmo quando foi ao banheiro, quando demorou tanto e voltou com aquela história de intoxicação alimentar. Quem sabe provocando vômito?

Eu poderia encenar um arrombamento? Fingir que Inigo voltou para nos pegar? Poderia funcionar... mas não se o próprio Inigo tiver um álibi. E o problema é que, se Inigo tiver um álibi mesmo e se Erin não suspeita de mim, então eu estaria me expondo sem motivo. Estaria dando um tiro no pé.

Preciso ter muito, muito cuidado. Não posso errar de jeito nenhum.

Mas preciso saber. Preciso saber o que ela sabe.

— Erin — sussurro bem baixinho.

O silêncio é completo, mas não exatamente o silêncio de alguém dormindo. É mais o silêncio de alguém pensando.

Finalmente um suspiro, e Erin fala:

— Sim?

— Ainda acordada?

— Não consigo dormir. Fico pensando nos outros, imaginando onde estão.

Podia ser verdade. Mas então penso naquela fresta de olho brilhando para mim no escuro. Acho que não é. Acho que não é por isso que ela não consegue dormir. Entro no jogo.

— Está preocupada com Danny?

Outra pausa longa. Acho que ela está pensando no que vai dizer. Está tentando descobrir se precisa fingir suspeitar de outra pessoa.

— Um pouco — diz ela finalmente —, esperava que ele voltasse essa noite, sabe?

Já estou quase falando outra coisa, não sei bem o quê, algo insignificante sobre ter certeza de que Danny está bem.

Mas aí, no silêncio enquanto formulo minha resposta, ouço dois bipes. Bem baixinho e vindo lá de cima, mas inconfundíveis.

É o som que faz meu coração disparar antes mesmo de ter definido o que é.

É o barulho de uma notificação de mensagem.

ERIN

ID no Snoop: LITTLEMY
Ouvindo: off-line
Assinantes snoop: 10

Percebo na hora que Liz ouviu. O corpo todo se retesa em alerta, e ela se ergue nos cotovelos muito atenta.

Merda.

— O que foi isso? — diz ela.

Meu coração dispara. Sei muito bem o que é. É Danny respondendo à mensagem de texto do Elliot. Deve ser. O celular de Elliot é o único na casa que ainda tem bateria. Deve ter havido uma barrinha de sinal, a mesma que fez com que a notificação do Snoop chegasse.

Mas mantenho a expressão cautelosamente neutra.

— Não faço ideia, parecia um celular, não acha? Mas não pode ser.

Liz olha fixo para mim, como se tentasse descobrir o que está acontecendo por trás do que deixo transparecer. Ai, meu Deus, ela sabe. Ela definitivamente sabe. Só não tem certeza suficiente para agir de acordo com as suspeitas. Preciso ter muito, muito, muito cuidado.

— O som veio lá de cima — diz Liz.

Ela pega os óculos e gira uma perna para fora da cama.

— É... — digo devagar, com a mente acelerada.

Custe o que custar, não posso deixar que ela entre no quarto de Elliot. Se ela vir essa mensagem, eu estarei numa baita encrenca. Ela já suspeita de mim. Seria muito difícil explicar aquela mensagem.

— É, veio, sim.

Ela poderia me matar? Eu não sei. O joelho dela está tão ruim quanto o meu tornozelo. Será que ela conseguiria mancar mais rápido do que eu se chegasse a ponto de fugir? Estou tentando pensar em um plano. Será que eu conseguiria atraí-la para fora do chalé? Trancar a porta? Mas então penso nas palavras do Danny, sobre Inigo aparecendo, implorando para entrar, e sei que ele está certo. Eu não poderia ficar lá parada vendo outro ser humano congelando até a morte a poucos centímetros de distância, com apenas uma lâmina de vidro nos separando. Simplesmente não poderia. Nem mesmo se fosse Liz.

Mas não posso deixar que ela encontre aquela mensagem de texto.

Minha cabeça está a mil, tentando lembrar o que pude ver na tela bloqueada do Elliot antes de abrir. Algumas pessoas mantêm suas mensagens de texto aparecendo por inteiro. Outras só a identidade de quem enviou, ou apenas "você tem uma mensagem de texto". Qual é a do Elliot? Por que não verifiquei antes de destravar o celular e tirar suas notificações? É claro que, se ocorrer a Liz usar o corpo do Elliot para destravar o celular como eu fiz, nada disso importa.

— Parece que veio do quarto de Miranda — eu digo lentamente, procurando despistá-la.

— Você acha? — pergunta Liz, com expressão cética. — Achei que parecia mais o do Elliot. Seria a cara dele ter algum tipo de bateria de longa duração.

Meu estômago dá uma cambalhota. É claro. É claro que ela está certa. Ela conhece essas pessoas. E agora descubro que estou num beco sem saída. Não posso sugerir que nos separemos para eu verificar o quarto do Elliot, se eu já disse que achava que o som vinha do quarto da Miranda. Vou ter de acatar a sugestão dela.

— Vamos... verificar? — Procuro parecer insegura. — Parece meio desrespeitoso. Talvez devêssemos excluir os outros quartos primeiro, não?

Liz gira a outra perna para fora da cama. Parece determinada.

— Acho que o mais importante é chegar ao celular enquanto ainda tem sinal — ela diz sensatamente, e não tenho como contestar porque a questão é que ela está certa, isso é exatamente o que eu diria também, se não tivesse enviado aquela merda de mensagem —, mas compreendo se você não quiser vir — acrescenta.

Quase aceito. Fico tentada. Mas não posso deixar que ela vá lá em cima sozinha. Seria pior. Tem de haver algum jeito de eu chegar ao celular antes dela e apagar a resposta do Danny.

— Claro — respondo, como se estivesse me preparando para fazer algo necessário —, claro, você tem razão. Era só frescura minha. É mais importante a gente conseguir nos comunicar. De qualquer modo, a porta está trancada, você vai precisar da minha chave.

— Claro — ela ecoa e por um segundo, só um segundo, a mão dela desvia para o bolso em que a chave mestra que faltava devia estar escondida, num gesto totalmente involuntário que eu não teria percebido se não estivesse observando cada movimento dela. Ela assume o controle antes que a mão encoste no bolso, e só parece que está ajeitando o traje de esqui. Mas eu sei o que ela estava pensando.

Ao subir a escada, tenho uma sensação forte e clara de *déjà vu*, do número de vezes que subimos essa escada de dia ou à noite para alguma descoberta terrível. Só que dessa vez eu sei o que tem lá, e sou eu que temo ser exposta.

Meu coração dispara conforme nos aproximamos da porta do Elliot e, quando vou pegar minha chave mestra no bolso, sinto a mão tremer.

— Você está bem? — pergunta Liz.

Ela havia posto os óculos que cintilam no escuro.

— Não precisa vir se não quiser — ela completa.

— Estou bem — digo entre dentes cerrados —, só estou com frio.

Então eu giro a chave, e estamos no quarto do Elliot, o fedor da morte ainda pior do que antes, embora eu saiba que isso não pode acontecer, não nas poucas horas desde que estive ali.

Liz engasga e cobre a boca com a mão. Isso me dá uma desculpa.

O carregador está no chão ao lado da mesa, não dá para ver da porta. Se eu conseguir fazer com que ela se concentre no outro lado do quarto...

— O cheiro está terrível — comento —, se você quiser ver no lado da cama, eu fico com a mesa.

Ela faz que sim com a cabeça e vai para o outro lado do quarto. Eu me ocupo dos movimentos, abrindo gavetas, fingindo procurar um celular que sei muito bem que está ali fora de vista, e ouço alguma coisa.

E então...

— Erin.

Levanto a cabeça, olho para a cama, mas ela não está lá. Veio parar atrás de mim. E encontrou o celular.

Meu coração começa a bater tão alto que tenho certeza de que Liz poderá ouvir.

Fuja, fuja, fuja, uma voz fica berrando na minha cabeça. Mas não fujo. Fico quieta. Talvez ainda consiga sair dessa. O que tem no celular? O que diz?

Queria poder ver a tela, mas não dá. Liz o está segurando virado para ela, por isso só consigo ver a luz da tela refletindo nos seus óculos.

— Aquele som — ela diz muito, muito devagar, olha para mim de testa franzida entre as lentes dos óculos — era mesmo uma mensagem. E é para você.

LIZ

ID no Snoop: ANON101
Ouvindo: off-line
Assinantes snoop: 1

Olho para a tela e para o rosto de Erin.
　Isso não tem sentido. Ou será que tem?
　"Mensagens", diz a tela de bloqueio e, depois, a primeira linha da mensagem. "Porra. Erin, é você?"
　Erin olha para mim como um coelho preso na armadilha.
　O celular de Elliot desbloqueia com o polegar. Torna o que tenho de fazer em seguida muito fácil.
　Estendo o braço e pego a mão dele fria e pesada.
　— Não! — Erin geme e tenta pegar o celular, mas é tarde demais, já desbloqueei.
　"SOS", eu leio, sentindo a fúria começar a flamejar dentro de mim, deixando meu rosto quente. "Envie ajuda, por favor. É A LIZ."
　Olho bem nos olhos de Erin, sentindo meu queixo cair de choque com a traição.
　Aquela vaca. Aquela vaca de merda.

ERIN

ID no Snoop: LITTLEMY
Ouvindo: off-line
Assinantes snoop: 10

Vejo o rosto de Liz mudar quando ela lê, e sei, no mesmo instante, que não tenho o que falar para escapar dessa.

O rosto dela fica branco e ela fica imóvel, mas não acho que é o medo que a paralisa. Acho que pode ser outra coisa. Acho que pode ser raiva.

— Você não entendeu — digo, mas minha voz está rouca e sei que isso não adianta nada.

Não sei como eu pensei que aquele texto era ambíguo. Vendo a cara de Liz, eu agora entendo que ela só pode interpretar de uma forma.

— Você sabe — ela diz, e com a voz terrivelmente calma.

Eu quero que ela grite e berre, qualquer coisa seria melhor do que aquele gelo.

Mas tem um alívio nas suas palavras, porque agora eu posso parar de fingir. Posso parar com essa dança horrível de ela sabe que eu sei que ela sabe, e apenas encarar a verdade.

— Sim, eu sei — falo baixinho.

Então dou um passo para trás, afundo na cama do Elliot e cubro o rosto com as mãos. Em parte, porque meu tornozelo está me matando e a dor está começando a provocar náusea, e em parte porque minhas pernas estão tremendo tanto que não consigo mais ficar de pé.

Ela fica lá olhando para mim com a expressão indecifrável por trás dos óculos enormes. A luz do celular de Elliot cria um efeito fantasmagórico no rosto dela, de baixo para cima. Atrás dela, Elliot, o homem que ela matou, caído sobre a mesa, um lembrete imediato aterrorizante do que ela fez para proteger seu segredo. O segredo que agora eu sei. Ai, meu Deus, o que foi que eu fiz? Danny, onde está você?

— Meu Deus, ele fede — ela diz franzindo o rosto.

Ela estala os dedos, *clique, clique, clique*, mas não soa mais como nervosismo. Soa como algo se armando para a luta.

— Vamos sair daqui. Vamos descer para conversar sobre isso.

Como num sonho, ou talvez pesadelo, eu a sigo para fora do quarto. Ela segura o celular na frente como se fosse uma vela iluminando o corredor e, quando chegamos ao topo da escada, ela diz "você primeiro".

Hesito.

Não quero deixá-la com raiva, mas ao mesmo tempo não vou de jeito nenhum descer aquela escada escorregadia e precária com ela atrás de mim. Não vou.

Liz percebe minha hesitação e dá uma risada triste.

— Ok, não a condeno. Eu vou na frente. Mas você fique mais para trás, ok? Também não vou deixar que me empurre.

Concordo, meneando a cabeça. Não me importo de ficar longe. Seria quase tão fácil ela agarrar meu tornozelo e me derrubar como seria para eu chutá-la nas costas.

Meu Deus, isso é surreal.

Eu a observo descendo com cuidado a escada, segurando no corrimão e, com o celular, guiando o caminho como um fogo fátuo fraquinho.

Chegando lá embaixo, ela se afasta do pé da escada e põe mais uma acha de lenha no fogo, que cresce e ilumina a sala. Eu me apresso a descer enquanto ela está de costas, coração acelerando até chegar lá embaixo. Então ela endireita o corpo e fecha a tampa de vidro da lareira de ferro.

Estou sozinha com uma assassina. Estou sozinha com uma assassina. Será que se continuar repetindo essas palavras para mim mesma isso começará a parecer real?

LIZ

ID no Snoop: ANON101
Ouvindo: off-line
Assinantes snoop: 1

É de certa forma um alívio ter tudo às claras. Eu sabia que havia algo errado e sempre odiei ter de ler as entrelinhas, de mudar de ideia, de tentar analisar uma testa franzida, ou uma expressão neutra, ou uma pausa, que podiam ser alguma coisa ou nada.

Agora nós duas sabemos em que pé estamos. E é um alívio. Mas também é um problema. Porque eu gostava de Erin. Não, isso está errado. Não devia usar o verbo no passado. Ainda não.

Eu gosto dela. Eu realmente gosto dela. Não quero ter de fazer isso. Mas ela fez uma coisa muito, muito estúpida mesmo quando enviou aquela mensagem de texto, e agora eu não tenho escolha. Ela, de fato, me obrigou a fazer isso. Se alguém tem culpa aqui, é *ela*.

A sensação de injustiça se intensifica de novo. Isso é muito injusto.

— Eu nunca quis nada disso, sabe? — digo para ela quando ela se joga em uma das poltronas, olhando fixo para as chamas.

Ela está tremendo. Não sei se é frio ou choque.

— O quê?

Ela levanta a cabeça e sinto a raiva crescendo dentro de mim, então afasto esse sentimento. Será que ela estava prestando atenção?

— Eu disse que nunca quis isso.

Sento na poltrona de frente para ela. Olho para o fogo e sinto o calor no rosto.

— Jamais teria matado qualquer um deles se pudesse fazer outra coisa. Também sou vítima aqui.

Ela hesita e por um minuto parece que vai dizer alguma coisa, mas então ela pensa melhor.

— Me conte — ela diz.

E é isso que faço.

ERIN

ID no Snoop: LITTLEMY
Ouvindo: off-line
Assinantes snoop: 10

Estou perdida em meus pensamentos quando Liz senta na minha frente e levo um tempo para perceber que ela está falando. O que ela diz não tem sentido, algo sobre ser a verdadeira vítima da história.

Levanto a cabeça, olho nos olhos dela e sinto uma vontade enorme de estapeá-la, sacudi-la, gritar: "Você? Está brincando? E Eva? E Elliot? E Ani, que nunca fez mal a uma mosca?"

Mas não faço isso.

Porque de repente sei o que preciso fazer ali.

Tenho de satisfazê-la. Preciso mantê-la falando tempo suficiente para Danny voltar com reforços. Ele viu a mensagem. Sabe o que significa. Ele vai fazer tudo que puder para me ajudar. Não sei que horas são, mas deve passar bastante da meia-noite. Se conseguir manter Liz falando bastante tempo, talvez eu consiga sobreviver. Posso até obter justiça para todas as pessoas que ela matou.

Porque sou uma sobrevivente e é isso que Liz não sabe de mim. Ela vê uma mulher fresca e estilosa que tem o mesmo histórico de Topher e Eva, alguém que nunca precisou trabalhar para viver, de ralar para sobreviver.

Mas isso não é verdade. Não no meu caso. Apesar do meu nome de família, eu não cresci em berço de ouro, não como Topher e Eva. Eu sempre soube que era segunda opção e que teria de lutar por mim. Eu sei o que é limpar a sujeira dos outros para me sustentar.

Porém, mais do que isso, a coisa mais importante sobre mim, algo que Liz nunca vai entender, não poderia entender, só se estivesse no meu lugar: eu vi a morte cara a cara uma vez e a mandei embora.

Posso fazer isso outra vez.

— Me conte — peço.

Minha garganta aperta e minha voz treme com o esforço de mantê-la calma, sem sentir nada parecido. Mas Liz parece não notar. Ela sorri. Incrivelmente, inacreditavelmente, ela sorri.

E começa a falar.

LIZ

ID no Snoop: ANON101
Ouvindo: off-line
Assinantes snoop: 1

— Você não sabe como foi começar a trabalhar na Snoop — digo.

É mais fácil não olhar para Erin enquanto falo disso, então desvio o olhar de novo, para o fogo, me lembrando daquele primeiro dia, abrindo a porta do escritório e vendo todos eles lá, rindo, brincando, tão espontâneos e tranquilos.

— Foi como entrar em um mundo diferente. Como um filme, as pessoas elegantes, belas e inteligentes. Eles eram como uma espécie diferente, e eu queria demais ser como eles. A escola... na escola foi horrível. Não sei explicar. Eu sabia que era diferente das outras meninas da minha turma, sabia que todas riam de mim. Mas não sei por que achei que, quando tivesse minha própria vida, seria diferente. Eu pensei que talvez eu fosse apenas um patinho feio.

Engulo em seco. É estranho falar tudo isso, revelar segredos que carreguei por três anos.

— Mas, quando cheguei à Snoop, vi que não era verdade, que eu não ia virar um cisne da noite para o dia feito mágica. Eva e Topher, até Elliot e Rik, de certa forma, eles tinham sido diferentes, especiais e belos desde o dia em que nasceram. E eu não. Eu nunca seria um cisne. Precisava aceitar isso. Mas acontece que eu era boa no trabalho. Muito boa. E a Snoop estava indo bem. E eu gostava do trabalho, gostava deles. Então, quando a empresa teve problemas para levantar fundos logo antes do lançamento, ofereci para Topher e Eva o dinheiro da minha avó. Ainda me lembro do choque estampado na cara deles quando sugeri.

Dou risada me lembrando da expressão de Topher quando falei naquela reunião, como se a cadeira dele tivesse se pronunciado, oferecendo uma solução para as finanças.

— Acho que naquele momento perceberam que tinham me subestimado, que a mulher que servia café e tomava notas era um ser humano que conseguia entender o livro-razão com lucros e perdas e saber quando a empresa enfrentava dificuldades. Foi como se realmente me vissem pela primeira vez. Eva se ofereceu para me reembolsar com juros, e uma boa taxa. Eu receberia a mais quase a metade, quando me pagassem de volta. Mas Topher... Topher me levou para um canto em sua sala e disse que eu devia pedir ações e ficar por lá até recebê-las.

Eu sabia que era um risco. Rik descreveu cuidadosamente — eu não veria meu dinheiro por um longo tempo e, se a firma falisse, perderia tudo. Mas Topher... você não sabe como ele é. Ele é muito carismático. Faz você sentir que é o máximo, que ele vai cuidar de você, que seu dinheiro não poderia estar em mãos mais seguras. E acabou que eu apostei nisso. Na época, achei que Topher estivesse sendo generoso. Pensei que estivesse cuidando de mim.

Olho para as chamas, sinto o brilho queimando minhas retinas, como se pudesse queimar as lembranças que carreguei durante anos.

— Eu não sabia na época o que sei agora. Que ele via como seria caso houvesse uma discordância, e achou que eu era alguém que ele poderia pressionar numa possível divisão.

Paro de falar. De repente isso fica difícil como nunca imaginei. É bom colocar tudo para fora. Erin é boa ouvinte de certa forma, e a sensação é de furar uma bolha, soltar todo o veneno que se juntou ali desde aquela noite. Mas machuca também. E, quando engulo para controlar a dor, minha garganta está seca. A sensação me dá uma ideia.

— Vamos fazer um chá? — sugiro.

— Oi? — diz Erin, com um quê de incredulidade na voz, e não a culpo, a pergunta deve ter soado um pouco surreal em meio a tudo isso.

— Chá — eu digo outra vez. — Não sei você, mas eu estou com muita sede.

— Chá? — Erin repete como alguém falando outra língua, e então dá uma risada trêmula. — Chá... seria ótimo mesmo. É exatamente o que estou precisando agora.

Levantamos e mancamos juntas até a cozinha, pego duas canecas e Erin, a chaleira e um pacote de saquinhos de chá.

— Não tem mais leite — ela diz, pondo a chaleira embaixo da torneira —, azedou ontem.

Nós duas ficamos esperando a chaleira encher, mas não há barulho de água jorrando. Então lembro. Vejo na expressão de Erin que ela lembrou também.

— Os canos... — ela diz sem necessidade, e eu meneio a cabeça.

— Vamos pegar neve? — pergunto.

— Acho que sim, não é? — Erin diz, mas percebo pela hesitação em sua voz que não quer ir lá fora.

Não posso dizer que a condeno por isso. Também não quero sair. Nós duas sabemos que sair do chalé daria à outra a chance de nos trancar lá fora e que provavelmente congelaríamos até a morte. Mas a neve está empilhada contra a porta da frente, por isso, se fizermos direito, nenhuma de nós terá de sair.

— Se você abrir a porta da frente — eu digo —, e ficar lá com a chaleira, posso martelar lascas perto da porta.

Ela concorda, e vejo que se sente grata por eu ter assumido o papel mais arriscado. A pilha de neve está tão alta que a pessoa teria de escalá-la para sair, de modo que é pouco provável que alguém possa empurrar a outra pela porta, mas, mesmo assim, é possível.

— Obrigada — diz ela, e juntas vamos para o hall de entrada, Erin destranca a porta empenada.

Começo a cavar a neve dura e compacta com uma colher, arrancando pedaços e jogando-os na chaleira que Erin segura. No fim, estamos ambas tremendo de frio, mas a chaleira está cheia, fechamos a porta e voltamos para a sala de estar e para o fogo, onde Erin equilibra a chaleira na beira do forno de lenha e nós duas aquecemos as mãos na porta de vidro.

— Você estava falando... — ela me encoraja quando a chaleira começa a apitar — sobre as ações?

As palavras me trazem de volta com um solavanco à nossa realidade presente. Toco no pacote vazio de soníferos no meu bolso. Penso no que preciso fazer.

ERIN

ID no Snoop: LITTLEMY
Ouvindo: off-line
Assinantes snoop: 10

Achar a chaleira, pegar a neve, todas as coisas simples para fazer o chá permitiram que eu tirasse a nossa situação do centro dos meus pensamentos por um momento, mas, quando o silêncio nos cerca, sinto o medo se instalar como um peso nos ombros. Liz está calada, seu rosto, inexpressivo e indecifrável, as mãos estendidas para o fogo e, de certa forma, seu silêncio é mais apavorante do que qualquer discurso. Fico tentando imaginar em que ela está pensando. Será que procura uma forma de escapar disso? Ou está só pensando no que fez?

A chaleira sopra vapor suavemente. Liz fica lá sentada olhando para ela, com uma das mãos perto do fogo e a outra no bolso, e de repente eu não aguento mais.

— Você estava falando que...?

Liz levanta a cabeça. Olha para mim como se me avaliasse, de um jeito que eu não gosto. Ela está amassando um plástico no bolso. O barulho é alto naquele silêncio, e acho que, se ela não disser alguma coisa, vou gritar.

Então ela continua sua história.

— As ações. Sim. Pois então, sim, lá estava eu, vinte e dois anos, uma acionista nesse aplicativo que iam lançar, e Topher e Eva começam a me tratar um pouco mais como ser humano, agora que estou no negócio. Bem, tenho apenas dois por cento. Até Elliot e Rik superam em muito minha parte. Mas sou uma acionista. E uma noite, alguns dias depois de assinarmos os papéis, houve uma reunião num bar famoso de Londres, não lembro por quê, acho que estavam atrás de uma sociedade com alguma empresa de streaming, uma espécie de toma lá, dá cá.

Ela para, vem alguma coisa séria aí. Não sei o que é, exatamente, mas parece que Liz está se preparando para algo, se forçando numa parte da história que não quer revelar.

— Eles discutiram sobre a minha ida. Lembro-me de Rik dizer: "Você acha que essa é a imagem que queremos passar?" Ele não sabia que eu estava ouvindo, é claro. Estavam na sala de Eva e eu estava ouvindo pelo interfone. E Eva disse: "Pelo amor de Deus, Rik, não é tão complicado assim, eu posso deixá-la apresentável, e agora ela é oficialmente uma de nós, graças ao Toph, por isso pode muito bem fazer o papel." Então ela fez uma pausa e disse que "além do mais, Norland gosta do tipo dela, gosta de jovens". Então eu sabia o que estava acontecendo quando Eva pediu para eu ir à casa dela antes da festa e emprestou um vestido para mim, porque ela sabia que eu estava sem dinheiro depois de investir tudo na Snoop. Quando ela falou desse jeito, pareceu perfeitamente razoável, até generoso, mas eu sabia a verdade.

"Bem, você viu Eva. Sabe como ela é. Deve haver umas três mulheres em Londres que conseguem vestir o jeans dela. Mas acabamos encontrando alguma coisa, Eva me maquiou e, quando chegamos ao bar e fomos apresentados aos executivos da outra empresa... não sei, mas comecei a me sentir uma verdadeira Snooper. Eva não me apresentou como sua assistente pessoal, e sim como Liz, acionista minoritária, e eles falaram comigo com respeito, a noite foi passando e eu realmente comecei a acreditar que a hora tinha chegado, essa era a vida que eu estava esperando. Normalmente não bebo muito, mas aquela noite bebi, bebi muito, um monte de drinques e..."

Ela para. A chaleira está apitando, ela pega com cuidado e enche as canecas, depois joga os saquinhos de chá dentro.

Pego a que ela oferece e examino discretamente. Não quero piorar as suspeitas dela, mas, dada a forma da morte de Elliot, seria burrice não verificar. A neve derretida está meio turva e o chá está começando a soltar do saquinho, colorindo a água quente, mas ainda consigo ver o fundo da caneca e, definitivamente, não tem nada lá. Nenhum comprimido, pelo menos.

— E aí? — tento incentivá-la a continuar, ela olha para o outro lado e eu digo: — Desculpe, não quero me meter. Se for muito difícil...

— Não — diz ela com certa pressa —, está tudo bem. Eu... Ajuda de uma forma meio estranha, falar sobre isso. Eu só não pensava nisso há muito tempo. Todos nós ficamos muito, muito bêbados. E, de alguma forma, não consigo lembrar agora, eu acabei saindo com Eva... com um dos executivos do bar. Éramos só nós três. Topher também ia, isso eu lembro, porque ele estava no táxi, mas no último minuto desistiu e pediu ao motorista que o deixasse em algum lugar. Chegamos a uma casa em Pimlico e... meu Deus... era incrível, linda demais, a construção georgiana, vários andares, com um terraço com vista para o rio...

Agora ela está olhando através de mim, como se visse algo que não vejo.

— Ele nos levou lá para cima, fomos para o terraço, ele nos deu champanhe e conversamos um pouco, então Eva pediu licença e foi ao banheiro.

Ela para de falar. Mas não acho que seja porque não consegue mais. Não é isso. É porque está querendo resolver o que vai contar, *como* vai contar.

— Ele me assediou — ela diz, finalmente, sem rodeios —, começou a alisar meu corpo e eu tentei empurrá-lo. E eu... eu...

Ela para e põe a mão no rosto.

— Eu o empurrei. Com força. Ele caiu do terraço.

— Ai, meu Deus — exclamo porque, o que quer que eu esperasse, não era isso. — Liz, eu sinto muito. Eu...

As implicações desse fato povoam minha mente quando gaguejo a tentativa inadequada de simpatia.

Ela matou um homem.

Mas foi por legítima defesa.

Mas Liz ainda está falando, ela me ignora, segue rápido como se quisesse passar logo dessa parte da narrativa.

— Eu me desesperei quando vi o que tinha feito. Mas Eva... ela... ela foi incrível. Veio correndo e, quando viu o que tinha acontecido, não perguntou nada, só nos tirou dali e, quando a notícia apareceu no jornal, dizia que tinha sido um trágico acidente. Ele tinha usado drogas e bebido, e as pessoas simplesmente acharam que tinha caído, eu acho, ou que se jogara. Ninguém jamais mencionou que Eva e eu estivemos lá. Serve para mostrar o que dinheiro e influência podem comprar.

Ela olha para o lado, depois afunda o rosto no chá de modo que seus óculos embaçam com o vapor.

— Depois disso, não pude ficar — ela diz em voz baixa. — Saí da Snoop... e nunca olhei para trás. Fui trabalhar em um lugar completamente diferente, um call center de banco. Aquilo se tornou um horrível pesadelo na minha vida que ficou no passado. Até a aquisição. E eu fui arrastada de volta para tudo isso.

— Eu sinto muito — digo outra vez, e é verdade.

Eu sinto realmente. Sinto por aquela pobre menina que foi arrastada para um mundo que não entendia.

Mas eu mesma ainda não entendo completamente. Ela foi atacada. Estava tentando escapar de um ataque. E, mesmo se Liz não confiasse que o tribunal acreditaria nisso, e eu entendo por que não, qual a razão da morte de Eva? Ela guardou o segredo de Liz.

E então, num lampejo ofuscante e horrível, eu entendo.

Foi Topher quem deu aquelas ações para Liz, com o compromisso tácito de que ela o apoiaria se chegassem a um impasse como esse. Ela devia tudo a ele.

Mas Eva... Eva sabia de uma coisa sobre Liz que seria sua ruína. No mínimo, ela seria levada a um caso público e desastrado no tribunal, e conheço Liz suficientemente para saber que seria uma tortura para ela. Na pior das hipóteses, ela poderia enfrentar um processo de homicídio culposo e prisão.

Articulado por ela ou não, foi Eva que encobriu o que aconteceu. Ela ficou com a prova nas mãos. E deve ter mantido essa ameaça pairando sobre Liz por todos aqueles anos.

Não admira que Liz nunca tenha tido coragem de dizer como planejava votar.

Ela poderia votar traindo seu mentor, o homem que a contratou para o trabalho, que a defendeu e que conseguiu as ações para ela.

Ou poderia votar contra a pessoa que tinha sua vida nas mãos. A pessoa que podia mandá-la para a prisão.

Quando entendo isso, sinto uma inesperada empatia por Liz.

Penso naquela pobre menina, recém-saída da universidade, nadando em águas estranhas e perigosas demais para ela. Porque Liz foi vítima não de uma situação horrível, mas de duas. Eva a ajudou a escapar de um pesadelo, só para criar outro de sua própria autoria: chantagear a menina a quem prometera ajudar.

Claro que Liz fez a coisa sensata. Disse para Eva que ia votar com ela. Mas e na próxima vez? E depois disso? Como podia viver sabendo que Eva tinha esse segredo e que podia usá-lo sempre que precisasse de alguma coisa que Liz não quisesse dar?

Não. Ela precisava ficar em segurança para sempre. Precisava se livrar da pessoa que tinha começado tudo aquilo, a única pessoa que conhecia seu segredo.

Ela precisava matar Eva.

LIZ

ID no Snoop: ANON101
Ouvindo: off-line
Assinantes snoop: 1

— Então é isso — digo, finalmente.

Encosto a caneca com o chá nos lábios e finjo que bebo sedenta.

Erin olha fixamente para mim, mas não sei interpretar sua expressão. Parece meio horrorizada, mas pode ser horror e empatia pelo que eu passei. Será que acredita em mim? Não sei.

Não vai beber seu chá? Sinto vontade de perguntar, mas não posso fazer isso. Soaria suspeito. Em vez disso, levo a caneca aos lábios de novo, torcendo para passar a mensagem com sugestão subliminar. E, para meu prazer, funciona. Erin pega a caneca. Vejo o movimento dos músculos da sua garganta quando ela engole.

— Então, você não teve opção — ela diz.

Procuro estampar no rosto a expressão que penso que ela espera ver. Um tipo de... arrependimento sofrido. E é verdade, eu realmente me arrependo disso. Daquela noite, acima de tudo.

— Nunca quis nada disso, só sinto que fui envolvida em algo terrível, horroroso.

Erin balança a cabeça, mas não é como se dissesse que não acredita em mim. É mais uma condenação do que nos levou àquele momento. Ela está olhando para a caneca. Não vejo seu rosto muito bem. Isso me aflige, mas então ela bebe mais chá e eu fico mais calma.

Ponho a caneca na boca também para não parecer suspeito. Tenho o cuidado de não engolir o líquido.

— Eu entendi o que você fez — diz Erin, apoiando nos joelhos a caneca que segura com as duas mãos.

De onde estou dá para ver que o chá está na metade, e fico mais confiante.

— Foi muito inteligente. Você tinha um casaco igual ao da Eva. Foi ao encontro dela no alto do teleférico...

Ela para, e eu sei por quê. Está tentando não explicitar o que eu fiz, como se fosse me ofender de alguma maneira. Mas tudo bem. Eu preciso viver com o que aconteceu, não tenho por que não encarar isso.

Eu estava esperando no topo do teleférico quando Eva chegou, bem ao lado da barreira onde eu pretendia perder o controle e quase despencar na beirada com Rik, mais cedo. É claro que não perdi o controle. Foi um escorregão proposital para me dar a chance de verificar a queda lá em cima. Eu queria me certificar se era perto como eu lembrava, para ver se a barreira estava mais alta desde minha última visita, há dois anos.

Nada havia mudado. Estava perfeito.

A ironia é que esquio muito bem. Mas Topher, Rik e os outros estavam dispostos demais a acreditar que uma menina simples de Crawley não saberia distinguir uma ponta do bastão da outra. A verdade, se eles tivessem se interessado em perguntar, é que eu adoro esquiar. Desde a primeira vez em que fui numa excursão da escola, aos quinze anos. Eu nunca tinha posto o pé numa pista de esqui, mas me lembro do professor dizendo, admirado, você nasceu para isso, Liz!

E nasci mesmo. Não sou atlética, em geral. Não me dou bem com nada que exija trabalho de equipe, ou ficar correndo em círculos. Não gostava de ficar com a cara esfogueada e suando, com tudo balançando desconfortavelmente sob uma camiseta grudenta, enquanto meninas gritavam para eu passar a bola. "Não desse jeito, ah, pelo amor de Deus, Liz!" Até eu querer fugir e me esconder de todas elas.

Mas esquiar é diferente. O esqui é solitário e estratégico. Temos de pensar nos nossos pés, tomar decisões em frações de segundos que podem salvar nossa vida ou nos lançar encosta abaixo a cem quilômetros por hora.

Eu adorava.

Consegui voltar lá no ensino médio e duas vezes quando estava na faculdade, com as viagens mais baratas que estavam ao meu alcance: de ônibus para a Bulgária, para ficar num monolito de concreto da era soviética, e ir para a Romênia via Ryanair, para um Airbnb com aquecimento central que cheirava a presunto. Mas valeu a pena. Valeu a economia e as longas noites passadas amassada em poltronas econômicas de ônibus que disparavam pelas rodovias alemãs no meio da noite.

Fizeram uma viagem de esqui da empresa quando eu estava na Snoop, para atrair investidores. É claro que não me convidaram. Mas desde que saí da Snoop, desde que tenho minha própria renda, voltei aos Alpes todos os anos, às vezes duas vezes por ano. E me tornei uma esquiadora muito, muito boa. Não tão boa quanto Eva, que esquia desde bebê. Mas quase. E estive em St. Antoine duas vezes. Conheço La Sorcière bem demais.

Quando ela desceu do bondinho, eu estava perto da barreira. Eu a chamei fingindo estar com dificuldade e, quando ela desceu esquiando, esperei até que estivesse abaixada perto de mim, examinando as presilhas da minha bota, então dei-lhe um baita empurrão que a jogou de costas sobre a barreira de segurança baixa.

A barreira bateu na parte de trás dos seus joelhos e ela despencou como um pino de boliche, indo parar na neve profunda e intocada, bem na beira do precipício, com os esquis girando no ar. Pensei que não tivesse funcionado. Achei que ela ia ficar lá naquela estreita beirada de neve, se arrastar de volta para a barreira e me perguntar que raio de brincadeira era aquela.

Mas, então, ouvi um som baixinho, como um suspiro. A beirada de neve começou a se mover e entortar, e apareceu uma rachadura em cima. Por um segundo, vi Eva, paralisada pelo terror, olhando para mim e estendendo os braços como se eu fosse salvá-la... e então a beirada inteira cedeu e ela sumiu.

Esperei um pouco, abri o zíper do macacão e tirei o casaco vermelho que usava por baixo. Vesti por cima da minha roupa de esqui azul-marinho, cobri a cabeça e botei os óculos de esqui. Então apontei os esquis para baixo na pista e comecei a esquiar La Sorcière.

Estaria mentindo se dissesse que não foi difícil. Foi. É cheia de curvas e precipícios, desvios muito fechados de parar o coração e placas verticais de gelo nas quais não dá para fazer nada além de controlar a queda. Se eu não conhecesse bem aquela pista, acho que teria morrido. Mas nunca esquiei tão bem na minha vida.

Parei na metade para recuperar o fôlego e esperar que minhas pernas parassem de tremer, foi aí que vi Carl e Ani lá em cima no bondinho de vidro do teleférico. Olhei para cima confiante de que, de óculos de neve e com a cabeça coberta, ninguém poderia saber quem estava usando o casaco vermelho de esqui tão peculiar. E acenei com meu bastão para estabelecer meu álibi, Ani me viu e acenou de volta.

Para meu azar, ela também viu outra coisa, os bondinhos vazios voltando para o vale. Os bondinhos que deviam me levar de volta para St. Antoine.

Vi a compreensão nos olhos dela aquela noite em que ela foi ao meu quarto. Vi que ela ligou os pontos ali, parada na porta, o espanto virando horror enquanto inventava suas desculpas. De repente, não queria mais conversar comigo. Ela queria fugir, pensar no que fazer, e não vi alternativa a não ser botar a mão sobre sua boca e arrastá-la para o meu quarto. Por isso deixei que fosse embora.

Então eu soube o que devia fazer. Agradeci às minhas estrelas da sorte pela insônia de Tiger e o instinto que me fez embolsar a chave mestra quando Danny a deixou na porta mais cedo aquele dia.

Só que não foi realmente sorte, não é? A verdade é que eu não tenho sorte. Sim, aquilo com Tiger aconteceu a meu favor, mas muitas outras coisas foram contra mim. E a chave mestra... não foi sorte. Foi coisa minha. Uma decisão de fração de segundo que parecia prestes a salvar a minha pele.

Porque é o seguinte, eu posso não ter sorte, mas sou boa em pensar para onde vou. Talvez por isso esquie tão bem. São as mesmas habilidades, as mesmas curvas e viradas, a mesma excitação de acelerar o coração. A mesma vertigem no estômago quando você comete um erro burro e depois a mesma excitação quando se dá conta de que pode manobrar para se safar.

Mas me senti mal por Ani. De um jeito que não senti por Elliot. Elliot mereceu o que aconteceu com ele. Não tinha de se intrometer e espionar. Foi escolha dele. Não houve escolha alguma no caso de Ani, ela estava no lugar errado, na hora errada, assim como eu. E isso é uma tragédia. Mas não é culpa minha. Preciso me lembrar disso. Nada disso é culpa minha.

— O... o que você disse? — Erin pergunta, e percebo que devo ter resmungado alguma coisa em voz alta.

Já vou responder, mas olho para Erin com mais atenção. Ela parece quase... bêbada. Está inclinada para o lado.

— Nada, não se preocupe. Você está cansada? — pergunto, procurando não parecer esperançosa, e ela meneia a cabeça.

— Sim, estou sentindo... — a voz dela já está arrastada e, quando pisca, é como se os músculos da face se movessem em câmera lenta. — Estou me sentindo muito esh... estranha.

— Você deve estar exausta — comento.

Tento parecer tranquila, mas meu coração acelera animado. Ponho a caneca com meu chá intocado na mesa, seco as gotas da boca e espio a caneca de Erin. Está praticamente seca.

— Por que não deita um pouco?

— Eu me sinto estranha... — ela repete, mas a voz some.

Ela deixa que a ajude a deitar no sofá. Seu corpo está pesado. Não tenho ideia de quantos comprimidos ela bebeu. Três ou quatro, talvez? Eu tinha oito restantes e botei todos na chaleira, confiando que a água fervendo os dissolveria. Não sabia se o calor poderia prejudicar os elementos, mas sabia que Erin estaria vigiando se eu mexesse na caneca, e eu estava certa — ela me observou como um gavião quando botei o saco de chá e depois a água.

A chaleira era minha única chance, botar os comprimidos, um por um, enquanto colocava a neve, contando com a brancura da neve para camuflar a dos comprimidos, e o gosto forte e desconhecido do chá sem leite para mascarar qualquer sabor estranho. E é quase inacreditável, mas funcionou. Erin bebeu a caneca toda. Elliot bebeu cinco amassados na xícara e morreu. Erin é menor e mais leve, e deve ter bebido a metade da água, o que significa aproximadamente quatro comprimidos. Quatro devem bastar, desde que o calor da água não tenha degradado o ingrediente ativo. Vou ter de me assegurar disso. Não posso confiar no silêncio dela. Mas, primeiro, preciso fazer uma coisa. Algo realmente urgente.

Dou uma espiada de canto de olho para Erin deitada no sofá, com baba escorrendo da boca, e saio da sala. Subo a escada o mais rápido que posso e vou para o quarto de Elliot. A porta está destrancada, e abro o celular dele de novo. Então navego até o aplicativo de mensagens e encontro a que Erin mandou para Danny. *SOS. Envie ajuda, por favor. É A LIZ.*

A resposta dele ainda está lá. *Porra. Erin, é você?*

O precipício está na minha frente... eu desvio dele com destreza.

Não, eu digito. *Eu já disse, aqui é Liz. Erin acabou de confessar tudo, e está falando em se matar. VENHA AGORA, POR FAVOR.*

Então aperto enviar.

ERIN

ID no Snoop: LITTLEMY
Ouvindo: off-line
Assinantes snoop: 10

Fico completamente imóvel e atenta quando Liz espia minha caneca e para ao meu lado, com a respiração pesada. Então, ela parece decidida e ouço seus passos de meia indo para o hall de entrada e o rangido quando começa a subir a escada.

Permaneço quieta pelo tempo que aguento, depois sento e me encolho com cada farfalhar de tecido e cada gemido das molas do sofá.

Meu braço e minha coxa estão encharcados de chá, mas, graças a Deus, Liz pareceu nem notar a mancha se espalhando no sofá, só a caneca vazia.

Os comprimidos estavam na chaleira. Suspeitei assim que provei o primeiro gole do chá. Havia uma acidez química estranha e um adocicado bem sutil da cobertura dos comprimidos. E, quando vi Liz levando a caneca aos lábios e fingir que bebia, tive certeza. E aí eu sabia o que devia fazer. Precisava fingir que bebia também, tirando vantagem do disfarce do escuro para derramar o chá pelo braço até o sofá toda vez que Liz olhava para outro lugar.

Não tinha como saber o tempo que os comprimidos levariam para fazer efeito, mas tinha de apostar na ignorância de Liz também. Ela não teria como saber exatamente a concentração que eu tinha tomado, ou com que rapidez faria efeito. Dez minutos? Quinze? Não importa, parece que ela se convenceu com a minha atuação de ficar meio incoerente e depois inconsciente.

Agora tudo depende de ela ter dado o bastante para me matar. Se ela acha que me deu uma dose fatal, estarei segura por mais um tempo, pelo menos até ela voltar e notar que ainda estou respirando. Mas se ela me deu só o suficiente para me derrubar, vai voltar logo para terminar o serviço. Será um travesseiro na cara como Ani, ou uma pancada na cabeça disfarçada de queda na escada? Ou algo completamente diferente?

De qualquer maneira, não quero descobrir. Preciso fugir daqui, quanto mais cedo melhor.

Prendo a respiração, presto atenção em qualquer barulho que venha lá de cima, vou mancando o mais rápido possível pelo hall de entrada, para a porta atrás da escada, que leva ao vestíbulo. Minhas roupas de esqui estão no meu quarto, e não posso correr o risco de tentar pegá-las, mas minhas botas e esquis no vestíbulo e deve ter bastante roupa jogada por aí para me deixar quente para poder esquiar. Não tenho camadas suficientes para sobreviver a uma noite lá fora e não posso andar com esse tornozelo. Mas preciso descer para St. Antoine. Como? Esquiar é a única opção, e torcer para que a bota de esqui segure bem meu tornozelo para poder fazer isso.

A porta do vestíbulo abre com um clique suave, eu entro e fecho com o maior cuidado, coração batendo forte. Lá dentro está muito escuro, o luar só entra por uma janela quase toda coberta de neve, mas meus olhos se acostumaram com a escuridão e consigo distinguir as formas vagas de casacos e calças de esqui nos cabides, e as botas secando nos suportes aquecidos. Apressada e com o coração na boca, eu enfio um macacão. Quando olho para baixo, vejo que é o de Ani. A ideia de estar literalmente entrando na roupa de uma mulher morta causa um nó de culpa na garganta. Mas não posso ser sentimental agora. Ani se foi, não posso salvá-la. Mas talvez possa levar quem a matou à justiça.

Visto o casaco de esqui de alguém, acho que, pelo tamanho, é o de Elliot, e me lembro do choramingo de autopiedade de Liz quando me contou tudo que tinha acontecido. Fato é que eu quase podia ter engolido. Não tenho certeza do que aconteceu naquele terraço, mas deu para acreditar em parte, a menina assustada, o empurrão desesperado. E pude acreditar também no medo dela acuada quando percebeu que Eva a prendia, e sua reação apavorada.

Mas Elliot... não. E, acima de tudo, Ani. Pobre Ani, morta enquanto dormia por nada mais do que ver algo que Liz não queria que visse.

Seja lá o que Liz pensa de Eva e daquele investidor sem nome, e talvez até Elliot... Ani, logo ela, não merecia isso. Não podia.

Só um monstro conseguiria matar Ani.

É o rosto de Ani que vejo agora quando calço meias de esqui molhadas e procuro luvas.

O rosto de Ani cheio de pontinhos vermelhos que tornam mentira a história de Liz.

Porque Liz disse que nunca quis que Ani morresse. Agora sei que isso não é verdade. Ani deve ter lutado. Lutou por cada respiração, com tanta força que os vasinhos estouraram em sua pele. E Liz ficou lá apertando o travesseiro no rosto dela aquele tempo todo.

Você precisa querer que alguém morra para matar por sufocamento. Precisa querer muito.

É em Ani que estou pensando quando abro minha bota de esqui ao máximo. Ani, quando enfio o pé trincando os dentes com a dor no tornozelo que dispara de repente, forte e quente.

Minha respiração sai com um gemido entre os dentes cerrados, pequenos soluços de dor apesar da necessidade de não fazer barulho quando forço meu pé na curva da bota, ouvindo os ossos do pé estalando e arranhando, sentindo a pele inchada amassada contra o plástico duro. Mas preciso fazer isso. Preciso.

Ani. Ani. Ani.

Com a sensação de estar num triturador, meu pé entra na bota. Estou suando e tremendo de dor, transpiração gelada sob o nariz. Mas meu pé está no lugar. E milagrosamente, quando tento ficar de pé, a dor não é tão forte quanto achei que seria, o cano da bota imobiliza bem e parte do meu peso sai do tornozelo para a canela. Prendo as correias da bota o mais apertado que consigo, rezando para que esse suporte mantenha a articulação estável tempo suficiente para chegar ao vale. Se estiver com uma fratura, posso ficar aleijada depois disso, mas é melhor do que morrer.

Calço o outro pé rapidamente e prendo a bota.

Então, ouço barulho lá de cima.

Meu coração quase para. É Liz descendo a escada.

Fico paralisada um segundo. Tenho tudo de que preciso, mas será que consigo sair pela porta dos fundos? A porta do vestíbulo dá para o mesmo lado que a da piscina e deve estar bloqueada pela avalanche.

Ela abre para dentro. Tenho quase certeza disso. Aperto as mãos nas têmporas, tentando lembrar. Será que é isso mesmo? Se abrir para fora, estou ferrada de qualquer jeito. Mas tenho certeza de que abre para dentro. O problema é se consigo sair.

Então noto a estreita janela em cima do vestíbulo. Tem o formato de basculante e, embora seja bem comprida, deve ter só uns trinta centímetros de altura, menos ainda se levarmos em conta a moldura e as dobradiças. Mas pode ser minha melhor chance.

Gemendo com cada ruído, subo no banco de madeira e dali me inclino sobre os armários para abrir a janela. Uma rajada congelante atinge meu rosto, mas consigo ver que a abertura não está bloqueada, a neve que cobria o vidro era só de flocos errantes grudados. Tem um monte quase da altura dos armários que pode servir de amortecedor para a minha queda.

Primeiro, empurro os esquis para fora, um de cada vez, ouvindo o barulho que fazem quando afundam na neve. Depois, os bastões. Calço a luva emprestada e pego um capacete a esmo do rack. Ele serve, graças a Deus, porque não tenho tempo para escolher. Então deito em cima dos armários. Eles balançam precariamente, mas só um pouco.

Fico nauseada de tanto nervosismo. De algum lugar do chalé, ouço um grito de surpresa, depois outro grito:

— Erin?... Erin, onde você está?

Liz descobriu que eu sumi.

Ponho as pernas para fora primeiro. Estou com receio de cair com meu tornozelo ruim, mas a alternativa é cair de cara na neve e também não me agrada. Tudo bem, estou de capacete, mas mesmo assim a queda poderia quebrar meu pescoço, ou, se a neve acumulada estiver bastante profunda, posso mergulhar verticalmente e sufocar antes de conseguir cavar para sair. Pés primeiro é mais seguro.

É apertado, mas estou conseguindo. Uma bota de lado, minha perna boa primeiro, depois a outra. O peso da bota pendurada no tornozelo ruim me faz engasgar de dor, mas é suportável, no limite.

Então, a porta do vestíbulo abre.

Não vejo nada porque ela está segurando uma lanterna, do celular de Elliot, eu acho, e virada direto para o meu rosto. Mas vejo a forma de uma pessoa na porta e sei quem é antes que ela corra para mim com um rosnado de raiva que mais parece animal do que humano.

Sinto suas mãos agarrando meus braços, arranhando, mas as unhas escorregam no tecido liso e ela não consegue firmar os dedos. Forço meu traseiro pela abertura estreita e o peso do meu corpo faz o resto, vou passando... até que emperro, com um tranco horrível.

Naquela fração de segundo, não consigo entender o que aconteceu. Liz fechou a janela? Agarrou meu capacete? Então entendo.

Merda. O capacete não passa.

Estou pendurada pelo pescoço e começando a sufocar com o prendedor do capacete apertando maxilar e garganta, e me revirando feito peixe no anzol. Levo as mãos enluvadas à garganta e tento desesperadamente soltar a presilha. Meus pés tateiam a neve macia à procura de um apoio para aliviar a pressão na garganta.

Meu pé acha um ponto, perde e acha de novo, só um segundo, só o tempo suficiente para eu soltar o fecho.

Então eu caio sufocando, e com ânsia de vômito, num monte de neve com obstáculos dolorosos que depois de um minuto identifico como meus esquis e bastões.

Não tenho tempo para me recuperar.

Liz puxa furiosamente o capacete que está preso na abertura, tentando soltá-lo para ela poder me seguir. Imagino que ela vai berrar ou xingar, mas não, e por algum motivo esse silêncio é mais aterrorizante. Ela não fala nada, só ouço os grunhidos quando ela faz força para arrancar o capacete da janela. Preciso fugir antes que ela consiga soltar o capacete.

Consigo ficar de pé afundando na neve e, usando meus esquis como muletas, vou me arrastando no monte até chegar à neve firme, compacta.

Faço um inventário de meio segundo. Luvas, sim. Esquis, sim, ambos. E meus bastões.

Cachecol, perdido. Deve ter ficado preso no capacete. Nenhum gorro também, é claro. Eu não estava com um, o capacete costuma ser bem quente, mas, com o vento gelado queimando meu rosto, sei que vou me arrepender por isso. De todo jeito, não há nada que eu possa fazer. Não posso voltar. Preciso descer até St. Antoine de alguma forma.

Também estou sem o kit de avalanche.

Merda. Merda. Para que lado?

Lenta e dolorosamente, eu me arrasto para dar a volta em um lado do chalé e verificar a pista.

A longa pista azul que desce para St. Antoine está um desastre, não tem outro jeito de descrever. Eu vi o topo da pista quando Danny e eu voltamos com dificuldade do funicular soterrado. A avalanche trouxe tudo no caminho, pedras enormes, postes do teleférico, troncos de árvores. Não está só "inesquiável", está impassável. E o caminho entre as árvores para a pista verde, Atchoum, está completamente inacessível, o pequeno bosque sofreu a força total da avalanche e as árvores foram destruídas sob centenas de toneladas de neve.

Mas há outro caminho.

É chamado de Vale Secreto, ou pelo menos é assim que o chamam os esquiadores ingleses. Não acho que tenha um nome oficial. Não é uma pista, é apenas uma rota não oficial em que podemos esquiar se estiver em condições, se formos muito bons esquiadores e se gostarmos de um desafio. Além do mais, a palavra "pista" dá uma impressão completamente errada, de qualquer maneira. Ela dá a imagem de uma extensão lisa de neve com esquiadores se cruzando de lá para cá com curvas elegantes. Não é nada disso. É um longo corredor entre duas paredes de pedras formadas por uma fenda nas montanhas. Precisa de muita neve para cobrir as rochas pontiagudas no fundo e, até quando as condições estão boas, o caminho é tão estreito que só passa um esquiador e em alguns pontos, se estendemos os braços, podemos encostar os dedos nas duas paredes.

Se eu conseguir chegar até ele, acho que será acessível, porque certamente nevou o bastante para cobrir o pior das pedras dentadas e está fora do caminho da principal avalanche.

Mas não é uma pista, é mais um corrida de obstáculos, um slalom sinuoso e giratório de pedras e troncos de árvores, bem difícil de navegar durante o dia, que dirá no escuro só com a luz da lua. E também é dado a miniavalanches, a neve que se acumula nas beiradas de cima e que cai sem avisar, cobrindo os esquiadores embaixo.

Mas essa não é a pior parte. A pior parte, a parte que me faz hesitar, é que, quando entramos nesse caminho, não há mais saída. Os lados da fenda vão ficando cada vez mais altos e não há como chegar lá de helicóptero ou com uma ambulância de esqui para resgatar alguém preso. Você precisa seguir em frente até que o caminho te leve para as árvores sobre a cidade.

É a minha melhor chance. E é bem provável que Liz não conheça esse caminho. Não há como encontrá-lo a menos que alguém mostre a entrada.

É também meu pior pesadelo.

Mas não tenho opção.

Com meus esquis de muleta, começo a andar até o topo.

LIZ

ID no Snoop: ANON101
Ouvindo: off-line
Assinantes snoop: 1

Erin desapareceu.
    Quase não notei. Quando entrei na sala de estar, tinha tanta certeza de que ela estaria lá que nem me ocorreu verificar. Mas alguma coisa chamou minha atenção, algo que não estava exatamente como eu havia deixado. Dou meia-volta e percebo o que mudou, não tem ninguém no sofá.
    Fico lá parada, mais confusa do que preocupada. Será que ela acordou? Foi trôpega ao banheiro?
    — Erin? — grito.
    Volto para o hall de entrada. Olho em volta daquele espaço escuro, virando a lanterna para a escada, para a cozinha.
    — Erin, onde você está?
    Ela não pode ter ido longe. Bebeu o suficiente daqueles comprimidos para ficar nocauteada uma semana.
    Só quando volto para a sala de estar é que vejo a mancha escura no sofá. Toco nela e cheiro meus dedos. Tem cheiro de chá. Então, eu entendo. Ela não tomou aquele chá, afinal.
    Não xingo muito, mas falo alguns palavrões quando vejo aquilo e compreendo como Erin me enganou.
    Saio correndo. Primeiro para a porta de entrada, mas a neve lá fora está intocada. Ela não saiu do chalé por ali, definitivamente.
    Então a cozinha, mas ela também não está lá.
    Estou na metade da escada, pronta para verificar os quartos, e ouço um barulho. É bem baixinho, parece alguma coisa caindo na neve lá fora. E vem dos fundos do chalé, onde fica o vestíbulo.

Volto para o hall de entrada e abro a porta que dá para os fundos, onde ficam os armários com as roupas de esqui. Meus olhos levam um tempo para se acostumar ao escuro, então vejo alguma coisa, ou alguém, se movendo no canto mais distante. É Erin. Ela subiu nos armários e está quase saindo pela janela.

Eu corro até o outro lado, subo de qualquer jeito no banco que ela botou embaixo da janela, ignorando as pontadas no joelho, e agarro o capacete dela que está prestes a desaparecer pela janela.

Então, percebo por que ela ainda está lá. O capacete não cabe na abertura. Ela está entalada. Pendurada pelo capacete e soltando uns roncos horríveis pela garganta, esperneando e tentando firmar o pé na neve para se libertar.

Mas antes de eu resolver o que fazer, sinto um tranco de repente e o capacete fica sem peso. O prendedor arrebentou, ou ela conseguiu soltar, não sei. Ela fica um segundo caída na neve, engasgada e sem ar, depois levanta, pega os esquis e vai mancando para a frente do chalé e o caminho que leva ao funicular.

Preciso ir atrás dela, mas o capacete está preso na janela, bloqueando a passagem. Só depois de fazer força inutilmente alguns minutos, eu vejo que isso é burrice. Erin está com os esquis e os bastões. Evidentemente pretende esquiar até St. Antoine... e tenho de impedi-la.

Preciso alcançá-la esquiando.

Solto o capacete e olho para o vestíbulo. Já estou com minha roupa de esqui. Só preciso de botas, esquis e luvas. Rápido, antes que Erin escape.

Tem duas coisas que me consolam, primeiro que na neve fofa ela não poderá esconder seu rastro. Vou saber exatamente para onde foi.

E segundo: posso esquiar mais rápido do que ela. Meu joelho torcido está quase bom e o tornozelo dela só piorou. Eu vi o jeito que ela mancou de volta da cozinha com o chá apenas duas horas atrás. Não podia botar o peso nele de jeito nenhum. Tenho certeza de que está fraturado. E não há como esquiar bem com o tornozelo quebrado. Ela terá de ir devagar, com cuidado, e levará muito tempo para subir a neve acumulada no início da pista azul. Eu vi como estava depois da avalanche, um monte de detritos e entulho. Vai levar um tempo para passar por lá, mesmo que esteja limpo mais abaixo. Eu vou alcançá-la. Se agir depressa.

Resolvo fazer isso. Calço as botas e pego meus esquis e bastões do rack. Minhas luvas estão no bolso do macacão. Mas meu capacete... onde está meu capacete? Não está no armário, e depois de alguns segundos entendo: é o que Erin pegou e está preso na janela.

Tento de novo soltá-lo, mas não adianta de nada. Olho em volta à procura de uma alternativa e me dou conta de que estou perdendo tempo. Se Erin sair muito na frente, mesmo com o tornozelo ruim, não vou alcançá-la.

Guardo o celular do Elliot no bolso, ponho os esquis no ombro e vou batendo as botas no corredor para o hall de entrada, abro a porta e saio para a noite.

Lá fora o frio é inacreditável e tenho de reconhecer que, por mais gelado que o chalé estivesse sem aquecimento, estava nos protegendo bem do clima.

Agora, aqui fora, não sei qual é a temperatura, mas não deve estar muito acima de vinte negativos. Talvez até menos. O céu está limpo e a lua tem um halo estranho em volta que só aparece com o frio extremo.

Tremendo, mesmo com a roupa quente, prendo as botas aos esquis, me endireito e procuro os rastros de Erin.

Lá estão eles, riscos profundos na neve, escuros no branco iluminado pela lua.

Mas não se dirigem para a pista azul destruída. Vão para o outro lado, para dentro da floresta.

ERIN

ID no Snoop: LITTLEMY
Ouvindo: off-line
Assinantes snoop: 10

Eu tinha me esquecido do início. Meu Deus, o início. É como uma parede de neve fofa entremeada com árvores e pontilhada de rochas que se estreita em um caminho com pouco mais de um ou dois metros de largura. E dar o primeiro passo é praticamente como pular da beirada de um penhasco, torcendo para a neve nos sustentar.

Com duas pernas boas, eu poderia fazer isso, talvez não com elegância, mas daria para fazer. Estou enferrujada, mas já esquiei bastante fora das pistas e confio muito na minha técnica. Sei como administrar a neve profunda que nos puxa para baixo, sei navegar as curvas fortes, sei como evitar a neve de vento que oculta obstáculos e como manter o impulso.

Tudo isso eu sei na teoria. Só que já passaram mais de três anos desde a última vez que esquiei fora de pista. E não sei se consigo pôr nada disso em prática com o tornozelo quebrado.

Estou com o coração na boca. Mas Liz deve ter visto meu rastro na neve. Ela vem atrás de mim. Eu preciso fazer isso.

A perna da frente vai aguentar a maior parte do meu peso. Prendo as botas nos esquis e viro para posicionar o tornozelo bom na beira da encosta. E então, com uma sensação de náusea, me lanço.

No início dá tudo certo. Desço com esquis paralelos, de lado, na neve fresca e fofa, e me sinto como alguém tentando nadar com um edredom enrolado nas pernas. Mas estou indo rapidamente para as árvores. Vou ter de virar... na minha perna ruim.

Consigo fazer uma curva paralela desajeitada, só que me esqueci da parte física de esquiar na neve profunda. Ela agarra meus esquis e quase me faz cair, mas o problema real é o choque quando completo a virada e aterrisso na perna ruim. Sinto ondas de dor na coluna e viro de novo para tentar manter a perna forte na frente.

Mas não adianta, tenho de virar outra vez para desviar de uma árvore que surge no escuro e, dessa vez, meu esqui de trás prende na camada de neve e torce meu tornozelo com tanta força que eu grito e minha voz ecoa nas paredes íngremes do vale. Caio pesadamente na perna ruim, tento me salvar com um bastão que balança loucamente no ar e então... não sei o que acontece depois disso. Só que minha perna cede, o bastão afunda e eu caio rolando na neve fofa, cobrindo a cabeça com os braços para me proteger das pedras da encosta que estão meio enterradas na neve.

Um esqui é arrancado, meus bastões forçam meus pulsos, estou de cabeça para cima, depois de cabeça para baixo, depois deslizando sentada, depois uma cambalhota... e aterrisso numa pedra com impacto nos ossos, no fundo do passo.

Na hora não consigo fazer nada, fico lá caída, sem ar, procurando não berrar com a dor que lateja na minha perna. Mas preciso me mexer.

Minha coluna faz um barulho de vidro amassado quando tento sentar, e acho que vou vomitar com a dor no tornozelo... mas posso ver direito. Não tenho concussão. Acho que não. E, quando me arrasto para me ajoelhar, a dor na perna é intensa, mas ainda suportável. Por pouco.

Levanto usando um bastão e descanso um pouco, bufando, tremendo de choque e dor, faço força para respirar fundo e devagar. Funciona, até certo ponto. Quando consigo me acalmar, tiro a neve do cabelo, da gola do casaco e avalio os danos. Tenho um esqui e estou segurando um bastão. O outro está encostado numa pedra do outro lado da ravina, me arrasto até lá para pegá-lo com mãos que ainda tremem de tanta adrenalina. Tudo bem. Isso é bom.

Mas o outro esqui... onde está? Eu poderia esquiar com um bastão só, mas não posso fazer nada sem o outro esqui. Se não encontrá-lo, estou ferrada.

Então, eu vejo a pontinha para fora da neve poucos metros acima, na encosta de onde caí. Suspiro, desafivelo o esqui da bota e subo engatinhando a lateral fofa da fenda para tentar arrancá-lo, mas está muito fundo, as ferragens presas em alguma coisa na neve. Então começo a cavar com as mãos enluvadas. E de repente tenho um flashback horrível, o mais vívido que tive desde aqueles primeiros dias terríveis em que acordava suando todas as manhãs depois de um pesadelo recorrente.

Cavando. Cavando a neve. O cabelo de Will. A ponta do esqui dele. O rosto gelado que parecia de cera...

A náusea invade minha garganta.

Engulo.

Raspo a neve com os dedos.

A neve nos cílios dele, a ponta do nariz congelada...

Quero chorar, mas não posso. Não posso fazer mais barulho do que já fiz. Liz pode estar muito perto.

A ponta rasgada do cachecol dele. Os lábios roxos...

Então pego o esqui. As ferragens soltaram da neve e consigo puxar do buraco.

Tremo inteira quando deslizo para onde deixei meu outro esqui. Estou tiritando, as mãos tremem tanto que não consigo enfiá-las nas pulseiras dos bastões, e preciso forçar as botas nos encaixes seis ou sete vezes antes de finalmente ouvir o clique e sentir a firmeza do fecho.

Quando termino, fico parada um instante, descansando nos bastões, dando aos meus músculos trêmulos um momento de trégua. Sinceramente não sei se é dor, ou exaustão, ou se é a lembrança das mortes de Will e de Alex que mais me afeta. Talvez sejam as três coisas. Mas não posso me permitir descansar. Não posso.

Ouço um barulho na encosta acima de mim. Pode ser uma marmota, ou apenas a neve que revirei caindo no meu caminho, mas não posso ficar aqui para descobrir.

Empurro meus bastões e começo a esquiar com cuidado para a boca do passo.

LIZ

ID no Snoop: ANON101
Ouvindo: off-line
Assinantes snoop: 1

Será que cometi um erro? As pegadas de Erin param no topo do que parece uma queda para uma ravina lá embaixo. A própria ravina está muito escura e não consigo ver o fundo. Pode ter qualquer coisa lá, pedras pontudas, um riacho da montanha, uma queda de trezentos metros...

Mas, quando me esforço para ver, noto marcas na neve. Alguma coisa, talvez alguém, passou por lá. Não acredito que qualquer coisa que não seja um cabrito montês possa descer essa encosta inteira, mas, quando meus olhos se ajustam ao escuro, vejo duas marcas profundas na neve que parecem de alguém que sentou nos esquis para respirar antes de fazer uma curva.

Hesito, sem saber o que fazer. Erin não deve ter esquiado lá para baixo com o tornozelo quebrado, não é? Mesmo para alguém com experiência fora de pista, parece suicídio.

Mas os rastros dela dão aqui, definitivamente. E acabam aqui, definitivamente. Será que ela desceu a pé? Não. Quem desceu aqui usava esquis. Será que ela caiu? Se caiu, meus problemas podem estar resolvidos.

Ou será algum tipo de truque elaborado?

Fico um tempo examinando o vale para baixo e para cima, mas não vejo como poderia ser uma farsa. Há apenas duas marcas chegando a esse penhasco, as de Erin e as minhas, e nenhuma saindo daqui. E ela não teve tempo suficiente para fazer qualquer coisa ao estilo Sherlock Holmes. Se tivesse refeito as próprias pegadas para fingir um caminho falso, eu a teria encontrado voltando.

Esse deve ser um caminho para St. Antoine. E, de alguma forma, Erin conseguiu descer por ele.

Bom, se ela consegue, eu também consigo.

Mas não vou descer esquiando de jeito nenhum. Não me importa o que Erin fez. Eu não fiz descidas fora de pista suficientes para achar que posso despencar numa íngreme como essa. Em vez disso, desprendo meus esquis, seguro os dois numa das mãos, sento na beirada e me abaixo na neve fofa, tentando descer o precipício a pé.

Percebo na mesma hora que foi um erro. Sem os esquis para distribuir meu peso, eu afundo demais na neve fofa. Tento me arrastar para cima procurando algo firme para segurar e usando os esquis como apoio, mas, quando me esforço, a neve começa a se mover embaixo de mim. De repente, ela cede e me leva com ela encosta abaixo numa velocidade aterradora; eu, meus esquis e uma massa escorregadia e móvel de neve. No início é assustador, mas tudo bem. Consigo ficar de cabeça para cima, consigo ver para onde estou indo e consigo desviar de árvores, diminuir a velocidade, só que, então, minha bota prende numa pedra. Não consigo parar. O peso da neve nas minhas costas é demais. Mergulho para a frente. Meus esquis são arrancados da minha mão. Estou caindo... caindo numa brancura apavorante de neve, pedras e esquis.

Protejo a cabeça com os braços. Sinto alguma coisa bater no meu rosto e bato o ombro em algo duro. Acho que grito. Acho que estou morrendo. Não era assim que eu queria morrer.

Então, uma batida monstruosa e paro de cair.

Estou caída de costas com a cabeça para baixo na encosta e sinto sangue quente no rosto. Meu ombro lateja de dor e acho que posso ter fraturado a clavícula.

Tento sentar, mas a neve desliza perigosamente embaixo de mim e engulo um grito quando começo a cair outra vez, só que paro depois de poucos metros e fico lá bufando, soluçando de medo, e vejo que essa última queda me deixou quase no fundo da encosta. Tem um caminho poucos metros abaixo. Posso ver um dos meus esquis lá.

Lentamente, cheia de dor, eu rolo para manter as botas para baixo na encosta e deslizo os últimos metros de tobogã. E chego. Estou deitada no fundo do vale, quase chorando de alívio.

Tudo dói. Sinto gosto de sangue. Mas cheguei. E agora que estou no fundo escuro da ravina, vejo que estava certa e saber disso me dá o ânimo de que preciso para me ajudar a esquecer a dor latejante do ombro.

Porque vejo marcas de esqui na neve que desce para o vale, indo para St. Antoine. Um par de marcas profundas com buracos dos dois lados onde a esquiadora deu impulso com os bastões.

Erin esteve aqui. E, se me apressar, consigo alcançá-la.

ERIN

ID no Snoop: LITTLEMY
Ouvindo: off-line
Assinantes snoop: 10

Isso está mais difícil do que eu poderia imaginar. Eu me lembro de ter feito esse caminho de dia, com o som faiscando nas árvores geladas lá em cima, refletindo em nós da neve brilhante aos nossos pés. Lembro-me das curvas e giros, rindo, pulando sobre pedras meio cobertas e desviando dos montes de neve.

Não vejo nada disso agora. As armadilhas surgem no escuro, galhos de árvores que raspam no meu rosto, pedras que aparecem de repente que me fazem desviar com muita força e meu tornozelo berrar em cada tranco e cada giro.

De certa forma, é bom que a fenda esteja cheia de neve fresca. É mais lento e trabalhoso esquiar assim, e não tenho marcas para me guiar, mas significa que não preciso ficar o tempo todo reduzindo a marcha. Quando desci por aqui a última vez, a neve estava compactada pelos esquiadores que desceram antes de mim. Dava para ver onde eles viravam e desviavam, onde calcularam mal o ângulo e deslizaram direto para uma árvore, ou afundaram num monte que não tinham visto. Mas, ao mesmo tempo, a descida ficava rápida e furiosa e, com o caminho estreito demais para curvas decentes, grande parte da minha atenção se concentrava em tentar diminuir a velocidade até chegar em um lugar seguro.

A neve profunda diminui bastante esse problema. Mas gera outro urgente. Liz vem atrás de mim, esquiando no meu rastro, onde já pressionei a neve. Ela virá bem mais rápido. Com minhas marcas para guiá-la.

Eu preciso ir mais depressa. Mas posso acabar morrendo se fizer isso.

Dou impulso com meus bastões, faço a volta numa curva fechada com meu tornozelo reclamando e, então, bato no que deve ser um monte de gelo na neve. O choque de agonia que sobe pela minha perna me faz gritar, perco o equilíbrio e caio trombando dolorosamente na lateral rochosa do corredor. Fico alguns minutos arfando, com lágrimas quentes escorrendo pelo rosto. Não dá para acreditar em quanto isso dói. Não tenho coragem de abrir a bota de esqui para ver como está dentro dela, mas sinto a perna inteira latejando. Não sei se vou conseguir esquiar de novo depois disso. Nem sei se vou conseguir andar.

Mas Liz já matou três pessoas. Eu preciso continuar.

Respiro fundo e me apoio no bastão para levantar. Não consigo. Meus músculos estão tremendo tanto que não dá para me forçar a botar peso na minha perna outra vez, o corpo todo treme quando penso em fazer isso.

Então ouço barulho vindo de algum lugar lá em cima. Um grito de alguém que acabou de bater em algum galho, talvez, seguido de esquis raspando em forma de cunha para frear numa emergência.

Liz está vindo. E está muito perto.

Eu preciso fazer isso. Tenho de fazer isso.

Forço o bastão na neve e levanto, suando e tremendo.

Então sigo.

LIZ

ID no Snoop: ANON101
Ouvindo: off-line
Assinantes snoop: 1

Onde. Está. Ela.
    Onde. Está. Ela.

As palavras ficam soando na minha cabeça sem parar enquanto eu desço seguindo as marcas de Erin. Ela não pode estar muito longe e seu tornozelo está muito pior do que o meu joelho. Já devia tê-la alcançado a essa altura. Mas não. Esse fato está me deixando... não exatamente preocupada. Ainda não cheguei a esse ponto. Mas com certeza frustrada.

Parte dessa frustração é porque essa esquiada é difícil, mais difícil do que eu imaginei que seria. Mesmo depois de meus olhos se acostumarem ao pouco luar que chega no fundo da fenda, não enxergo grande coisa além das marcas de Erin e não tenho opção senão segui-las cegamente, o mais rápido possível, esperando que ela não se atrapalhe ou se esborrache, porque, nesse caso, eu vou também.

Estou chegando a uma parte reta e comprida, por isso dou impulso com os bastões e me curvo para tornar meu corpo mais aerodinâmico. Sinto o vento no rosto, e aí bato em um montinho invisível com aquela luz fraca. Sinto um instante meus esquis no ar, depois bato no solo de novo com todo o peso no meu joelho ruim de tal forma que me faz repensar. Eu devia ir mais devagar, recuperar meu equilíbrio, mas, antes de poder fazer isso, aparece um galho de árvore do nada e bate no meu rosto. Eu grito.

Junto as pontas dos esquis em forma de cunha para parar e pensar, a neve desliza sob os esquis, meu coração bate rápido e finalmente paro.

Foi por pouco. Se não usasse os óculos de neve, aquele galho poderia ter me cegado. Mesmo assim, abriu o corte no meu rosto de novo. Sinto o sangue quente escorrendo no queixo.

Mas não posso parar. Só preciso ter mais cuidado. Dou impulso e recomeço, espiando a escuridão. Devo estar alcançando... devo sim.

Então ouço, uns cem metros à frente, o ruído de esquis na neve. Alguém lá na frente está fazendo uma curva fechada, jogando neve para o lado com a parte de trás dos esquis.

Meu coração acelera, e eu corro para alcançá-la.

ERIN

ID no Snoop: LITTLEMY
Ouvindo: off-line
Assinantes snoop: 10

Agora está muito escuro no fundo da ravina. As paredes de pedra são tão altas que nenhum luar consegue chegar, e há pinheiros altos inclinados no topo, suas copas bloqueiam o céu. Mas não tenho coragem de ir mais devagar.

Essa é a parte da descida que conheço melhor. A parte logo antes de ela nos lançar na cidade. Devo estar chegando. Aqui está a curva inclinada que nos leva para o lado do corredor, entre duas arvorezinhas finas. Passo entre elas tentando ignorar a dor no tornozelo e as batidas trêmulas do meu coração, que nada em mais adrenalina do que pode suportar.

Então viro para a direita.

E aí... Ai, merda.

Estou quase em cima quando lembro. O que parece um muro de pedra é uma curva à esquerda de quebrar o pescoço, em um ponto do caminho tão estreito que é praticamente impossível diminuir a velocidade.

O muro preto se avoluma no escuro e eu me jogo numa curva desesperada de lado, meus esquis criam uma névoa cintilante de cristais à minha volta. Um esqui bate numa pedra e eu quase perco o controle. Meu tornozelo pega fogo de dor, mas não posso interromper a frenética tentativa de frear, porque, se eu chegar à curva nessa velocidade, além de ser lançada longe, sem capacete será morte certa.

Vou virando, virando, os esquis quase perpendiculares à encosta, então consigo e quase imediatamente bato na raiz de uma árvore, meu tornozelo cede e dessa vez eu realmente despenco, rolando com esquis e neve.

Tenho de levantar. Liz está muito perto agora. Ouço seus esquis chegando, o barulho aumentando, amplificado pelo corredor. Eu preciso levantar. Mas quando faço força não consigo. Meu tornozelo não aguenta meu peso. Eu tento... e meu joelho dobra. Tento outra vez, chorando agora, sem me importar com o barulho que faço, e caio na neve, chorando e xingando.

Ela está muito perto. Está chegando, ela está chegando rápido.

LIZ

ID no Snoop: ANON101
Ouvindo: off-line
Assinantes snoop: 1

Estou muito perto de Erin agora. Ouço um grito lá na frente e esquis batendo um no outro. Sim. Ela caiu!

Com essa sensação de vitória, acelero. Vai dar tudo certo. Vou alcançá-la! Nem penso no que vai acontecer depois. Terei tempo para isso mais tarde.

Curvo para a frente de novo. Sinto o vento no rosto. É isso. Eu consigo.

Passo por cima de um monte de gelo e tenho a mesma sensação de euforia que tive quando esquiei a pista preta, só que dessa vez mais ainda. Estou esquiando por puro instinto agora, como um pássaro, voando numa corrente de ar, rodando e girando sem esforço. É quase...

Então acontece.

Uma muralha de pedra que surge no escuro, menos de um metro à frente.

Acho que eu grito, não sei... alguém grita.

Tento desesperadamente frear com os esquis em cunha, mas o caminho é estreito demais e não estou perdendo velocidade, não estou mais devagar, eu...

ERIN

ID no Snoop: LITTLEMY
Ouvindo: off-line
Assinantes snoop: 10

O barulho quando ela bate na parede é algo que nunca tinha ouvido.

É esquis se partindo e ossos quebrando. É o barulho de carne batendo em pedra.

É molhado e mole e duro como pedra ao mesmo tempo.

Será que ela estava de capacete? Ela estava usando capacete?

Silêncio. Silêncio total e definitivo.

— Liz? — eu chamo, tremendo, mas não ouço resposta, nem mesmo um gemido.

Tento levantar, mas não consigo. A dor sobe e desce na perna, e meu tornozelo sucumbe.

Eu me encolho na neve, curvada de lado, tentando não vomitar de dor.

Sei que deveria deixá-la, mas não consigo fazer isso também.

Penso nas palavras de Danny antes de sair. *Conheço você... Não comece com esse negócio de coração mole. Ponha-se em primeiro lugar.*

E sei que ele está certo. Mas não consigo. Não posso deixá-la lá morrer, como Alex, como Will, sozinha na neve.

Solto meus bastões. Solto as botas dos esquis, fico de quatro e começo a engatinhar, subindo o passo, indo para a curva.

LIZ

ID no Snoop: ANON101
Ouvindo: off-line
Assinantes snoop: 1

ERIN

ID no Snoop: LITTLEMY
Ouvindo: off-line
Assinantes snoop: 10

Quando chego lá, o silêncio é completo.

Liz está caída de lado no pé do penhasco, um monte amassado de vermelho, branco e azul. O azul é sua roupa de esqui, o branco é a neve e o vermelho... o vermelho está por toda parte.

Ela ficou perdendo sangue na neve, mas agora parou. No tempo que levei para me arrastar nos seis metros de volta ao passo, Liz tinha morrido. Não sai ar de seus lábios feridos. Ponho os dedos no lado do pescoço dela, a pele está quente e melada de sangue, mas não tem pulso, nada.

Por um instante, penso em tentar o impossível, massagem cardíaca, respiração boca a boca... Mas, quando eu a viro de costas, o que vejo me derruba, horrorizada. O lado esquerdo da cabeça está esmigalhado como um ovo e espalhou massa encefálica na neve.

Sinto como se fosse desmaiar, uma onda enorme de repulsa e náusea me deixa encolhida balançando no chão, agarrada aos meus joelhos, e um som penetrante nos ouvidos que sei que deve ser do meu choro, só que parece estar vindo de outra pessoa.

Não sei quanto tempo fico assim. Só sei que duas coisas me tiram desse desespero catatônico.

A primeira é que o sol está começando a aparecer. A ravina é profunda demais para os raios chegarem ali, mas uma luz fraca e rosada começa a colorir as nuvens.

E a segunda... a segunda é que ouço um zumbido.

Na hora, não sei o que é. Parece um celular, mas o meu está a quilômetros de distância nas montanhas, no chalé Perce-Neige, sem bateria e frio como os corpos que Liz deixou espalhados em seu rastro.

O zumbido para e recomeça. Dessa vez ouço melhor. Liz. Está vindo do bolso de Liz.

O macacão dela está encharcado de sangue congelado, mas sei que preciso fazer isso. Estendo o braço duro de frio e toco no quadril dela. Abro o zíper com meus dedos dormentes e desajeitados na luva, e alguma coisa, brilhante como uma joia, desliza para a neve, com um som que fazem lágrimas brotar nos meus olhos.

É o celular de Elliot.

E está tocando.

E quem liga é Danny.

ERIN

ID no Snoop: LITTLEMY
Ouvindo: The Pixies / "Where Is My Mind"
Snoopers: 8
Assinantes snoop: 151

Não sei quanto tempo fiquei lá caída ao lado de Liz na poça melada do sangue que congelava rapidamente. Só sei que, quando a equipe de resgate finalmente subiu o passo com suas macas, eu estava quase com hipotermia e não conseguia responder às perguntas deles.

Foi Danny que me manteve viva naquelas longas horas, sua voz no meu ouvido falando, falando, dizendo que eles já estavam chegando, que eu só tinha de aguentar mais um pouco, que não podia desistir. Mas, quando a equipe de salvamento chegou e pegou o celular da minha luva congelada coberta por uma camada de sangue congelado, ele também não conseguia dizer para eles o que tinha acontecido.

Apenas dois dias depois eu consegui juntar os fatos para eles, explicar o chalé abandonado, as mensagens de texto com significado dúbio, e a fuga desesperada pelo longo corredor. Mas nem eu fui capaz de explicar tudo. Como se explica uma pessoa como Liz?

Explicar é atribuir uma razão para alguma coisa, para um comportamento que faça sentido, justificar isso de certa forma.

E eu não consigo, não vou justificar o que Liz fez.

Recebo alta do hospital depois de alguns dias, mas não posso ir para casa. Em parte porque não quero, tenho vinte e dois anos, não quero voltar para meu quarto de criança, com os cartazes de bandas há muito esquecidas e suas fotografias. Will e Alex, fantasmas permanentes pairando no canto do meu olho.

Mas em parte porque não posso, literalmente. A polícia ainda não terminou de processar a cena do crime em que o Perce-Neige se transformou e pediu a todos os envolvidos que permanecessem na área, pelo menos até completarem as investigações preliminares. Nós não somos suspeitos... acho que não... por isso não há nenhuma lei que nos impeça de voltar para a Inglaterra. Mas ia ser muito ruim atrapalhar a investigação, e nós todos sabemos disso.

É evidente que ninguém pode voltar ao chalé enquanto for cena de um crime, por isso aceito com certo alívio a oferta da polícia de acomodação em um hotel em St. Antoine le Lac. Quando chego com meus pertences em um saco plástico, entendo o que essa oferta significa.

É onde acomodaram todos. Topher. Rik. Miranda. Danny. Carl. Tiger. Até Inigo.

Aliás, Inigo é o primeiro que eu vejo quando entro na recepção, e fico boquiaberta.

— Inigo!

Tiro os fones de ouvido, e ele se vira, pois estava tentando saber do acesso à internet com a recepcionista que fala francês. Quando me vê, fica muito vermelho, quase roxo. Aquele rubor não lhe cai bem, diminui sua espantosa boa aparência, que fica quase normal.

— Hum, *excusez-moi*, por favor — ele diz sem jeito para a moça atrás do balcão —, *un moment, je...* Quer dizer... Tenho de... Meu Deus, Erin, o que você deve ter... Deixe que eu pego suas coisas.

Ele aponta para a muleta que estou usando, para meu tornozelo na bota cirúrgica e pega o saco plástico da minha mão livre.

— Tudo bem — eu digo rindo, apesar de a situação não ser engraçada —, meu tornozelo está bom. Quer dizer, não está bom, está quebrado, mas agora posso andar de novo porque imobilizaram.

— Não, mesmo assim — ele diz envergonhado.

Ele me leva para o sofá de lã dos anos 1970 num canto da recepção e sentamos como constrangidos convidados de um programa de auditório. Pela primeira vez, noto que ele está com um curativo na testa e dois olhos roxos. Andou brigando?

— Erin, você deve ter pensado... você deve pensar... quero dizer, meu Deus, fui um completo idiota. Sinto muito. Sinto muito, muito mesmo.

— Sente por quê? — pergunto, surpresa.

— Por ter ido embora e deixado todos vocês assim! Eu não tinha ideia de que Liz... que ela...

— Inigo, não foi sua culpa!

— Mas foi. Quer dizer, não a Liz... mas, se eu não tivesse sido tão idiota com a ligação do celular, Ani ainda poderia, ela poderia estar...

Ele para, e percebo que está quase chorando, tentando, desesperadamente se controlar. Também concluo que não tenho ideia do que ele está falando. Aliás, não tenho ideia de qual é essa história com Inigo. O que aconteceu com a ligação? Por que ele foi embora?

— Inigo, não tenho ideia do que você está falando — digo gentilmente. — O que aconteceu? Afinal de contas, você fingiu aquela ligação? Por quê?

— O quê? — É a vez dele ficar surpreso. — Não! Meu Deus, não! Como pode achar isso?

— Então por que fugiu?

— Eu te disse! Deixei um bilhete... porque cometi um erro idiota.

Reprimo um suspiro de irritação e fico me perguntando, e não é a primeira vez, se Inigo podia ter realmente sido um bom assistente pessoal. Como é que Topher se dava com ele?

— Sim, mas você nunca disse que erro foi esse — eu explico —, nós todos pensamos...

Então paro de falar. Inigo enrubesce de novo, mais ainda dessa vez, mas empina o queixo.

— Eu sei. Vocês todos pensaram que tinha sido eu. Por isso eu tive de ir embora, para consertar as coisas. O erro... Meu Deus, eu fui tão burro... Eu disse para a polícia que estávamos no Chalé Blanche-Neige.

Na hora, eu não entendo. Então, meu queixo cai. Tenho uma lembrança vívida de Inigo ao celular falando com a polícia. Sim... Ok... Chalet Blanche--Neige.

Blanche-Neige. Branca de Neve. Perce-Neige. Floco de neve, a flor. Um erro fácil de cometer para alguém que não fala francês. Mas fatal para Ani. Ah, Inigo, seu idiota.

— Eu conheço o Chalé Blanche-Neige — falo devagar. — Fica a uns dezoito quilômetros de distância, no outro lado do vale. É claro. Claro, por isso a polícia nunca chegou. Você disse o lugar errado.

Inigo faz que sim com a cabeça, arrasado.

— Foi um erro completamente idiota. E no dia seguinte entendi o que tinha feito e fiquei tentando explicar, mas a linha caiu — ele diz, contrito —, por isso tive a certeza de que a única coisa que eu podia tentar fazer para consertar isso seria esquiar até a cidade para dizer para a polícia pessoalmente o que tinha acontecido e onde estávamos. Por isso parti. Eu sei que foi burrice, mas eu me sentia muito... muito envergonhado, e queria resolver aquilo. Sabia que, se contasse para alguém o que ia fazer, iam querer me acompanhar e eu não queria isso, não queria botar ninguém em perigo por causa do meu erro. Só que...

Ele engole em seco, e vejo lágrimas nos seus olhos. Sei que ele está pensando, e eu também, no Elliot e na Ani, os dois que podiam estar vivos se a polícia tivesse chegado àquela tarde, se soubessem onde procurar.

— Mas eu me perdi, bati numa árvore esquiando e acordei em um hospital.

Ele toca no curativo da testa que vi quando sentamos. Pela primeira vez, noto que a pele dos dedos e do rosto dele está quase em carne viva, as pontas das orelhas pretas, sinais de queimadura por frio.

— Se ao menos eu não tivesse... — A voz dele falha. — Se eu não...

— Inigo, não tinha como você saber — falo suavemente —, foi um erro, só um terrível erro.

Essas são palavras que as pessoas me dizem há meses, anos. Não tinha como você saber o que ia acontecer quando sugeriu que esquiassem fora da pista. Não é culpa sua. Foi só um erro, só um erro terrível.

São frases que sempre pareceram sem sentido. Agora, de repente, é vital que Inigo acredite nelas.

— Não é culpa sua — enfatizo e ponho toda a convicção que tenho nas minhas palavras.

Estendo a mão para tocar na dele e sinto seus dedos ásperos, cheios de bolhas. Inigo faz uma careta, mas então olha para mim e dá um sorrisinho. Não sei se ele acredita em mim. Pode ser que sim. Pode ser que não.

Ani e Elliot poderiam estar vivos se Inigo tivesse falado o nome certo. Mas não falou.

Talvez ele aprenda a viver com o que aconteceu, como eu fiz. Como eu faço.

ERIN

ID no Snoop: LITTLEMY
Ouvindo: off-line
Assinantes snoop: 160

Só vejo os outros na hora do jantar, quando o hotel serve uma refeição pesada, nada vegetariana, às 19h em ponto. Não aceitam reservas, não dá para escolher a comida ou a hora. Isso é jantar tradicional, você desce quando o chef manda e recebe o *plat du jour*, ou então não come. É bem tranquilo.

No meu quarto, encolhida na cama, estou quase dormindo quando ouço o sino do jantar tocar. Levanto com esforço, sentindo nos ossos as dores e mazelas daqueles últimos dias, e esfrego o lado do rosto que está com as marcas do travesseiro. Então saio no corredor.

Vou mancando na direção da escada, uma porta abre e outro hóspede sai apressado, quase me derrubando, fazendo com que eu deixe cair a muleta. Abaixo para pegá-la sentindo o tornozelo protestar de dor e, quando me aprumo, estou quase reclamando, irritada, mas então vejo a cara do hóspede. Ele está parado, só olhando para mim.

É Danny.

— Danny!

Dou um abraço nele, mas ele fica parado, sem reação, e depois, como gelo derretendo, parece amolecer e me abraça, primeiro de leve, depois mais firme e então apertado, quase sem acreditar que estou ali, em carne e osso.

— Nunca acreditei nela — ele finalmente diz, sua voz grave chegando a mim pelo peito dele também, onde encosto meu rosto —, nunca acreditei nela. Aquela mensagem de texto... eu sabia que havia alguma coisa errada. Saí na mesma hora, nunca andei tão rápido na minha vida, mas você não estava mais lá. Pensei que tinha morrido. Eu pensei... pensei...

Mas ele não consegue terminar a frase. Aperta o rosto no meu cabelo e sinto as lágrimas em meu couro cabeludo.

— Eu nunca devia ter saído de lá! — ele diz e me aperta. — Eu sabia que você não estava segura lá sozinha. Eu te disse, não faça nenhuma burrice. E o que acontece? Foi esquiar com o tornozelo quebrado? Você não é a porra do Jason Bourne.

Balanço a cabeça e aperto meu abraço, afundo o rosto no ombro dele tentando esconder meus soluços trêmulos. Adoro Danny, adoro suas tentativas de desanuviar o clima e fazer piada com tudo isso, mas nem consigo fingir uma risada. Só posso segurá-lo e chorar, e chorar, e chorar, por tudo.

— Que merda — ele diz com a voz rouca e suave no meu ouvido, me balança de um lado para outro, para lá e para cá —, você está bem, Erin. Você está bem, pequena.

E eu quero acreditar nele. Mas não tenho certeza de que isso é verdade.

— Você está horrível — ele diz e chega para trás para me examinar de alto a baixo.

Sinto que ele quer que eu ria, e parte de mim até quer. Você devia ver o outro cara, é a resposta que está na ponta da minha língua. Mas Liz está morta e não é engraçado. Em vez disso, apenas dou de ombros e os lábios de Danny se enrugam parecendo um rosnado.

— Aquela bruxa.

— Não — eu digo —, não... você não sabe o que ela...

Mas o sino do jantar toca uma segunda vez e me interrompe. Danny revira os olhos.

— É melhor descer. Está pronta?

— Não muito. E você?

— Estou bem, companheira. Foi você que inventou de dar uma de Bear Grylls, à prova de tudo.

Dou risada, mas meus nervos ainda estão tilintando desafinados quando desço devagar e desajeitada a escada estreita do meu quarto, com a muleta embaixo de um braço, enquanto o outro apoia meu peso no corrimão instável.

Quando entro na sala de jantar, estão todos lá, todas as pessoas que sobraram, pelo menos. Topher, Tiger, Rik, Inigo, Miranda e Carl, sentados à mesa comprida. Ao entrar, sem saber como vou ser recebida, ouço um suspiro coletivo e depois, para minha surpresa, Topher quebra o silêncio aplaudindo lentamente, seguido por Inigo, depois Rik, Miranda e todos os outros.

— Caramba — diz Carl, levantando em um pulo para me ajudar com a muleta e a cadeira —, você está ainda pior do que Inigo, e olha que é difícil.

Meu lugar é ao lado de Tiger, ela põe o braço em volta de mim enquanto Carl empurra a cadeira, num abraço carinhoso, de lado.

— Erin — diz ela —, você está bem? Deve ter sido aterrador. Eu sinto muito... Nunca devíamos ter deixado você lá.

— Tudo bem — respondo, e meus olhos se enchem de lágrimas.

Não sei o que dizer. Meu tornozelo está latejando e doendo muito imobilizado dentro da tornozeleira, e sinto que todos olham para mim. É uma distração oportuna quando Danny puxa a cadeira no meu outro lado e se senta, suspirando.

— Está cheirando àquela droga de cassoulet de novo — ele comenta de mau humor. — Já foi ruim a última vez.

A irritação dele faz com que, de alguma forma, o gelo quebre, e Inigo sorri, um sorriso largo emocionado.

— Mais alto, companheiro — diz Carl quando a jovem garçonete, a mesma moça da recepção, entra na sala carregando três pratos com um ensopado grosso e claro numa bandeja, respirando fundo, concentrada, enquanto dá a volta na mesa —, queremos ter certeza de que ela vai cuspir no prato certo.

— A julgar pelo que eles serviram na outra noite, cuspe provavelmente melhora o tempero — diz Rik, baixinho.

— Shhh — Miranda sibila, séria, e Rik sorri de orelha a orelha, esfrega sua nuca com intimidade e eu fico achando que, seja qual for a situação desses dois em casa, eles não vão voltar para a Inglaterra apenas como colegas. Alguma coisa mudou entre eles, algo irrevogável, e Rik parece mais forte, mais determinado do que a pessoa que conheci poucos dias atrás.

Topher, ao contrário, parece uma versão desbotada e sem graça do homem carismático que saiu do funicular. Não é surpreendente... ele perdeu sua cofundadora e melhor amiga, um preço terrível a pagar pela recuperação do controle da própria empresa em qualquer juízo, e parece que ele envelheceu, que isso diminuiu sua segurança e seu brilho. Mas ele ainda senta à cabeceira da mesa e, quando o cassoulet é servido, ele bate o garfo no copo, pigarreia e nós olhamos em volta, aguardando o que virá dele.

— Hum... olhem, isso não vai demorar — ele diz, para, esfrega a testa cansado e parece ter perdido o fio da meada do que ia dizer. — Mas eu... Bem, recebi duas notícias. Achei que vocês mereciam saber o mais rápido possível.

Ele dá um gole demorado no vinho tinto, faz uma careta e seca a boca. Acho que não é o tipo de vinho que ele está acostumado a beber.

— A primeira coisa é... Bem, não existe um jeito fácil de dizer — ele engole —, a, hum... a oferta de aquisição foi retirada.

As pessoas à mesa murmuram num misto de choque e preocupação, mas não há muita surpresa nas vozes. Rik e Miranda se entreolham.

— O que isso significa para a valorização da empresa se a Snoop se tornar pública? — pergunta Carl sem rodeios.

Topher não responde. Rik cruza os braços, sua boca é uma linha fina de irritação.

— Entra pelo cano, estou certo? Você não precisa disfarçar aqui, Toph. Não está seduzindo investidores. Não é surpresa nenhuma, é? Massacre de alto nível à custa da empresa, uma sócia morta, certamente a mais simpática para os investidores...

— Rik!

É Tiger. Ela levanta, a cadeira guincha no piso de cerâmica, faz uma careta e seu ar de serenidade desaparece.

— Rik, pelo amor de Deus! E isso importa? Eva está morta. Elliot está morto. Ani está morta. — A voz dela falha na última palavra. — Como pode se preocupar com a merda da valorização das ações?

Ela está certa, e Rik sabe disso. Ele afunda de novo na cadeira e sacode os ombros discretamente.

— É fato — diz ele, mas sem discutir com ela, apenas tentando desfazer a própria falta de sensibilidade —, eu só fiz uma observação.

Acontece que ele está certo. É, sim, um fato, e importante para as pessoas que estão perdendo dinheiro, e os empregados que em breve podem perder seus empregos quando a bolha da Snoop estourar. Mas Tiger também tem razão. É fato que empalidece e vira nada comparado à perda dos colegas.

— Qual é a segunda coisa? — pergunta Miranda.

A intervenção dela, no silêncio constrangedor depois da explosão de Tiger, é inesperada e Topher parece perplexo.

— Duas notícias, você disse — ela dá a deixa —, qual é a outra?

— Ah... — Topher parece... nem sei. Quase nauseado. Ele esfrega o rosto. — Recebi uma carta. Quer dizer, um e-mail. De Arnaud.

Arnaud? Danny olha para mim franzindo a testa e, então, eu lembro.

— Marido de Eva — sussurro, e a expressão de Danny muda para compreensão e mal-estar.

— Ele soube? — pergunta Rik, Topher faz que sim com a cabeça.

— A polícia contou para ele. Não revelaram o quadro completo, só os fatos básicos, de que ela se envolveu num acidente fatal de esqui. De qualquer modo, ele enviou um arquivo para mim.

— Um arquivo? — Miranda parece confusa, e não é a única. — Sobre Eva?

— Uma pasta sobre muita gente. Cartas. Fotos. Vídeos. Eva pediu para ele enviar tudo para mim caso ela morresse. Arnaud não viu nada disso, é protegido por senha, mas eu dei uma olhada e... tem esse vídeo...

Ele passa a mão no cabelo louro que vive embaraçado, mas não parece mais ter sido penteado artisticamente para parecer espetado, só parece mesmo bagunçado.

— Eu não sei o que fazer com ele, sabem? Eva jogou isso no meu colo e o resto já é muito ruim, mas isso... essa coisa... acho que é demais para uma pessoa só.

Ele parece... Encontro a palavra. Parece perdido.

— Quer que a gente assista também? — pergunta Rik. — Todos nós?

O olhar dele é dirigido a Danny e a mim. Ele não fala, mas o que insinua está claro: isso é coisa privada da Snoop? Mas para minha surpresa, Topher faz que sim com a cabeça.

— Todos vocês. Tem relação com todos aqui.

Ao meu lado, Danny franze a testa e sei como se sente. Alguma coisa está prestes a ser jogada em cima de nós, e eu não entendo o que pode ser. Por que essa coisa tem a ver comigo e com Danny? Será que Eva enviou algo para o marido antes de morrer?

Topher abre seu MacBook, clica em um link e digita uma senha. Então, ele vira a tela para o restante da mesa e, com uma olhada para a porta da cozinha para ver se a garçonete não está espiando, aperta play.

Acho difícil entender o que estou vendo. Parece vídeo de celular, mas é noite e a resolução está ruim, muito granulosa. Parece um jardim... não, pode ser um terraço porque dá para ver telhados no fundo. Um homem e uma mulher ali de pé conversando, mas, apesar de poder ouvir a respiração de quem está filmando, não ouço nada do casal conversando no terraço, e fico achando que estão sendo filmados de dentro, atrás de um vidro.

A mulher está encostada na parede em frente a ele, com o rosto na sombra, por isso não dá para saber quem é, mas tem alguma coisa na postura dela que parece familiar e mais do que um pouco bêbada. Ela se firma com a mão na parede e, quando o homem se inclina oferecendo mais champanhe, a taça que ela estende para ele está definitivamente balançando.

O homem, eu não reconheço. Disso eu tenho certeza. Ele está de costas para o parapeito, de modo que só consigo ver seu perfil, mas não é ninguém que eu conheça. Ele é bonito, de um jeito óbvio, e demonstra um pouco de paternalismo na expressão de alguém que está curtindo manipular aquela jovem na frente dele, gostando da subserviência dela. Ele ergue a taça aos lábios e bebe tudo que tinha, então diz algo para a mulher.

A mulher balança a cabeça. Ela tenta se afastar, mas o homem põe o braço na parede sobre a cabeça dela e a impede. Ela fica presa pelo corpo dele de um lado e pela parede da casa do outro. Meu coração começa a acelerar por ela. Eu sei o que está acontecendo. Já fui essa mulher. Conheço seu pânico. Sei quanto ela quer escapar.

E então ele põe a mão no seio dela.

Por dentro, estou berrando para ela chutar a canela dele, dar uma joelhada no saco, escapar dali.

Mas percebi com uma sensação ruim que conheço essa mulher. E que sei o que ela vai fazer.

Ela se espreme para um lado tentando escapar da mão dele, mas ele a bloqueia, põe a outra mão lá para evitar que ela fuja e agora ele avança, perto demais dela para eu ver o que está fazendo, mas consigo imaginar, consigo imaginar muito bem. Agora meu coração está muito mais rápido. Por que a pessoa que está segurando o celular e filmando não vai ajudar?

A finalização do empurrão não é surpresa para mim, mas dá para ouvir quando a pessoa que está filmando se assusta e arfa, e algumas outras na sala de jantar também.

Na tela, o homem tropeça para trás, contra o parapeito baixo do terraço, atônito. E os próximos segundos se desenrolam tão rápido que mal consigo ver o que acontece.

A mulher avança para cima dele e, por um segundo, penso que vai ajudá-lo. Mas ela não faz isso. Ela o empurra de novo. E, dessa vez, as pernas dele sobem, a taça cai da mão dele, ele fica agitando os braços e... cai.

Quando a mulher vira para se afastar, nós vemos seu rosto.

Está completamente calmo.

É Liz, claro.

ERIN

ID no Snoop: LITTLEMY
Ouvindo: off-line
Assinantes snoop: 160

Todos à mesa ficam em silêncio enquanto Topher fecha e guarda o laptop. Carl é o primeiro a falar.

— Que merda foi essa que acabamos de assistir?

— Eu acho... — Miranda fala bem devagar, muito pálida — acho que... acabamos de ver Liz matando alguém.

— Por isso Eva morreu — diz Topher, muito sério. — Deve ser, não é? Liz devia saber que ela sabia.

— Mas não faz sentido — diz Miranda, confusa —, por que matar Eva se sabia que esse vídeo estava com ela?

— Imagino que ela não sabia do vídeo — diz Topher com um cansaço enorme, o rosto marcado com rugas de um homem dez anos mais velho do que ele de fato é.

— Não sabia mesmo — confirmo, minhas palavras caem como pedras num poço e todos olham para mim, atônitos.

— Você sabia de tudo isso? — pergunta Miranda, e eu faço que sim com a cabeça, meio relutante.

— Sim, eu sabia. Liz confessou para mim antes de...

Não consigo falar o que aconteceu, mesmo já tendo contado para a polícia, a noite interminável, os comprimidos na chaleira, o pesadelo da perseguição no escuro, o horror da morte solitária dela.

— Antes da minha fuga — completo, desanimada.

— Ela matou um homem a sangue frio — diz Carl com a voz neutra de choque.

— Ele a atacou — diz Miranda agressivamente, mas não ouço a discussão que veio depois, estou ocupada tentando entender outra coisa.

Quem estava filmando? E por quê?

Só existe uma explicação, deve ter sido Eva. Ela era a única outra pessoa que estava lá aquela noite, segundo o relato de Liz. E o vídeo estava com ela. Devia ser ela escondida no apartamento, filmando através da janela fechada. É a única explicação que faz sentido e que bate com a história de Liz. Eva pede licença e vai para o banheiro, logo antes daquilo acontecer.

Mas... estou ligando os pontos enquanto a discussão explode em volta de mim, a voz aguda de Miranda se sobrepondo ao tom grave de Carl. Por que Eva estaria filmando? A menos que soubesse, ou pelo menos tivesse ideia de que Liz seria assediada.

Então lembro-me das palavras de Liz repetindo Eva. Além do mais, Norland gosta do tipo dela, gosta de jovens.

Será que... será que Eva mandou Liz para lá sabendo que Norland ia querer seduzi-la, sabendo que Liz tentaria impedir e então... o quê?

As peças se encaixam para uma conclusão horrível.

Eva teria o vídeo de um homem, potencialmente um investidor, assediando sexualmente sua funcionária.

Ela o teria na palma da mão.

Eva é chantagista, eu já sabia disso. Mas essa armação calculista e cruel é infinitamente pior do que qualquer coisa que eu possa ter imaginado.

Ela enviou Liz para lá como uma ovelha para o matadouro. Só não sabia que Liz não era nenhuma ovelha.

É como Liz disse: todos na Snoop a subestimaram.

Bem, isso foi um erro. E o erro de Eva a matou. E matou Norland também. E agora matou Liz.

— Ela sabia — falo baixinho. Eles não me ouvem imediatamente, e a discussão continua, mas então Tiger pergunta:

— O que você disse, Erin?

— Ela sabia. — Quando repito, os outros se calam e minha voz parece uma bomba caindo no silêncio.

— Quem? Liz?

— Eva. Ela sabia que aquele cara ia assediar Liz. Por isso estava filmando. Ela disse para você, Rik, lembra? Norland gosta do tipo dela. Ele gosta das jovens.

Rik fica calado, mas sua expressão diz mais do que qualquer discurso. Ele lembra. Lembra perfeitamente. E compreende. Mesmo assim, eu explico para os outros.

— Ela vestiu Liz e a levou para o apartamento dele, sabendo que Norland ia gostar e provavelmente dar em cima dela, e que Liz entraria em pânico. E teria tudo isso registrado no vídeo.

— Porra... — Carl exclama, lívido. — Ela me contou um dia, quando perguntei como era tão eficiente para persuadir investidores. Ela disse que todo mundo tem um botão, só precisamos encontrá-lo e apertá-lo com muita força, mesmo que as pessoas reclamem.

— Aquele filme era para ser o botão dele — confirmo —, só que não saiu conforme o planejado.

— E esse tempo todo... — diz Tiger. — Todo esse tempo ela usou isso contra Liz. O que vamos fazer?

— O que podemos fazer? — Topher protesta, levanta e passa a mão no cabelo. — Porra, isso é horrível... Essa merda de arquivo. E não é só Liz. Eva tinha coisas de várias pessoas. É como uma droga de bomba-relógio.

— Arnaud sabe? — pergunta Rik, e Topher balança a cabeça.

— Não, não contei para ele o que tem na pasta. Se isso vazar, a Snoop acaba. O que vamos fazer? Uma empresa criada à base de investidores chantageados? Poderíamos sobreviver à morte de Eva, até às revelações sobre Liz. Mas, se essa merda bater no ventilador, todos nós podemos cair.

Ele olha para Rik.

— Estou falando de consequências muito graves, você e eu podemos ser presos. Como provar que não sabíamos disso?

— Não podemos enterrar isso! — A voz é de Tiger, horrorizada. — Topher, o que está sugerindo? Fingir que nunca vimos isso?

— Só estou dizendo que... — Topher está desesperado, passa as mãos no cabelo outra vez, agora parecendo descontrolado. — Só estou dizendo que trazer tudo isso à tona não faria bem algum. Eva está morta. Liz está morta.

Norland está morto. Ninguém pode ser levado ao tribunal. A única coisa que vamos fazer é prejudicar Arnaud e Radisson.

— E a Snoop — acusa Tiger —, é isso que você realmente quer dizer, não é? Não se trata de Arnaud, é uma questão de proteger a sua posição. — A voz dela, normalmente tranquila, está aguda de raiva e estresse. — E quanto à Liz?

— Liz é uma assassina! — grita Topher.

— Ela é uma vítima!

— Ela é uma merda de uma psicopata — acrescenta Carl friamente. — Quer dizer, era.

Uma pausa para todos pensarmos nisso.

Porque uma coisa é certa. Liz foi uma vítima. E ela mesma disse que não queria nada disso. Era só uma menina pobre, confusa, no lugar errado, na hora errada. Mas não consigo esquecer aquele segundo empurrão. E não esqueço Ani, a pequena Ani. Talvez todos tenham razão. Talvez Liz fosse as duas coisas.

ERIN

ID no Snoop: LITTLEMY
Ouvindo: The Verve / "Bitter Sweet Symphony"
Snoopers: 43
Assinantes snoop: 164

As coisas ainda não se resolveram quando termina o jantar e subo sem jeito os degraus altos da escada até meu quarto, deixando lá embaixo as vozes dos outros, ainda elevadas naquela discussão raivosa e seus argumentos cíclicos. É um alívio botar meus fones de ouvido e cair na cama com o tornozelo para cima, pensando só na música que ouço.

Mal escuto a batida na porta, mas alguma coisa me faz tirar um dos fones e batem de novo, um leve *tap-tap*.

Suspiro, ponho as pernas para fora da cama e vou mancando até a porta.

É Danny. Ele segura uma muleta.

— Você deixou isso lá embaixo, companheira.

— Ah, claro... — Bato a mão na testa. — Sou uma idiota. Obrigada.

Ele me dá a muleta, e temos um momento constrangedor de silêncio.

— Você quer entrar? — pergunto, indicando com a mão o meu quarto simples. — Sei que não é exatamente o Ritz, mas não sei se aguento ficar com os outros lá embaixo.

Para minha surpresa, Danny balança a cabeça.

— Não. Eu... Bom, eu vou sair. Para beber.

— Com quem?

Estou surpresa e fico ainda mais quando Danny enrubesce.

— Com Eric. O filho da proprietária. Ele administra o bar no fim da rua, sabe, aquele com balcão de bronze na esquina, o Petit Coin? Pronto... você sabe. Venha tomar um drinque depois do jantar.

— Danny! — Não consigo impedir que um sorriso se espalhe no meu rosto. — Isso é maravilhoso. Ele é...?

Danny ergue a sobrancelha para aumentar o silêncio, me deixa encabulada e então me tira desse desconforto.

— Se quer saber se ele gosta de piña colada, as más línguas dizem que sim.

— Rá. Bom. Vá então.

— Tem certeza? Porque você pode vir... — Ele não termina a frase, mas estou rindo e balançando a cabeça.

— Não. Não, obrigada. Nada de piña colada para mim. Vou dormir cedo.

— Ok. Bom plano, Batman.

Ele para de falar, mas ainda não vai embora. Fica ali parado, olhando para os pés, fazendo um desenho no carpete gasto com o dedão do pé.

— Muito doido, não foi?

— Tudo aquilo sobre o filme? É. O que você acha que eles vão fazer?

— Sei lá. Andei pensando se nós dois devemos ir à polícia, mas não sei se vale a pena.

Eu estive pensando a mesma coisa, mas também não tenho respostas e, por fim, apenas dou de ombros.

Danny dá meia-volta como se fosse embora, e eu já vou fechar a porta quando ele volta, mudando de ideia. Ele se inclina e acho que vai cochichar alguma coisa no meu ouvido, mas em vez disso, com doçura e para minha surpresa, ele me dá um beijo. Seus lábios cheios e suaves no meu rosto.

— Te amo, companheira — diz ele.

Eu lhe dou um abraço apertado.

— Amo você também, Danny. Agora vá. As piña coladas estão esperando.

ERIN

ID no Snoop: LITTLEMY
Ouvindo: Carole King / "Tapestry"
Snoopers: 28
Assinantes snoop: 345

Três semanas depois estou sentada diante do fogo no chalé, olhando para a janela com vista para o vale, ouvindo música e sem pensar em nada específico.

Ainda é estranho estar no chalé sem trabalhar. Danny e eu continuamos empregados, tecnicamente, mas não sei quanto tempo isso deve durar. Depois que o Perce-Neige foi declarado oficialmente como cena de um crime e sua foto apareceu em todos os jornais de meia dúzia de países, ficou bem claro que, mesmo que consertassem os estragos da avalanche, não poderia ser usado para hóspedes naquela temporada, pelo menos.

As reservas restantes do ano foram canceladas ou rapidamente alocadas para as outras propriedades da empresa de esqui, e agora Danny e eu estamos simplesmente esperando para saber o que vai acontecer, vagando pelos cômodos vazios, olhando para o lugar em que Ani sentou por último, vendo o fantasma de Elliot comendo cozido de colher, ouvindo o clique-clique-clique dos saltos de Eva no piso e a batida da porta do quarto de Liz.

Não aguento ficar nesse lugar. Agora eu sei. Mas não posso continuar fugindo.

Os cheiros da cozinha fazem meu estômago roncar, e estou pensando em levantar da poltrona e mancar até lá para perguntar para Danny que hora vamos comer, quando meu Snoop emudece. Na hora não entendo o que aconteceu. Eu não estava xeretando ninguém, por isso não podia cair daquele jeito. Era a minha música.

Abro o celular para verificar o aplicativo, e aí noto que tem uma notificação de e-mail. E é da Kate. O assunto é "Notícia difícil". Meu estômago dá uma cambalhota.

— Danny — grito ao som de panelas e potes da cozinha.

Ele não responde, já estou quase levantando para ir lá mostrar a notificação quando ele aparece na porta, segurando o celular dele.

— Você também recebeu? — ele pergunta, e eu assinto.

— Recebi. Acho estamos os dois em cópia no e-mail. O que diz?

— Abra e descubra.

Nervosa, abro o e-mail e desço para o conteúdo. Decisão difícil... Não será prático reabrir... Pode ser posto à venda... Salário-doença... Generosa compensação... Quatro semanas de aviso prévio.

— Eles estão fechando o chalé. — Olho para Danny, ele meneia a cabeça sério.

— É. Mais ou menos isso. Devo dizer que não estou exatamente surpreso, que idiota vai querer ficar num lugar em que quatro hóspedes morreram? Não é exatamente lar doce lar, não é? Mesmo tirando a piscina destruída da equação. O que você vai fazer?

— O que eu vou fazer? — Olho surpresa para ele.

É burrice, porque tive três semanas para resolver isso, mas não estou nem perto de decidir. Não sabia se voltaria a trabalhar. Não sabia se queria. Agora, isso não está mais em jogo.

— Eu não sei, e você?

— Nós podemos processá-los, você sabe — diz Danny puxando conversa —, quer dizer, a "generosa compensação" é ótima — ele faz as aspas no ar —, mas você quase morreu trabalhando. Acho que isso merece um pouco mais do que salário de algumas semanas e uma caixa de bombons.

— Eu não quero abrir processo — digo automaticamente, sem pensar, mas, quando falo, tenho certeza disso.

Não quero processar ninguém. Já foi difícil demais passar por tudo aquilo uma vez. Não vou me expor a isso de novo num tribunal, menos ainda arrastando Topher, Tiger, Rik e todos os outros para apresentarem provas.

— É, nem eu — diz Danny, olhando para a telinha e suspirando. — Mas gostaria dessas libras a mais. Bem, como diz minha mãe, querer não é poder.

Ele suspira de novo e então diz:

— Vamos comer? Sopa de abóbora com gremolata de avelã e torradas de fougasse.

— Parece delicioso. — Eu tento sorrir. — Não vejo a hora.

ERIN

ID no Snoop: LITTLEMY
Ouvindo:
Snoopers:
Assinantes snoop:

Depois do almoço, Danny e eu sentamos na frente da TV e pego meu celular. Fiquei meio viciada de ver meus seguidores no Snoop aumentando. Não há nada como a circulação da notícia de que você quase morreu para mandar seus números lá para cima. E gosto de dar uma espiada no Topher, no Rik e nos outros também. O nome de usuário do Rik é Rikshaw, e ele não tem tantos seguidores como Topher, mas gosto muito mais das escolhas de músicas dele. Ele estava ouvindo um rap cubano ótimo outro dia.

Mas quando abro o aplicativo não tem nada, só a homepage em branco.

Fico achando que devo ter deslogado sem querer, mas não, ainda estou lá, e lá está minha foto de perfil em cima, à direita, Little My dos Mumin fazendo cara feia na tela. Mas não tem nada na minha lista das músicas mais recentes, nenhuma sugestão de pessoas para seguir, nenhuma lista de assinantes. Aliás, até meus números desapareceram. Será que a internet caiu outra vez? Mas me lembro de quando aconteceu antes, e não foi assim. Será que fui expulsa?

— Danny.

Danny está vendo Netflix. Ele fala sem tirar os olhos da tela.

— Esse é o meu nome, não use à toa.

— Danny, o seu Snoop está funcionando?

— Está... por quê? — ele diz, e então abre o aplicativo para verificar. — Ei, espere aí. O quê? Perdi todas as minhas assinaturas e favoritas. O que está acontecendo?

— Eu não sei. Isso já aconteceu alguma vez? Nós fomos expulsos?

— Não... — Danny está rolando os menus. — Não, acho que não... não tem nada aqui para eles expulsarem alguém. Não é como o Twitter em que se pode postar um monte de merda fascista. A gente não pode fazer nada além de seguir pessoas. Eu acho... acho que isso aconteceu antes, séculos atrás, quando estavam lançando e não tinham bastante servidores. Lembro que em alguns dias o aplicativo simplesmente parava de funcionar e era assim, só uma tela em branco. Será que estão com problema de servidor lá?

— Pode ser.

Abro o Google e digito "snoop caiu".

Aparecem muitos artigos. *URGENTE* diz o primeiro. *Startup inglesa Snoop declarada insolvente.*

E mais outro: *Usuários do Snoop sofreram um grande choque quando entraram em seu aplicativo predileto hoje e viram uma tela em branco quando a empresa encerrou servidores depois de o CEO Topher St. Clair-Bridges declarar falência.*

— Merda.

Pela cara dele e pelo jeito que olha para mim, sei que Danny fez a mesma pesquisa e está lendo o mesmo artigo, ou outro parecido.

— Merda, eles faliram. Rik estava certo.

Solto o ar com força e uma tensão que eu nem sabia que estava lá desaparece. Não que esteja contente de a Snoop ter falido, longe disso. A ideia de Inigo, Tiger, Carl e todos os outros estarem desempregados, sem mencionar todas as pessoas dos bastidores que nunca conheci... isso não me dá prazer algum. Mas fico em paz com uma decisão que me incomodava havia três semanas. O que fazer quanto ao vídeo de Eva?

Porque isso foi uma coisa que nunca resolvemos antes de a equipe da Snoop sair de St. Antoine. De um lado, havia o argumento extenuante de Topher que achava que contar a verdade não faria bem a ninguém e que prejudicaria a Snoop, provavelmente custando os empregos de centenas de pessoas inocentes.

Por outro lado, essa equação era exatamente o que fazia com que guardar esse segredo fosse tão desconfortável. Não estávamos fazendo o que era certo, estávamos fazendo o que era lucrativo, fato que Tiger enfatizou inúmeras vezes nas discussões cada vez mais amargas que se repetiram nas últimas noites da estada deles no hotel em St. Antoine.

— Você está me dizendo — Topher exclamou, furioso — que, se não fosse pela Snoop, você faria a família de Eva passar por tudo isso? Você acrescentaria deliberadamente outro corpo à conta da Liz, abriria todas as feridas que a família daquele pobre homem achava que tinha deixado para trás anos atrás, atormentaria Arnaud com uma coisa que ele nunca precisaria saber? Vale realmente sacrificar tudo isso para que a verdade apareça quando todos os envolvidos estão mortos?

— Não! — Tiger gritou. — Mas a questão é essa, não estamos pesando tudo contra a verdade, estamos pesando a Snoop contra a verdade, por isso é tão problemático! Topher, você não pode passar a vida esperando que todos sacrifiquem cada princípio que têm pela visão da sua empresa. Não é assim que funciona. Só faz com que você pareça um meritocrata arrogante...

— Meritocrata, meritocrata, merda de meritocrata! — Topher gritou. — Estou de saco cheio dessa palavra! Virou um chicote para açoitar homens brancos. Você sabe o que realmente significa, Tiger? Significa que você merece alguma coisa, que é direito legal seu, por algum motivo. Pense nisso na próxima vez que disser que alguém é meritocrata.

E então ele saiu furioso.

Agora, três semanas depois, penso nisso. Penso no que meritocrata ou privilegiado realmente significa. No fato de que a família do executivo desconhecido tem o privilégio de conhecer a verdade sobre o filho e irmão deles. No fato de que a filha inocente de Eva tem o privilégio de crescer sem a sombra dos atos da mãe pairando sobre sua cabeça. E penso no fato de que os mortos têm o privilégio de serem deixados em paz.

Topher tem privilégios, e essa é a verdade. Tem privilégios como Tiger quis dizer. Ele passou a vida toda amealhando, tirando dos outros, como Eva fez. Eles usaram pessoas como peças de xadrez. Empregados, investidores, amigos, parentes... eles tiraram e tiraram o que quiseram de todos eles. E nunca aceitaram a responsabilidade pelo mal que fizeram.

Penso no que significa responsabilidade.

Penso em culpa.

Penso em seguir em frente.

ERIN

Estou no meu quarto arrumando a mala quando chega o e-mail. Não sei o que estava esperando, Kate talvez, com alguns detalhes de última hora sobre a compensação, ou Recursos Humanos com mais alguma coisa para assinar. Não é nenhum dos dois. E não reconheço o endereço do remetente.

Mas o assunto diz "Sinto muito", por isso eu clico.

Primeiro, vou até o fim para ver quem é, e o nome me faz ler duas vezes. Topher. Para que está me mandando um e-mail?

Fico confusa. Volto ao início para ler o que ele escreveu.

Querida Erin,
Imagino que a essa altura você já tenha visto nos jornais que a Snoop faliu. Merda de urubus capitalistas. Quando você está por cima, eles sugam tudo que podem e, quando você realmente precisa deles, é como se tivesse piolho.

Se Eva estivesse aqui, acho que estaria dizendo "eu avisei", mas não está, por isso nem posso dar a ela essa pequena satisfação.

Peguei seu e-mail na base de dados de usuários antes de sairmos do ar. Eu sei. Não vá me dedurar para a polícia. Mas eu queria dizer... Que merda. Sei lá. Eu sinto muito, ou alguma coisa assim. Sinto por tudo que aconteceu com você, mas, acima de tudo, sinto por ser um merda quanto a Alex e Will. Fico pensando naquela tarde no chalé quando descobri quem você era e... Bem, não posso apagar aquelas palavras, mas nunca pedi desculpas por elas na hora, então é isso que estou fazendo.

Não sou muito bom em pedir desculpas. Para dizer a verdade, nunca pratiquei bastante, então vou botar para fora. Perdão. Alex e Will, eles eram boas pessoas. Não mereciam o que aconteceu com eles, nem você. E sinto demais pelo que eu disse... não sei quanto você pôde ouvir, você estava fora da sala na hora, mas eu falei um monte de merda no calor do momento e não me orgulho disso.

 Porque o fato é que, agora que a poeira baixou e tive tempo para pensar, eu entendo. Entendo o que perder pessoas assim faz com a gente. Eva, Elliot, eles não eram família, mas eram a coisa mais próxima disso que tive. Elliot e eu estudamos juntos desde pequenos, e Eva... Não sei. É difícil explicar. Mesmo depois que nos separamos, a conexão nunca deixou de existir.

 Por isso agora eu entendo. Entendo por que você não contou para nós. Entendo por que você não podia ir embora.

 Penso neles o tempo todo. Em Elliot sendo autopsiado em algum necrotério francês. Em Eva, ainda lá em cima, congelada na montanha como a Bela Adormecida. E em Ani também, eu acho. Merda.

 De qualquer modo, é isso. Só queria dizer mais uma vez.

 Sinto muito.

 Beijos,

 Topher

OBS.: Só queria dizer para você que aquele arquivo... entreguei tudo para a polícia. Afinal, pareceu a coisa certa a fazer. E fiz isso semana passada. Antes de tudo isso acontecer. Não foi isso que fez a Snoop falir. Eu gostaria de dizer que foi, mas não foi. Mas queria que você soubesse.

Quando termino de ler, fico surpresa de ver que meu rosto está molhado de lágrimas. Mesmo sem saber o que escrever, aperto responder e fico parada um tempo com os dedos sobre o teclado. Então digito. Só seis palavras. E realmente espero que sejam verdade.

Querido Topher, vai ficar tudo bem.

ERIN

— Ah, amiga... — Os braços de Danny estão em volta do meu pescoço e ele está com o rosto no meu ombro. — Vou sentir saudade de você, sua praga.
— Eu também vou ficar com saudade de você. — Retribuo o abraço, sentindo seus ombros fortes sob a jaqueta e o cheiro permanente da culinária francesa, de ensopados com muito vinho no molho e manteiga derretida, e alho picado e todas as coisas boas.
— Você vai ficar bem?
Faço que sim com a cabeça. Porque pela primeira vez em muito tempo... acho que vou.
— Tenho de ir para casa — digo, e dessa vez é para valer.
Não para casa em St. Antoine, mas para casa na Inglaterra, onde os pais de Will e a minha família esperam pacientemente que eu faça as pazes com meus fantasmas.
Estive muito tempo sozinha com eles, ouvindo Will e Alex na minha cabeça, tentando me entender com o que aconteceu, com o que eu fiz... querendo encarar a responsabilidade de ter dito aquelas palavras. "Vamos esquiar fora da pista."
Deitada lá na neve com Liz, sentindo a vida dela se esvaindo sob meus dedos, eu compreendi que não posso mais ficar fugindo. E talvez isso seja bom.
— E você, vai ficar bem? — pergunto.
O ônibus está chegando, posso ouvir o ruído dos pneus para neve na estrada que limparam.
— O que você vai fazer? Tentar um emprego em um dos outros chalés?
— Ah... — diz Danny, e fico surpresa de vê-lo enrubescer, as pontas das orelhas, visíveis sob o gorro, ficam cor de rosa. — Ah, sim, bem, tenho um lugar em vista.

— Tem?

— Sim — ele tosse, meio sem jeito —, hum, lembra aquela pousada em que a polícia nos hospedou?

— Aquele com cassoulet de merda? Claro que eu lembro!

— É, bem eles mandaram o chef deles embora. E, bem, hum, ah, um amigo falou de mim para eles.

— Um amigo? — Agora estou sorrindo de orelha a orelha. — Um amigo? Seria ele por acaso o sexy Eric, filho da proprietária? Monsieur Piña Colada do Le Petit Coin?

Danny fica tão vermelho que não consigo evitar cutucá-lo nas costelas e fazê-lo rir.

— Ah, Danny! O que você teve de fazer para merecer isso?

— Deixa pra lá.

As bochechas de Danny estão brilhando, ele faz cara feia e sorri ao mesmo tempo, e posso ver a felicidade irradiando dele.

— Um nepotismozinho nunca fez mal a ninguém.

— Duvido muito que tenha sido nepotismo — respondo —, uma colherada do seu cassoulet e Eric seria doido se não arrebatasse você.

Quero saber mais. Quero saber tudo, mas agora o ônibus está chegando, e não há tempo. Dou um beijo nele, ele pega minha outra mala e, quando o ônibus aparece, ele passa a bagagem para o encarregado.

— Cuide dela — ele diz em francês para o motorista quando subo os degraus com cuidado.

Não preciso mais de muleta, mas ainda estou de tornozeleira.

— Ela não é tão durona quanto parece.

— *Bien sur* — responde o motorista e pisca para mim.

Estou sentando na minha poltrona e ouço Danny gritando alguma coisa através do vidro grosso da janela, abro o basculante superior e ajoelho no assento para vê-lo.

— O que é?

— Esqueci de dizer: baixe o Choon!

— Choon?

— É o novo Snoop, amiga. Só que melhor. C, H, dois Os, N.

— Choon. Entendi.

O ônibus começa a andar, e eu fecho a janela. Vai acelerando, aceno para Danny, ele acena para mim, manda beijo com a mão e sinto uma lágrima no rosto.

Ele está dizendo alguma coisa, mas não consigo ouvir.

— Não estou ouvindo! — grito.

Meu rosto está enrugando todo. Seco as lágrimas no rosto e sinto a cicatriz que já está sumindo.

— Eu te amo!

Mas estamos longe na estrada e sei que ele também não ouviu.

Afundo na poltrona, meu coração sofre por todos que perdi, por tudo que estou deixando para trás nas montanhas. Outra lágrima escorre pelo rosto e, por um instante, penso que não vou conseguir me conter, que as lágrimas virão, queira eu ou não, e que vou derramar meu coração no ônibus. Mas então meu celular apita uma vez.

É uma mensagem. Do Danny.

CHOON, amiga. Ah, e meu ID é DANNYBOI. Te amo.

ERIN

ID no Choon: Little-My
Seguidores: 1

AGRADECIMENTOS

Escrever um livro é, em grande parte, uma coisa egoísta e solitária, mas nunca é demais enfatizar que publicá-lo é esforço de equipe e que as incansáveis equipes de editores, assessores de imprensa, pessoal de marketing, designers, representantes de vendas, pessoal do jurídico, editores de produção e todos os outros por trás dos bastidores são heróis anônimos do mundo do livro, assim como os vendedores de livrarias e os bibliotecários que cuidam do nosso esforço depois que saem da editora. O fato de este livro ter saído da minha cabeça e chegado às suas mãos é obra deles, e por isso não há gratidão que baste.

A Alison, Liz, Jade, Sara, Jen, Maggie, Noor, Meagan, Sydney, Aimee, Bethan, Catherine, Nita, Kevin, Richard, Faye, Jessica, Rachel, Sophie, Mackenzie, Christian, Chloe, Anabel, Abby, Mikaela, Tom, Sarah, David, Christina, Jane, Sophie, Jennifer, Chelsea, Kathy, Carolyn e todos na Simon & Schuster e PRH, meu agradecimento de coração. E aos livreiros, bibliotecários, blogueiros, leitores e revisores, não posso citar todos os nomes, mas vocês são a razão de eu sempre conseguir fazer isso, e agradeço a todos, todos os dias.

Os personagens e as situações neste livro são invenção minha, mas não me envergonho de ter usado os cérebros de outros para criar a Snoop, por isso obrigada a vocês, Joe, James e James por terem me orientado em tudo, desde listas de músicas até acordos entre acionistas.

Para Eve e Ludo: eu não poderia fazer isso sem vocês, literalmente.

Para Carmen Sane e meus fabulosos amigos escritores, vocês são engraçados, sábios, maravilhosos e indecentes, e eu teria trabalhado muito mais sem vocês, mas teria me divertido muito menos.

Para Jilly, Ali e Mark — obrigada por serem a melhor equipe de esqui de apoio, assistentes de mídia, assessores de imprensa e companheiros de copo. E, é claro, por me fazerem esquiar no Secret Valley (menos à noite).

E, por último, o melhor obrigada de sempre para a minha família, por tudo.

Impressão e Acabamento:
BMF GRÁFICA E EDITORA